新时代外国语言文学
新发展研究丛书

总主编　罗选民　庄智象

比较文学新发展研究

Comparative Literature Study:
New Perspectives and Development

查明建 ／著

清华大学出版社
北京

内　容　简　介

本书以当代比较文学发展的内在理路为经，以比较文学理论的新进展为纬，在考察和总结近些年来研究成果的基础上，聚焦比较文学理论，主要讨论三个方面的问题：①比较文学学科理论：讨论比较文学的学科属性，学科理论建设的必要性，比较文学的目标与旨归，比较文学的研究对象，比较文学与世界文学的关系；②比较文学研究方法：反思影响研究、平行研究之症结，探讨如何提高问题意义意识和学术立意，以更新影响研究和平行研究；③传统研究领域的深化：结合新的理论成果，对拓展和深化世界文学、中外文学关系和翻译文学研究提出学术创新的可能途径。

本书可作为比较文学与世界文学专业研究生的参考书。

版权所有，侵权必究。举报：010-62782989，beiqinquan@tup.tsinghua.edu.cn。

图书在版编目（CIP）数据

比较文学新发展研究 / 查明建著 . -- 北京：清华大学出版社，2024.7. -- （新时代外国语言文学新发展研究丛书）. --ISBN 978-7-302-66800-8

Ⅰ. I0-03

中国国家版本馆 CIP 数据核字第 2024V6X325 号

策划编辑：郝建华
责任编辑：刘　艳
封面设计：黄华斌
责任校对：王荣静
责任印制：丛怀宇

出版发行：清华大学出版社
网　　址：https://www.tup.com.cn, https://www.wqxuetang.com
地　　址：北京清华大学学研大厦 A 座　　邮　编：100084
社 总 机：010-83470000　　邮　购：010-62786544
投稿与读者服务：010-62776969, c-service@tup.tsinghua.edu.cn
质量反馈：010-62772015, zhiliang@tup.tsinghua.edu.cn
印 刷 者：大厂回族自治县彩虹印刷有限公司
装 订 者：三河市启晨纸制品加工有限公司
经　　销：全国新华书店
开　　本：155mm×230mm　　印　张：17.75　　字　数：273 千字
版　　次：2024 年 9 月第 1 版　　印　次：2024 年 9 月第 1 次印刷
定　　价：128.00 元

产品编号：090686-01

中国英汉语比较研究会
"新时代外国语言文学新发展研究丛书"
编委会名单

总主编

罗选民　庄智象

编　委

（按姓氏拼音排序）

蔡基刚	陈　桦	陈　琳	邓联健	董洪川
董燕萍	顾曰国	韩子满	何　伟	胡开宝
黄国文	黄忠廉	李清平	李正栓	梁茂成
林克难	刘建达	刘正光	卢卫中	穆　雷
牛保义	彭宣维	冉永平	尚　新	沈　园
束定芳	司显柱	孙有中	屠国元	王东风
王俊菊	王克非	王　蔷	王文斌	王　寅
文秋芳	文卫平	文　旭	辛　斌	严辰松
杨连瑞	杨文地	杨晓荣	俞理明	袁传有
查明建	张春柏	张　旭	张跃军	周领顺

总　　序

外国语言文学是我国人文社会科学的一个重要组成部分。自 1862 年同文馆始建，我国的外国语言文学学科已历经一百五十余年。一百多年来，外国语言文学学科一直伴随着国家的发展、社会的变迁而发展壮大，推动了社会的进步，促进了政治、经济、文化、教育、科技、外交等各项事业的发展，增强了与国际社会的交流、沟通与合作，每个发展阶段无不体现出时代的要求和特征。

20 世纪之前，中国语言研究的关注点主要在语文学和训诂学层面，由于"字"研究是核心，缺乏区分词类的语法标准，语法分析经常是拿孤立词的意义作为基本标准。1898 年诞生了中国第一部语法著作《马氏文通》，尽管"字"研究仍然占据主导地位，但该书宣告了语法作为独立学科的存在，预示着语言学这块待开垦的土地即将迎来生机盎然的新纪元。1919 年，反帝反封建的"五四运动"掀起了中国新文化运动的浪潮，语言文学研究（包括外国语言文学研究）得到蓬勃发展。中华人民共和国成立后，尤其是改革开放以来，外国语言文学学科的发展势头持续迅猛。至 20 世纪末，学术体系日臻完善，研究理念、方法、手段等日趋科学、先进，几乎达到与国际研究领先水平同频共振的程度，取得了令人瞩目的成绩，有力地推动和促进了人文社会科学的建设，并支持和服务于改革开放和各项事业的发展。

无独有偶，在处于转型时期的"五四运动"前后，翻译成为显学，成为了解外国文化、思想、教育、科技、政治和社会的重要途径和窗口，成为改造旧中国的利器。在那个时期，翻译家由边缘走向中国的学术中心，一批著名思想家、翻译家，通过对外国语言文学的文献和作品的译介塑造了中国现代性，其学术贡献彪炳史册，为中国学术培育做出了重大贡献。许多西方学术理论、学科都是经过翻译才得以为中国高校所熟悉和接受，如王国维翻译教育学和农学的基础读本、吴宓翻译哈佛大学白璧德的新人文主义美学作品等。这些翻译文本从一个侧面促成了中国高等教育学科体系的发展和完善，社会学、人类学、民俗学、美学、教育学等，几乎都是在这一时期得以创建和发展的。翻译服务对于文化交流交融和促进文明互鉴，功不可没，而翻译学也在经历了语文学、语言学、文化学等转向之后，日趋成熟，如今在让中国了解世界、让世界了解中国，尤其是"一带一路"建设、人类命运共同体构建，讲好中国故事、传递好中国声音等方面承担着重要使命与责任，任重而道远。

20世纪初，外国文学深刻地影响了中国现代文学的形成，犹如鲁迅所言，要学普罗米修斯，为中国的旧文学窃来"天国之火"，发出中国文学革命的呐喊，在直面人生、救治心灵、改造社会方面起到不可替代的作用。大量的外国先进文化也因此传入中国，为塑造中国现代性发挥了重大作用。从清末开始特别是"五四运动"以来，外国文学的引进和译介蔚然成风。经过几代翻译家和学者的持续努力，在翻译、评论、研究、教学等诸多方面成果累累。改革开放之后，外国文学研究更是进入繁荣时代，对外国作家及其作品的研究逐渐深化，在外国文学史的研究和著述方面越来越成熟，在文学理论与文学批评的译介和研究方面、在不断创新国外文学思想潮流中，基本上与欧美学术界同步进展。

外国文学翻译与研究的重大意义，在于展示了世界各国文学的优秀传统，在文学主题深化、表现形式多样化、题材类型丰富化、批评方法论的借鉴等方面显示出生机与活力，显著地启发了中国文学界不断形成新的文学观，使中国现当代文学创作获得了丰富的艺术资源，同时也有力地推动了高校相关领域学术研究的开展。

进入21世纪，中国的外国语言学研究得到了空前的发展，不仅及时引进了西方语言学研究的最新成果，还将这些理论运用到汉语研究的实践；不仅有介绍、评价，也有批评，更有审辨性的借鉴和吸收。英语、汉语比较研究得到空前重视，成绩卓著，"两张皮"现象得到很大改善。此外，在心理语言学、神经语言学和认知语言学等与当代科学技术联系紧密的学科领域，外国语言学学者充当了排头兵，与世界分享语言学研究的新成果和新发现。一些外语教学的先进理念和语言政策的研究成果为国家制定外语教育政策和发展战略也做出了积极的贡献。

习近平总书记指出："要着力推进国际传播能力建设，创新对外宣传方式，加强话语体系建设，着力打造融通中外的新概念新范畴新表述，讲好中国故事，传播好中国声音，增强在国际上的话语权。"为贯彻这一要求，教育部近期提出要全面推进新工科、新医科、新农科、新文科等建设。新文科概念正式得到国家教育部门的认可，并被赋予新的内涵和

总序

定位，即以全球新技术革命、新经济发展、中国特色社会主义新时代为背景，突破传统的文科思维模式与文科建构体系，创建与新时代、新思想、新科技、新文化相呼应的新文科理论框架和研究范式。新文科具备传统文科和跨学科的特点，注重科学技术、战略创新和融合发展，立足中国，面向世界。

新文科建设理念对外国语言文学学科建设提出了新目标、新任务、新要求、新格局。具体而言，新文科旗帜下的外国语言文学学科的发展目标是：服务国家教育发展战略的知识体系框架，兼备迎接新科技革命的挑战能力，彰显人文学科与交叉学科的深度交融特点，夯实中外政治、文化、社会、历史等通识课程的建设，打通跨专业、跨领域的学习机制，确立多维立体互动教学模式。这些新文科要素将助推新文科精神、内涵、理念得以彻底贯彻落实到教育实践中，为国家培养出更多具有融合创新的专业能力，具有国际化视野，理解和通晓对象国人文、历史、地理、语言的人文社科领域外语人才。

进入新时代，我国外国语言文学的教育、教学和研究发生了巨大变化，无论是理论的探索和创新，方法的探讨和应用，还是具体的实验和实践，都成绩斐然。回顾、总结、梳理和提炼一个年代的学术发展，尤其是从理论、方法和实践等几个层面展开研究，更有其学科和学术价值及现实和深远意义。

鉴于上述理念和思考，我们策划、组织、编写了这套"新时代外国语言文学新发展研究丛书"，旨在分析和归纳近十年来我国外国语言文学学科重大理论的构建、研究领域的探索、核心议题的研讨、研究方法的探讨，以及各领域成果在我国的应用与实践，发现目前研究中存在的主要不足，为外国语言文学学科发展提出可资借鉴的建议。我们希望本丛书的出版，能够帮助该领域的研究者、学习者和爱好者了解和掌握学科前沿的最新发展成果，熟悉并了解现状，知晓存在的问题，探索发展趋势和路径，从而助力中国学者构建融通中外的话语体系，用学术成果来阐述中国故事，最终产生能屹立于世界学术之林的中国学派！

本丛书由中国英汉语比较研究会联合上海时代教育出版研究中心组织研发，由研究会下属29个二级分支机构协同创新、共同打造而成。罗选民和庄智象审阅了全部书稿提纲；研究会秘书处聘请了二十余位专家对书稿提纲逐一复审和批改；黄国文终审并批改了大部分书稿提纲。

本丛书的作者大都是知名学者或中青年骨干,接受过严格的学术训练,有很好的学术造诣,并在各自的研究领域有丰硕的科研成果,他们所承担的著作也分别都是迄今该领域动员资源最多的科研项目之一。本丛书主要包括"外国语言学""外国文学""翻译学""比较文学与跨文化研究"和"国别和区域研究"五个领域,集中反映和展示各自领域的最新理论、方法和实践的研究成果,每部著作内容涵盖理论界定、研究范畴、研究视角、研究方法、研究范式,同时也提出存在的问题,指明发展的前景。总之,本丛书基于外国语言文学学科的五个主要方向,借助基础研究与应用研究的有机契合、共时研究与历时研究的相辅相成、定量研究与定性研究的有效融合,科学系统地概括、总结、梳理、提炼近十年外国语言文学学科的发展历程、研究现状以及未来的发展趋势,为我国外国语言文学学科高质量建设与发展呈现可视性极强的研究成果,以期在提升国家软实力、构建人类命运共同体过程中承担起更重要的使命和责任。

感谢清华大学出版社和上海时代教育出版研究中心的大力支持。我们希望在研究会与出版社及研究中心的共同努力下,打造一套外国语言文学研究学术精品,向伟大的中国共产党建党一百周年献上一份诚挚的厚礼!

罗选民 庄智象
2021 年 6 月

前　言

比较文学与外语学科有着密切的亲缘关系。中国的比较文学最早是从外语学科诞生并发展起来的，吴宓、范存忠、方重、钱锺书、季羡林、杨周翰、王佐良等，都是外语专业出身的著名比较文学学者。比较文学在我国外语学科建设方面，也起到了较大的作用。我国外语学科的学科理念、基本内涵和人才培养目标的初步确立，是在 20 世纪二三十年代。1926 年，时任清华西洋文学系（后改称外文系）代理系主任的吴宓先生"参考了哈佛大学比较文学系的培养方案和课程设置"（李赋宁，1998：2）而制订出外文系的培养方案，"使我国的外国语言文学的教学和研究走上了全面、系统、严格、科学的道路"（李赋宁，1992：7）。吴宓制订的外文系培养方案，体现了人文性、专业性、博雅通识、中西会通的特点，具有很明显的比较文学特征。

20 世纪八九十年代是中国比较文学发展最为兴盛的时期，很多来自中文学科和外语学科的文学研究学者都加入了比较文学研究的行列，共同创造了中国当代比较文学的繁荣局面。1997 年学科目录调整，将比较文学与世界文学合并，划归为中国语言文学一级学科下的二级学科。比较文学离开外语学科，对中国比较文学的国际化以及外语学科的发展都很不利。2017 年，国务院学位办公布了《学位授权审核申请基本条件（试行）》，明确了外语学科的五大研究领域，其中之一是"比较文学与跨文化研究"。由此，比较文学重又回到外语学科建制中，成为外语学科内涵建设的重要组成部分。

本书作为"新时代外国语言文学新发展研究丛书"之一种，是对 21 世纪以来比较文学理论问题研究的新进展进行探讨和研究，聚焦的是比较文学学科理论问题。既然是研究，本书不是对近些年来比较文学所有成果的介绍或文献综述式的总结和批评，而是聚焦比较文学的主要理论问题，从相关的研究成果中提炼出新观点和新方法加以研究，并提出笔者自己的观点。

《比较文学研究新发展》以近二十年来国际国内比较文学发展的内在理路为经，以主要理论问题为纬来构建全书内容。本书关注的是比较文学学科理论基本问题（如学科理论、研究对象、研究方法、研究目标等）的进展，基本研究范式（如影响研究、平行研究、跨学科研究等）的更新，以及传统研究领域（如世界文学、中外文学关系、翻译文学等）在理论和方法上如何创新。共同诗学、世界文学、世界性因素、互文性是本书的关键词。

本书结合当代比较文学研究的理论成果，试图回答以下问题：当代国际比较文学为何这样发展，其背后的社会文化背景和学术逻辑是什么？如何看待比较文学的"危机"？比较文学到底是一门独立的学科，还是一个研究领域？它是文学研究的一种范式，还是人文学科的研究方法？如果比较文学是一门独立的学科，其学科本体是什么，有没有自己相对独立的知识体系、学术体系？比较文学是否应该有自己的学科理论？人类文学有没有共同的本质和普遍性的规律？比较文学能否将"共同诗学"作为自己的目标，又如何抵达？比较文学的边界不断扩大，研究的课题越来越广，这样的发展趋向，是对比较文学学科意义的淡化还是丰富？

本书的撰写，一方面促使我考察和总结近些年来比较文学的理论成果，另一方面也促使我对比较文学学科理论和传统研究领域如何深化等问题多年来断断续续的思考进行比较系统的整理。有些观点在此之前还只是一些模糊、零星的想法，写作时则促使自己作了比较深入的思考。当然，这些观点只是一家之言，论述上还有待进一步斟酌、完善。可商榷的地方可能不少，还望学界同行批评指正。

查明建

2024 年 9 月

目　　录

第 1 章　当代国际比较文学的发展 ……………………… 1

　　1.1　从影响研究到平行研究 ……………………………… 1
　　　　1.1.1　法国时刻 ……………………………………… 1
　　　　1.1.2　法国比较文学的贡献 ………………………… 3
　　　　1.1.3　美国时刻 ……………………………………… 4
　　1.2　20 世纪七八十年代的"理论热"与文化研究 ……… 5
　　　　1.2.1　"理论热"出现的原因 ……………………… 5
　　　　1.2.2　文化研究及其内涵 …………………………… 11
　　　　1.2.3　"理论热"和文化研究的功过 ……………… 12
　　1.3　20 世纪 90 年代美国比较文学的"两个转向" …… 15
　　1.4　世界文学研究的兴起 ………………………………… 19

第 2 章　当代国际比较文学发展的内在理路 …………… 21
　　2.1　比较文学的人文主义精神 …………………………… 21
　　2.2　比较文学的"焦虑基因" …………………………… 27
　　2.3　比较文学的危机及原因 ……………………………… 29
　　2.4　比较文学：由危机和问题驱动发展的学科 ………… 37
　　2.5　比较文学：从问题意识到问题意义意识 …………… 38

第 3 章　当代中国比较文学的理论发展 ………………… 41
　　3.1　中国比较文学的文化特质 …………………………… 41
　　3.2　中国比较文学的跨文化特征 ………………………… 44

3.3 中国比较文学的理论贡献 ································ 47
    3.3.1 比较文学的对话观 ································ 48
    3.3.2 "和而不同"原则 ································· 50
    3.3.3 译介学："以中国作为方法"的翻译理论 ·········· 52

3.4 阐发研究：功成而退 ····································· 58

第 4 章 比较文学学科理论的基本问题 ························ 61
4.1 比较文学是否需要有学科理论？ ······················· 61
4.2 比较文学：是学科，还是方法？ ······················· 68
4.3 比较文学的本质是什么？ ································ 72
4.4 比较文学的目标是什么？ ································ 73
4.5 文学本质与反文学本质主义 ···························· 76

第 5 章 比较文学研究的基本理论问题 ························ 83
5.1 比较文学的研究对象是什么？ ·························· 83
5.2 跨学科研究问题 ·· 87
5.3 比较文学与跨文化研究的关系 ·························· 95
    5.3.1 跨文化：比较文学的学理逻辑与学术意义 ········ 95
    5.3.2 跨文化：比较文学的本质特质 ···················· 97
    5.3.3 跨文化与文化间性 ································ 99

5.4 世界文学：是比较文学的目标，还是研究对象？ ··· 100

第 6 章 共同诗学 ·· 107
6.1 总体文学与比较文学的关系 ··························· 107
6.2 共同诗学：比较文学的总体目标 ····················· 112

6.3 共同诗学的内涵与性质 ... 114
6.4 比较诗学、复合诗学与共同诗学的关系 ... 116
6.4.1 比较诗学 ... 116
6.4.2 复合诗学 ... 119
6.5 共同诗学的矛盾辩证法 ... 120
6.6 共同诗学建构的途径 ... 123
6.7 个案研究与共同诗学目标的关系 ... 126
6.8 单位观念方法与共同诗学 ... 127
6.8.1 奥尔巴赫的"出发点"与单位观念 ... 127
6.8.2 单位观念 ... 129

第7章 比较文学的研究方法 ... 133
7.1 比较文学有没有专属的研究方法？ ... 133
7.2 "比较"在比较文学中的含义和意义 ... 135
7.3 互文性理论方法 ... 139
7.4 "世界性因素"研究方法 ... 142
7.5 数字人文研究方法 ... 143

第8章 影响研究如何深化 ... 149
8.1 影响观念的更新 ... 150
8.1.1 影响与文学传统 ... 150
8.1.2 影响发生的内在原因 ... 151
8.1.3 影响与接受的关系 ... 152
8.1.4 影响与创造性转化 ... 154
8.2 对"影响-接受"模式的反思 ... 155

8.3　深化影响研究的可能途径 ················· 157
　　　　8.3.1　回返影响与双向阐发 ················· 158
　　　　8.3.2　影响创造性转化的世界文学意义研究 ········· 160

第 9 章　平行研究如何深化 ····················· 163
　　9.1　平行研究的症结 ······················ 163
　　9.2　平行研究的学术立意与问题意识 ·············· 168
　　9.3　可比性与问题意义意识 ··················· 169
　　9.4　平行研究范例：从问题出发 ················ 174

第 10 章　世界文学研究 ······················ 179
　　10.1　世界文学观念的新拓展 ·················· 179
　　10.2　多元化的世界文学观和研究主题 ············· 184
　　10.3　世界文学研究新范式中的比较文学因素 ········· 186
　　10.4　世界文学研究新进展对比较文学的启迪 ········· 187

第 11 章　"世界性因素"命题的理论意义 ············· 189
　　11.1　"世界性因素"命题的提出与发展 ············ 189
　　11.2　"世界性因素"的学术创新意义 ············· 193
　　11.3　对民族性与世界性关系的重新认识 ············ 195
　　11.4　对达姆罗什世界文学观的深化 ·············· 199
　　11.5　世界性因素与共同诗学 ·················· 201

第 12 章　中外文学关系研究如何深化 ··············· 203
　　12.1　对中外文学关系研究的反思 ················ 203
　　12.2　复杂性思维与中外文学关系研究的深化 ········· 206

  12.3 "思想结构"与"跨文化空间"理论 ………………… 208
  12.4 中外文学关系里的"社会学" ……………………… 212
  12.5 以文学关系作为共同诗学探讨的方法 …………… 214

第 13 章 翻译文学研究 ……………………………………… 219
  13.1 比较文学视域中的翻译研究 ……………………… 219
  13.2 翻译文学：比较文学翻译研究的对象与研究目标 … 221
  13.3 多元系统论对翻译研究的开拓意义 ……………… 225
  13.4 多元系统论的发展与整合 ………………………… 230
  13.5 系统理论之于翻译文学研究的意义 ……………… 233
    13.5.1 对翻译文学性质的重新认识 ……………… 235
    13.5.2 突破描述性的翻译文学史研究模式 ……… 236
    13.5.3 加强文学翻译选择研究 …………………… 236
    13.5.4 从"操纵文本"角度，重新考察"外国
       文学"的影响 ………………………………… 237
    13.5.5 注重翻译副文本研究 ……………………… 238
    13.5.6 考察翻译文学经典建构的意识形态和诗学
       功能 …………………………………………… 239
  13.6 世界性与现代性：翻译文学史研究的理论视角 … 240

参考文献 …………………………………………………………… 245
术语表 ……………………………………………………………… 259
后记 ………………………………………………………………… 263

第1章
当代国际比较文学的发展

比较文学从 19 世纪末诞生到 20 世纪中期,法国学者开创的比较文学研究方法占据主导地位。法国比较文学家开创的比较文学研究模式,史称"法国学派"或"法国时刻"(French Hour)。到了 20 世纪 60 年代,美国比较文学异军突起,提出了平行研究和跨学科研究主张,史称"美国学派",并逐渐引领了国际比较文学的潮流,比较文学进入"美国时刻"(American Hour)(Guillén,1993:46-62)。

平行研究和跨学科研究尚未取得理想的实质性成果,比较文学很快被"理论热"所席卷,而转向了理论研究和文化研究。到了 21 世纪初,随着世界文学研究的兴起,比较文学的非文学化趋势才有所遏制,比较文学的文学性有所加强。

1.1 从影响研究到平行研究

1.1.1 法国时刻

比较文学从 19 世纪上半叶的世界文学概念到 19 世纪末以讲座的形式在大学开设,及至 20 世纪初法国、德国、俄罗斯等国将比较文学作为一门学科正式纳入高等教育体制中,这是比较文学的酝酿和萌发期,比较文学的研究对象、研究方法、研究目标等都还处于探索阶段。法国学者探索比较多的是文学间的关系,尤其是法国作家、作品与其他国家作家、作品之间的联系。1931年，法国比较文学家梵·第根（Paul Van Tieghem）总结了法国学者的研究经验，在此基础上提出了比较文学研究的对象、方法和目标，其比较文学思想体现在其1931年出版的《比较文学论》中。他对比较文学性质和研究方法作了如下阐述：

> 真正的"比较文学"的特质，正如一切历史科学的特质一样，是把尽可能多的来源不同的事实采纳在一起，以便找到尽可能多的种种结果的原因。总之，"比较"这两个字应该摆脱全部美学的涵义，而取得一个科学的涵义。（第根，1985：56–57）

法国比较文学学者将比较文学研究的内容局限于文学之间交往的实证研究，导致了比较文学"文学性"的缺失，遭到了韦勒克（René Wellek）等美国学者的批评。韦勒克（1985a：124）指责法国学者将"比较"局限于研究两国之间的"贸易关系"的影响研究，"使'比较文学'成了只不过是研究国外渊源和作家声誉的附属学科而已"。雷马克（Henry Ramak）（1986：2）则不无讥讽地说，法国学派"仿佛忘了我们学科的名称是'比较文学'，而并非'影响文学'"。因此，韦勒克、雷马克、艾尔德里奇（A. O. Aldridge）等美国学者提出没有事实联系的、跨学科的、跨国界的、综合性的"平行研究"的主张。他们虽然肯定法国学派的成绩以及其对比较文学这门学科的建立作出的贡献，但他们认为，影响研究的价值意义不及平行研究大。雷马克（1986a：2）就曾指出："影响研究如果主要限于找出证明某种影响的存在，却忽视更重要的艺术理解和评介的问题，那么对于阐明文学作品的实质所作的贡献，就可能不及比较互相并没有影响或重点不在于指出这种影响的各种对作家、作品、文体、倾向性、文学传统等的研究。"

法国学派研究方法存在的最大缺失是过分拘泥于实证，表现出渊源与影响的机械主义观念，只注重出源、媒介、途径的研究，没有从接受的角度研究受影响的一方"保存下来的是些什么，去掉的是些什么？原始材料为什么和怎样被吸收和同化？结果如何？"等问题，忽视了作品的文学价值和美学分析，忽视了"文学性"问题。另外，对影响概念也存在机械、僵化的认识，把文学中的"影响"看成"如影随形，如响应声"这样机械、简单、直接的模仿与被模仿关系，将复杂的文学关系狭隘化、简单化了。

1.1.2 法国比较文学的贡献

法国比较文学学者为比较文学确定了基本的研究范围和研究方法。提及法国学派，大多以为法国学者的比较文学研究就是文学渊源、流传的考据式研究，实际上，这只是开端。在比较文学作为一门独立学科建立后的半个多世纪，法国学者以渊源与影响的研究为重点，开辟了诸多新的研究领域，如卡雷（Jean-Marie Carré）开辟的形象学研究，提倡研究"各民族间、各种游记、想象间的互相诠释"（孟华，2001：19），以及翻译研究、国际关系精神史研究，等等，都是比较文学史上宝贵的学科理论资源，只是后来由于受到韦勒克等人的批评，法国学派所开拓的很多领域被忽略了。

勃洛克（Haskell M. Block）（1985：191）说了比较公道的话："没有巴登斯贝格、梵·第根、哈扎与伽列诸人的努力，可能今天就不会有叫作'比较文学'的一门学科，忘掉他们是不公正的。……没有法国比较文学大师在半个多世纪内作出的努力，就不太可能有比较文学研究近年来在美国和其他地方的蓬勃发展。"

乐黛云对法国学者将比较文学研究局限在欧洲内部各国文学间表达了"了解之同情"。她说：

> 当比较文学在19世纪后期的法国作为一门学科产生的时候，其基本宗旨是清理和研究欧洲内部各国文学之间的联系，直到20世纪30年代，梵·第根在其《比较文学论》中将法国的比较文学实践加以理论概括和总结时，他的视野仍然仅囿于欧洲文学之内。这种情况的出现有着多方面的原因：首先是法国学派将比较文学学科界定为文学关系史的研究，而这种研究只有在欧洲各国文学之间才能进行，超出欧洲之外，则因当时文学交流与传播的事实链条尚未形成，或正在形成

中,还较难成为实证研究的对象。而且,从当时法国人及欧洲各国比较学者的语言装备来看,通晓欧洲之外的语言并具备文学研究能力的学者,可以说是凤毛麟角,因而将研究视野扩展到欧洲文学之外,对他们来说即使有心,也是无力,况且他们所关注的主要是使其他文化变得跟他们自己的文化一样,如罗力耶在《比较文学史》一书中所追求的,那就使欧洲的比较文学更难成为以多元文化为基础的比较文学了。(乐黛云,2005a:171–172)

杨乃乔也对法国学派之于比较文学的开创性业绩给予了公允的肯定。他认为,法国比较文学学者"以积极的态度、严谨的实证方法大力研究欧洲各民族文学之间相互影响的关系,确实必要地补充了国别文学史的研究,也为比较文学开辟和确立了自己的研究领域。更为重要的是,影响研究有助于养成良好的学风,防止比较文学从一开始就落入空泛之谈,以印象和感觉代替严谨的考证和有根据的思考"(杨乃乔,2005a:15)。

1.1.3 美国时刻

1958年韦勒克在北卡罗来纳大学所在地教堂山召开的第二届国际比较文学大会上发表的《比较文学的危机》著名演讲,以及1961年雷马克发表的《比较文学的定义与功能》一文,阐述了他们对比较文学研究性质的认识及发展理念。韦勒克关注比较文学的文学性和审美性。韦勒克主张,比较文学研究要回归"文学性"。文学研究应该关注的是价值和质量,而非死板的事实。比较文学作为一种文学研究,要将目光更多地投射到作品本身,从而区别于一般的文化史。要挽救危机中的比较文学,就要面对文学性这个问题,即文学艺术的本质这个美学中心问题。韦勒克认为,比较文学研究要确立比较文学学科本体内涵,要建立整体论的概念,将艺术品视为一个多样统一的整体,一个有含义和价值的符号结构。他强调:"文学研究如不下决心将文学作为有别于人类其他活动及产物的学科来研究,就不可能有什么进展。为此,我们必须正视'文学性'这个问题,它是美学的中心问题,是文学艺术的本质。"(韦勒克,1985a:133)韦勒克期望在这样的调整之后,可以使比较文学跳出"唯科学论""相对主义""纯历史主义"的樊篱,而直接触碰艺术与诗的本质,从而使文学研究摆脱冰冷与僵化,而是"像艺术本身一样,成为一种想象的活动,从而成为人类最高价值的保存者和创造者"(Wellek,1963:295)。

韦勒克、雷马克等美国学者的比较文学观及其提倡的新研究范式,为国际比较文学界所广泛认同和接受。教堂山会议标志着美国学派的兴起,也开启了当代国际比较文学的新进程。美国成为当代国际比较文学的重镇,它的发展走向极大地影响了当代国际比较文学的发展路线。

美国学派将比较文学从法国学派专注文学关系考据的影响研究模式,引领到平行研究和跨学科研究的新天地。20世纪70年代末开始,欧美人文社会科学领域兴起"理论热",从符号学到心理分析批评,从结构主义到后结构主义,从女性主义到解构主义,从后殖民主义到文化研究,从生态批评到后人类理论,各种理论竞相纷呈,交相更替,令人目不暇接。比较文学的开放性和先锋性特点,使它敏于吸收人文社会科学的新理论、新方法。在理论大潮的推动下,比较文学研究的关注点开始发生转移,从原来的以文学文本为核心的比较研究,转向了批评理论、妇女研究、符号学、电影与媒体研究和文化研究(Bassnett,1993)。以作家、作品为主的传统文学研究观念和审美问题遭到普遍冷落,转而关注文学研究与人文科学之间的关系问题(Gillespie,1989:18)。

1.2　20世纪七八十年代的"理论热"与文化研究

1.2.1　"理论热"出现的原因

20世纪60年代至70年代初,欧美比较文学不断取得进展,"但普遍价值的观念以及文学作为一个整体的观念,其缺陷已暴露出来"

（Bassnett，1993：4），而此时各种新理论接踵而至。受"理论热"的影响，比较文学的关注点从原来的文本比较和作家之间影响模式的探寻，转向了读者的功能（Bassnett，1993：5）。

"理论热"中的"理论"，不是通常所说的理论。通常意义上的理论是指"借助一定的概念、判断和推理表达出来的关于事物本质、特征及其规律性的知识体系"（董学文，2004：18）。"理论热"中的"理论"更不是文学理论，而是一个很宽泛的术语，指的是人文学科在结构主义和后结构主义的影响下所产生的学术话语和论述。"20世纪60年代后期以来的诸多重要的理论派别，无论是德里达或福柯的后结构主义，还是杰姆逊的后现代理论，或是罗兰·巴特的符号学研究，或是鲍德里亚的媒介技术的社会理论，或是阿尔杜塞或马歇雷的意识形态或文学生产理论，或是比格尔的先锋派研究等，均越出了文学理论的边界，显现出不同程度的'大理论'特征。其典型代表就是所谓的'法国理论'。"（周宪，2008：84）

为什么法国理论有如此魅力？因为"德里达、巴尔特、拉康、福柯都是作为传统哲学（而非文学）批判改造者的形象出现的，他们的思想具有突出的跨学科特性"。"其前所未有的跨学科属性一下子打开了原本局限于文本之内的批评家的视野。人文学者突然意识到，原来自己不但可以解释文学文本，而且还可以对世界上更多的事物发言。法国理论所带有的那种高度抽象、复杂的思想特征给人们一种幻象，即人们似乎掌握了一种能够破译更多秘密的更高级的思想武器，他们的学说不是一般的思想观点，甚至超过了自然科学那些只描述一般具体自然规律的科学理论，而是一种大写的理论、理论之理论。……理论成了真理的代言人。掌握理论的批评家们关注的不仅是文学文本意义，而且是世界文本背后与人类所有文化活动相关的意义生产机制。他们的研究成果不但关乎文学价值的传承和递进，而且关乎整个人类社会不公正现状的改造和正义秩序的实现。"（陈后亮，2019：85）

斯坦福大学比较文学系教授、哲学家理查德·罗蒂（Richard Rorty）以自己亲身的经历，回顾了美国"理论热"兴起的前前后后及其原因：

第1章　当代国际比较文学的发展

20世纪70年代，美国文学系的教师开始研读德里达和福柯。由此，"文学理论"形成了一个新的分支学科。文学文本可以被"理论化"而收益良多的观念，使得文学教授心安理得地教授他们喜欢的哲学著作，文学专业的学生可以任选哲学题目作学位论文。并且，这还有助于创造工作岗位，那些哲学专业而非文学专业的人，可以在文学系任教。（Rorty，2006：63）

在理论大潮中，文学研究逐渐被边缘化。"到20世纪70年代末，西方新一代雄心勃勃的研究生转向了文学理论、妇女研究、符号学、电影与媒体研究以及文化研究，将它们视为可以选择的激进学科。他们放弃了比较文学，将其视为自由派人文主义史前时代的恐龙"（Bassnett，1993：5）。文学研究受到理论的巨大冲击，"这些新潮理论将文学指涉'真实'的价值一步步地掏空"（盛宁，2002：6）。

陈后亮（2019：86）认为："理论在20世纪60年代末的兴起以至80年代的鼎盛，都不仅仅是其自身内在逻辑发展的结果，更受外部语境的影响，主要包括左派社会运动退潮、消费资本主义社会的来临、冷战意识形态、婴儿潮一代对教育和就业的影响，等等。90年代以来所谓理论的终结也同样是受到外部变化了的语境的影响，不能仅归罪于理论自身凌虚蹈空等问题。"70年代的"理论热"，从社会背景上来说，与"越战后弥漫一时的犬儒主义和怀疑情绪"（Bernheimer，1995：4）有关。当代理论具有强烈的政治化和意识形态化的色彩，如周宪（2008：85）指出的：

> 从文学理论转向理论，也是纯学术向"学术政治"的转变。一切均是政治，文学实践如此，文学研究亦复如此。只要对当代文学研究的热门话题稍加审视，便不难发现，研究的关键词总离不开"阶级""种族""族裔""性别""权力/知识""霸权""身份""差异""意识形态""后殖民"等。理论取代文学理论的冲动，在相当程度上可以说是一种社会或政治的干预……
>
> 假如说文学理论假定了人性和价值的普遍性的话，那么，理论则从根本上颠覆了这些范畴的普遍存在，充其量不过是语言的社会建构

产物而已。如果说文学理论强调审美和艺术的超然价值的话，那么理论则彻底揭穿了所谓审美和艺术价值乃是特定意识形态的作用。如果说文学理论相信自身是一种客观公正的对文学的探究的话，那么，理论则把任何文学研究都看作是"理论政治"的表征。所以，"课堂即战场"，文化的战争硝烟四起。现实的政治斗争转入了校园和讲堂，知识被当作是解放的重要路径。文化研究、女性主义、后殖民研究、性别研究、怪异理论、环境批评等理论风起云涌，形成了一种激进的理论思潮。

文化研究的兴起，更是坚持一种反精英和反经典的民粹立场，将日常生活和大众文化纳入视野。

从文学研究界自身来说，"文学系的人对新批评、马克思主义和弗洛伊德批评理论已感到十分厌倦"（Rorty，2006：64）。"德里达和福柯（以及差不多同时被发现的尼采和海德格尔）在文学系引起了极大兴奋。这不是因为他们的著作对文学的本质提出了新的理论，而是'文学理论'这个惹人不悦的术语让一些不幸的研究生受骗上当，他们以为只要将理论运用到某文本，就能写出有价值的论文或著作，其结果是产生了一大批难以卒读、令人厌倦之极的论文、论著。"（Rorty，2006：64）因此，他们转向了非文学的理论研究。

事实上，自1979年以来，文学研究的兴趣中心已发生大规模的转移：从对文学作修辞学式的"内部"研究，转为研究文学的"外部"联系，确定它在心理学、历史或社会学背景中的位置。换言之，文学研究的兴趣已由解读（即集中注意研究语言本身及其性质和能力）转移到各种形式的阐释学解释上（即注意语言同上帝、自然、社会、历史等被看作是语言之外的事物的关系）。（米勒，1993：121–122）

以开放性、跨学科为特征的比较文学更是兴冲冲地成了这股理论大潮中的弄潮儿。20世纪60年代后期开始，美国的比较文学系"渐以理论的温床而著称"（Bernheimer，1995：4）。"有些优秀的研究生院，其比较文学所优先研究的，是理论而不是文学，是方法而不是问题。"（Bernheimer，1995：5）

第1章　当代国际比较文学的发展

哈罗德·布鲁姆（Harold Bloom）（2005：2）对文学研究的非文学化现象很愤慨："在现今世界上的大学里文学教学已被政治化了：我们不再有大学，只有政治正确的庙堂。文学批评如今已被'文化批评'所取代。这是一种由伪马克思主义、伪女性主义以及各种法国/海德格尔式的时髦东西所组成的奇观。西方经典已被各种诸如此类的十字军运动所代替，如后殖民主义、多元文化主义、族裔研究，以及各种关于性倾向的奇谈怪论。"托马斯·罗森梅耶（Thomas G. Rosenmeyer）（1994：62）感叹："如今年轻一代的比较学者喜欢将文本哲学化和抽象化，或者将文本作为预设理论的材料，不再时兴自由而透彻的文学研究了。……比较文学成了边缘探索的实验场。"

如何看待理论的功用？陈后亮（2022a：92）认为："理论主要是一种思考方式，它可以帮助读者深化对文本的理解，有时候就像一面透镜，让原本没有特别之处的文本细节显示出特殊'意义'。""理论的魅力在于其倡导批判性思维，让人们去反思各种看似正常、标准、自然、合法的事物和观念，去理解它们被建构的方式和秘密，探究其中是否隐含压迫和不公，进而为实现更加正义的社会秩序寻找可能。"但是，如果把理论化简为带有特定政治色彩的批评工具或分析透镜，在文本分析中被滥用，"陶醉于打碎传统偶像带来的革命快感，却忘记了建构更美好社会的使命，就可能变成一种玩世不恭、自作聪明的游戏"，"这正是理论在20世纪末遭到大范围抵制的根本原因之一"。

这股"理论热"并未持续多久就尽显疲态。

> 就在理论家们为自己无所不能的假象陶醉之时，它在实践效果上的无能却逐渐暴露出来。由于理论过度夸大自身的社会功能，抬高了公众对其实践效果的期待，失望的人们开始对其进行强烈抨击。对理论实践效果的批评主要集中在两方面。首先是在文学批评方面。比较流行的看法是理论杀死了文学，让文学阅读变得无趣，文学作品成了"等待解剖的青蛙"，大部分学生都是因为对文学的热爱而开始学习文学，然而一旦踏入文学研究的大门，他们却发现不得不把兴趣转向抽象枯燥的理论。他们面对的不再是纯然淡泊的文学欣赏，而是一个"高

度政治化、并且反文学的学术文化"。要想在文学研究机构脱颖而出，他们必须暂时搁置对文学的那些不切实际的浪漫想法，同时在理论的指引下，对他们此前一切未经反思和检验的有关文学的假定提出质疑：文学、作者、读者、经典、意义、价值、真理、美……所有这些都不再是不证自明的透明概念，而是成为需要被问题化的政治上可疑的对象。非但如此，当他们真打算把理论当成破解文学作品的工具时，却又发现它除了打碎以往文学作为一个有审美价值的封闭实体的幻象之外，并不能给他们带来让人满意的批评实践。于是理论被比作让人讨厌的"磨坊"，它把文学作品当成"谷物"来加工，无论多么美好的作品，一旦经过理论的碾磨，也变得支离破碎、面目全非。总之，很多人认为至少在文学批评层面，理论是弊大于利的。（陈后亮，2019：85）

学界不仅对理论失去了热情，还将人文学科和文学研究的衰落归咎为理论。陈后亮（2022a：93）对杜克大学英文系的衰落作了很详细的追溯和分析：

> 有不少英文系内部人士都认为，英文学科在今天之所以陷入困境，完全是因为理论在过去几十年间不务正业所致：它差不多已经穷尽了在种族、性别、政治和历史等方面的探索可能，只剩下千篇一律的文本解读方式，剥夺了读者从文本中获得惊喜的自由，导致全社会对文学研究失望和厌烦，破坏了后者赖以存在的合法性根基。甚至有一些"理论热"时期的主要参与者也把英文系的式微归咎于理论，例如米勒曾如此说道："文学行将消亡的最显著征兆之一，就是全世界的文学系的年轻教员，都在大批离开文学研究，转向理论、文化研究、后殖民研究、媒体研究（电影、电视等）、大众文化研究、女性研究、黑人研究等。他们写作、教学的方式常常接近社会科学，而不是接近传统意义上的人文学科。他们在写作和教学中常常把文学边缘化或者忽视文学。"后来他甚至干脆把"征兆"换成了"病因"，声称："不可否认，文学理论促成了文学的死亡。"另外，在乔纳森·卡勒（Jonathan Culler）和伊格尔顿（Terry Eagletom）21世纪以来的部分著述中，也都或多或少把以政治阐释为主的理论研究看作导致英文系陷入危机的重要帮凶，并

把回归文学视为摆脱危机的有效途径。于是自 20 世纪 90 年代以来，有关理论终结的说法越来越普遍，青年一代追逐理论的热情日渐消退。

1.2.2　文化研究及其内涵

到了 20 世纪 90 年代，"理论热"消退后，文学研究领域为何又踏上了文化研究之路？杜克大学大卫·贝尔（David F. Bell）作了如下分析：

> 伴随着理论鼎盛的消退以及随后留下的怀疑主义，文学研究中的文化研究变得越来越重要了，以各种美国形式的面目出现的分析，汇总起来统称为文化研究，排炮一般地向文学典律轰去，而这种典律被认为是一个受过教育的人的整个智性积累的一部分，对文学典律的控制及对其边界的重新划定，向来是女性主义批评、非洲裔美国人研究以及同性恋及性别研究的主要目的。而文化研究则希望再前进一步，把所有的界限都统统消弭。典律问题向来是一个带有根本性的问题。因为对文学文本的价值判断是传统批评家与后现代批评家对垒交锋的一个战场，这些后现代批评家对传统批评家的政治取向和文化力量进行质疑，后者即这一政治取向和文化力量的喉舌。哪群人有权决定一部文本的价值，这一决定难道不总是一种对什么被允许进入话语进行控制的压迫性举措吗？如果是的话，那么最好的解决办法也许就是放弃价值判断，把文学范畴尽可能地放大，这样就把高雅和低俗以至所谓典律的概念都统统取消了。（盛宁，2002：8）

需要注意的是，欧美比较文学的文化研究，与中国比较文学学者所说的从比较文学走向比较文化或文化研究，在文化的概念上并不是一回事情。欧美的文化研究并不是我们通常意义上所说的"文化"研究。李欧梵说，他当时以为文化研究的最重要的观点是文化，"后来才发现文化研究的背后是理论，是关于文化的理论，而不是文化本身"（李欧梵、张历君，2020：36）。

谭国根对传统的文化概念与20世纪80年代的文化研究之"文化"概念作了一个辨析：

> 我们所说的"研究文化"指的是东方文化、西方文化、中国文化、法国文化之类的研究。在这种研究中，"文化"的意思是指从野蛮发展至文明，其中所形成的价值、道德、宗教信仰、世界观、社会伦理、法律、基本哲学观念（包括数学及逻辑）。这就有点像《文心雕龙》所说的"文"，其义是指文明背后隐藏的模式（pattern）。这些价值、道德、宗教信仰、世界观、法律、基本哲学观念是文化的组成元素，文学、绘画、音乐、建筑等则是文化因素的具体表现。……然而现今的学术界，尤其在西方，"文化研究"所指的是一种特定的取向（approach），是把一切非自然生长的事物均看作是文化的产物（cultural formation），而文化是意识形态的体现。"文化研究"产生于第二次世界大战之后在英国形成的"新左派"，20世纪七八十年代起盛行于美国，继而遍及全球。在这种研究取向之中，可以看到"新马克思主义"的影响和延续。由于"文化研究"注重意识形态分析，很多研究都是以流行文化为对象，所以"文化研究"亦大盛于西方学术界的传播学系。（苏晖，2006：64）

1.2.3 "理论热"和文化研究的功过

"理论热"和文化研究对文学研究和比较文学来说，是否只是妨碍，而没有益处呢？倒不完全如此。在一些学者看来，当代理论并不是一无是处，而是有其独特的魅力和学术意义。例如，奚密（2006：82）就认为："这些当代理论的确是充满魅力的，因为新知识本身就对从事学术研究的人有一种很大的魅力，新的理论带来新的方法，新的方法就好像开辟了一扇窗子，它让我们看到了新的景观。"

在奚密看来，当代理论至少具有四个方面的创新意义：

第1章 当代国际比较文学的发展

第一,当代理论帮助我们从隐到显地揭示,也就是说,过去我们所忽略的或者说是完全没有考虑到的东西经由了某些当代理论,我们有了新的视角,然后把它发掘出来了。譬如说,过去被忽略的作家——女作家也好,或者说有一些不是政治性的作家,过去被大家遗忘或者被有意地忽略了,在近年来得到了很多的新的关注,也得到了更深入的评价,甚至影响了我们对文学经典和文学经典化过程的一些思考以及对文学史的改写,这一点是非常正面的贡献。第二,从点到面的开拓,也就是说,永远不能够满足于对个别的文学文本的研究了,虽然那本身就是一种很重要、很专精的学问。这些当代理论提醒我们说,不要只看到一些点,还要看到它的背后是怎样连成的一个很大的面。也就是说,文学作品不是一个单纯的存在,它的背后有很多层的中介。我们都需要去了解、分析这些中介的因素或者说是机制的力量。譬如说,文学文本产生、它的出版、它的经典化等,这些东西一环扣着一环,我们都必须去了解它。因此我们今天在研究文学的时候,基本上不是去研究它的文本,比如说版本问题啊、诠释问题啊,而是研究包括跟文学社团、文坛的活动还有跟出版业之间的关系,甚至跟教育文化等事情的关系。这也是我们的一个很深刻的教训。第三,一种从浅到深的关注。经过了从隐到显的揭示,经过了从点到面的开拓以后,我们对文学作品的理解是深化了而不是浅化了,我想这也是我们的一个共识,就是文学作品本身的丰富性怎样才能够更全面地说出来。最后一点,跨学科的研究。这些年来,跨学科研究的概念在欧美基本上被大家接受了。因此,我们看到了一种从一元到多元的跨越,也就是说,文学研究和其他学科的研究有了一种相当密切的关系。许多当代理论不是来自文学研究,而是来自其他的人文科学,除了文史哲以外,还有语言学;另外还有很多当代理论受到了社会科学的启发,比如人类学、社会学、政治学、经济学等。(奚密,2006: 82-83)

文学的内部研究只是文学研究的一方面,完整的研究,必然包括文学的外部研究,而这些,是新批评等文本理论力所不逮的。当代理论帮助我们从隐到显地揭示过去所忽视的或者完全没有考虑到的东西，"经由了某些当代的理论，我们有了新的视角，然后把它发掘出来"（奚密，2006：8）。"当代理论教会了我们很多东西，其中有一点很重要，就是文学作品本身是复杂的，其中包括了很多中介、机制、脉络、关系，等等。"当代理论可以帮助我们去"了解、分析这些中介的因素或者说是机制的力量"（奚密，2006：82）。

当代理论也帮助比较文学深化了其研究方法。例如，新历史主义致力于"将一部作品从孤零零的文本分析中解放出来，将其置于与同时代的社会惯例和非话语实践的关系之中。这样，文学作品、作品的社会文化语境、作品与其他文本的关系、作品与文学史的联系，就成为文学研究的重要因素和整体策略，并进而构成新文学研究范型"（朱立元，2003：396）。

当代理论，如解构主义、后殖民理论等，不仅更新了文学批评观念，拓展了文学研究的视野，扩大了文学研究的范围，也促使欧美比较文学界增强了国际性视角的意识，开始将研究的关注点由欧洲转向东方和第三世界国家，开掘了一些真正具有比较文学国际性视野的新研究课题，例如，由比较文学界发起而扩散到整个文学研究领域的对文学经典和世界文学的热议。世界文学是比较文学领域里的老题目，似乎也最难挖掘出新意。但在解构主义和后殖民理论的观照下，比较文学学者获得了新的研究思路，从而对世界文学这个老议题提出了新见解。大卫·达姆罗什（David Damrosch）（2006：43-53）将经典分为超级经典、反叛经典和影子经典。其中"反经典"概念的提出，即是对传统欧洲中心主义视野中的世界文学经典谱系的解构。达姆罗什认为，世界文学并不是衡定文本的标准，而是文学流通和阅读的一种模式，通过翻译得以流传。流通方式构建了不同的世界文学概念，"有多少种民族和本土的视角，就有多少种世界文学（world literatures）。世界文学不是比较文学的敌手，而是其研究对象，甚或研究项目"（Saussy，2006：11）。这个观点为比较文学拓展了一个具有文学性而富有学术活力的新研究空间。

查尔斯·伯恩海默（Charles Bernheimer）的报告之所以能够提出摒弃欧洲中心主义，也归功于解构主义和后殖民理论。而斯皮瓦克（Gayatri Chakravorty Spivak）正是基于后殖民主义的文化立场，提出传统的建立在欧洲中心主义基础之上的比较文学已经"死亡"，或者说这种比较文学未生已死、胎死腹中。因为在她的比较文学理念中，真正意义上的比较文学还没有到来。现在这门学科的出路，在于承认自己只是将来才能明确的学科雏形（to acknowledge a definitive future anteriority），承认其"将成"性（a "to come"-ness）和"将发生"性（a "will have happened" quality）（Spivak，2003：6）。斯皮瓦克的《一个学科之死》，并不是真的宣告比较文学之"死"，而是以夸张的方式，为其"新型比较文学"（a new comparative literature）理念张目，即解构欧美中心主义，建立没有霸权和权力话语关系的"星球化"（planetarity）思维模式，走与区域研究相结合的道路。（Spivak，2003：1–23）

1.3　20世纪90年代美国比较文学的"两个转向"

如果说，大卫·贝尔揭示的是文学研究的"文化转向"中所隐含的学术话语权力问题，那么，伯恩海默报告中提出的"文化转向"，则是基于比较文学应适应文学研究发展趋势和多元文化时代的要求。

1993年，美国比较文学学会会长伯恩海默以《世纪转折时期的比较文学》为题，发表了比较文学学科现状与发展报告。伯恩海默的报告最引人瞩目的是其对比较文学发展方向提出的两条建议：一是比较文学应摒弃欧洲中心主义，提倡多元文化主义（multiculturalism），将比较文学研究范围扩大到东西方；二是比较文学研究的关注点不应再是文学文本和文学现象，而应扩大文学研究的语境，将文学研究扩展到文本赖以产生的文化语境（Bernheimer，1995：41–42）。伯恩海默的报告不仅在美国，在国际比较文学界也引起了广泛而热烈的议论，对此后的国际比较文学发展产生了重要影响。

伯恩海默提出，欧洲中心主义受到了来自多方面的挑战。学科交叉和渗透日益明显，以往通过颁布一套学科标准就可以确立一个学科观念的做法已经行不通了。

  如今的比较空间已大大拓宽，涉及以下诸多方面：过去不同学科所研究的艺术产品之间的比较，那些学科的种种文化建构之间的比较；高雅与通俗的西方文化传统与非西方文化传统之间的比较；殖民地民族被殖民前与殖民后的文化产品之间的比较；被界定为女性和男性的性别建构之间的比较，或者异性恋和同性恋之性取向之间的比较；种族的和族裔的表意模式之间的比较；对意义不同解释与对其生产和流通模式的唯物主义分析之间的比较，等等。在这个广阔的话语、文化、意识形态、种族和性别领域，上述扩大文学语境的方式迥异于过去按作家、民族、时期和文类来分类的文学研究模式，以至于用"文学"这个词来描述我们的研究对象已不再合适了。（Bernheimer，1995：41-42）

由于1993年伯恩海默报告发表后，美国比较文学出现了越演越烈的学科泛化和文化研究现象，有的学者将此归咎为伯恩海默的报告，实际上有些误解。伯恩海默报告中所提出的文化转向问题，在西方和美国比较文学界业已存在。在伯恩海默的报告发表之前，杰拉德·吉列斯比（Gerald Gillespie）曾总结了西方比较文学的五大新趋势：①文学理论方面，民族文学的界限加速消除，甚至在具体批评实践上也是如此；②文学史的声望严重衰落；③以作品为中心的新批评研究方法被抛弃，以作家、作品为主的传统文学研究观念也遭到普遍拒绝；④普遍拒绝考虑审美问题，而注重文学研究与人文科学之间的关系；⑤热衷于所谓"科学"的方法以及种种关于文学的修正观（revisionary philosophies of literature）（Gillespie，1989：18）。可见，美国比较文学的"文化转向"，并非伯恩海默的报告所发动。由于1985年的美国比较文学报告没有发表，1993年伯恩海默的报告就成了论争的靶标。伯恩海默报告的写作者只不过对这种趋势进行了描述和总结。当然，伯恩海默的报告也不乏因势利导的意图，支持了业已出现的文化研究新趋势。

第1章　当代国际比较文学的发展

从20世纪80年代开始，整个人文学科出现了社会、文化研究的转向，比较文学也越来越关注文化研究议题，国际比较文学大会都有将"文化"作为大会主题的关键词，如第11届大会（法国巴黎，1985）的主题是"比较文学的新领域""文化的对话"，第12届大会（德国慕尼黑，1988）的主题是"文学的时间与空间"；第13届大会（日本东京，1991）的主题是"欲望与幻想"，第14届大会（加拿大阿尔伯特，1994）的主题是"多元文化语境中的文学：语言、文化、社会"，第15届大会（荷兰莱顿，1997）的主题是"作为文化记忆的文学"，第16届大会（南非比勒陀利亚，2000）的主题是"多元文化主义时代的传递与超越"，第17届大会（中国香港，2004）的主题是"身处边缘：文学与文化中的边缘、前沿与首创"。

伯恩海默提出的文化转向，并非要用文化研究取代比较文学。其提倡比较文学应扩大文学研究的语境，以使比较文学适应整个大的文学研究对象的变化。因为"文学现象已不再是我们学科的唯一焦点。如今，文学被视为复杂、变幻且矛盾重重的文化生产领域内各种话语实践中之一。比较文学向跨学科的基本观念提出了挑战，甚至认为，学科就是一种历史建构，目的就是将知识领域归拢起来，以便控制在专家们可以驾驭的范围之内"（Bernheimer，1995：42–43）。

但"宣称文学是各种话语实践之一种，并非要攻击文学的独特性（specificity），而是要将其历史化"（Bernheimer，1995：15）。文学研究的语境化和历史化，是不是对文学和文学性的放弃？伯恩海默（Bernheimer，1995：43）解释说："我们建议扩大探索领域，并不意味比较文学就此放弃了对修辞和诗体韵律等形式特征的细致分析。但是，精读文本的同时，要考虑其意义赖以产生的意识形态、文化以及体制的语境，因为比较文学研究不应只关注高雅文学话语，而应考察文本赖以生产并决定其地位高低的整个话语语境。"

可见，伯恩海默提出的"扩大文学研究的语境"还是为了更深入地解读文本可能拥有的内涵，着眼点还是在文学。所以，马努拉·莫拉奥（Manuela Mourão）（2003：136）说："《多元文化时代的比较文学》所收文章，总的说来有一个共识，即文学仍处于比较文学研究领域的中心。论争和焦虑主要不是因为这个，而是比较文学范围的扩大是否会最终导致文学的边缘化，以及如何做到所提出的'文学研究多样化和语境扩大化'。"为防止所倡导的比较文学新发展方向偏离文学研究的方向，甚或被文化研究所取代，伯恩海默（Bernheimer，1995：42）特别提醒："要谨防把自己等同于文化研究领域，后者的大多数研究都是单语种的，而且主要关注当代大众文化的具体问题。"

关注文化研究问题是比较文学发展的必然。文学的内部研究只是文学研究的一方面，完整的研究必然包括文学的外部研究，即文学与社会、政治、意识形态等方面的联系。因为比较文学研究"不应只关注高雅文学话语，而应考察文本赖以生产并决定其地位高低的整个话语语境"（Bernheimer，1995：15）。对于欧美比较文学来说，传统意义上的文化研究尤为必要。

西方长达一百多年的比较文学研究，从法国学派的影响研究到美国学派的平行研究，再到理论研究，基本上是在欧洲文学范围内进行的，虽然从微观上考察欧洲各个国家、民族的文化各有不同，但从宏观上看，尤其是与东方文化相比较，它们有着共同的文化基因和文化特征。因此，20世纪90年代之前，欧洲比较文学不存在跨文化问题，所以乌尔利希·韦斯坦因（Ulrich Weistein）"对把文学现象的研究扩大到两个不同文明之间仍持怀疑态度"。因为在他看来，"只有在一个单一的文明范围内，才能在思想、感情、想象力中发现有意识或无意识地维系传统的共同因素……而企图在西方和中东或远东的诗歌之间发现相似的模式则较难言之成理"（韦斯坦因，1987：5-6）。

卡勒对超出同一文化体系的文学比较也表示担忧。他说：

> 文本的意义有赖于它与某个文化空间中的其他文本之间的关系，譬如说西部欧洲文化空间，这也是为什么比较文学的重心是如此倾向于保持在西方和欧洲范围内的原因之一。一个人对于话语的理解越是深刻复杂，他就越是难以对西方和非西方的文本进行比较，因为这二者中的每一种的意义和身份都依赖于它们各自在其话语体系中的位置，

而这些性质相异的体系似乎使得文本之间那种公认的可比性要么虚无缥缈，要么至少也是误导性的。(卡勒，2012：8)

随着多元文化、全球化时代的来临，欧美比较文学不得不将研究视野拓展到欧美之外。文学研究离不开对文学赖以产生的文化背景进行考察，并且很多文学现象和问题，也只有在文化层面进行挖掘、探讨，才能认识得更深刻，从而获得更为深刻的阐释。欧美比较文学超出欧美文化体系之外，势必要研究欧美之外国家、民族的文化，因此，文化研究就成为必然要求。由于长期的欧美中心主义影响，大部分欧美比较文学学者对欧美之外的文化都比较陌生，因而他们对比较文学超出欧美之外所产生的跨文化问题表现出的困惑、所产生的争议，也就是很自然的了。

美国比较文学的两个转向对整个国际比较文学的发展具有重要的意义。将比较文学扩大到东西方，使欧美比较文学获得了完整意义上的国际性品格，中国等非西方国家的文学、文化从学理上合法地进入了欧美比较文学的视野，艾田伯（René Etiemble）等人的比较文学理想得以实现。

1.4　世界文学研究的兴起

二十多年来，比较文学最大的热点是世界文学研究。世界文学之所以兴起，并成为国际比较文学的热点，有以下几个方面的原因。

第一，随着经济全球化程度的日益加深，国际交流更为频繁，网络技术的日益发展和普及，为国际文学交流提供了前所未有的便捷条件。文学、文化交流的规模、频率和深度，都远甚于歌德、马克思时代。歌德、马克思所预言的世界文学出现的外部条件更为成熟，世界文学的愿景，由朦胧而逐渐清晰，似乎离我们已不再遥远。

第二，20世纪下半叶，随着传统欧洲中心主义的解构，"当代世界文学具有真正意义上的全球维度，不再单纯地反映西方传统文化模式"（Aldridge，1986：9）。1993年，伯恩海默的报告对比较文学的发展方向提出了两条建议,其中之一,就是主张比较文学应摒弃欧洲中心主义而提倡多元文化主义,将比较文学研究范围扩大到东西方。欧美比较文学界开始关注欧洲之外的文学。这在世界文学文集的作品遴选上也反映出来。编者开始注意收入欧美之外国家的文学作品,尽管所占比例还比较小,但毕竟打破了欧美文学独霸此类文集的局面。

第三,20世纪80年代后,比较文学在中国、印度、巴西等亚洲和拉美兴起,并呈现出蓬勃之势。正如巴斯奈特(Susan Bassnett)(1993:8)所说:"正值比较文学这门学科在西方面临危机和衰微之际,世界很多地方因民族意识的觉醒以及对超越殖民遗存必要性意识的增强,促使了比较文学卓有成效地发展。无论在中国、巴西、印度,还是在非洲很多国家,比较文学所使用的这种方法都富有建设性意义。"比较文学在亚洲、拉美国家的兴盛,受到了国际比较文学界的关注。世界文学的整体意识在不断增强。

第四,20世纪80年代后期,文学经典研究成为比较文学界的重要议题,也是东西方比较文学的共同话题。各个民族都有自己的文学经典和文学经典的谱系。确立经典的标准什么?如何评判经典?从比较文学角度看文学经典问题,视野就从民族文学转向更为广阔的世界文学,那么在世界文学的视域中,经典评判的标准是什么?谁来确定这个标准?这个标准背后是否存在文化霸权或者意识形态的斗争?当下的世界文学热议,也可以视为20世纪80年代文学经典讨论的延续和深化。

第五,从文学经典角度来探讨世界文学,看起来似乎比较单纯,也很富有文学性,但随着探讨的深入,很快发现文学经典问题并不是个单纯的文学性课题,而文学经典问题一旦从民族文学转向世界文学,其涉及的问题就更为广泛、复杂,远远超出了单纯的文学性范畴,而呈现出很多非文学的面向,如后殖民主义、东方主义、文化霸权、国际政治、世界经济体系与文学地位,等等。

第 2 章
当代国际比较文学发展的内在理路

比较文学作为文学研究的新领域和作为人文领域中的新型学科,其研究对象、研究范围、研究目标等都处在探索中,尚未建立比较严密的学科理论体系、知识体系和学术体系,因而时常遭到业外人士的质疑,业内人士对自己的学术身份也时感困惑。比较文学尽管时有"危机"之声,但从未停止前进的步伐,而不断开疆拓土,探索比较文学之可能与比较文学之可为的领域。其动力,来自其内在的人文主义精神。正因其人文主义精神,才促使自己不故步自封,勇于挑战自己,秉持着强烈的人文关怀和问题意识,将一次次危机转化为比较文学发展的契机和动力,而成为人文学科领域中一支先锋、劲旅。

2.1 比较文学的人文主义精神

歌德在《歌德谈话录》中,提出"诗是人类共同的财产"的命题。这个观点在后世不断激发出回响。人生面临很多共同的问题,由此在世界文学中出现了共同的主题,表现了人性的普遍性和人类文化、情感、审美的普遍性。韦勒克和华伦(Wellek & Warren, 1956: 50)提出:"文学是一体的,正如艺术和人性是一体的一样。"艾田伯在 1963 年发表的著名的论战性著作《比较不是理由》中,响亮地提出"比较文学是人文主义"的观点,"主张把各民族文学看作全人类的精神财富,看作互相依赖的整体,以世界文学的总体观点看待各民族及其相互关系;把比较文学看作能促进人们的相互理解、有利于人类团结进步的事业"(戴耘,1985: 121)。

文学是人道主义情怀、人文主义精神最重要的载体，也是人文主义的集中体现。"文学是人学。"文学性是人性的艺术再现。阿诺德·约瑟夫·汤因比（Arnold Joseph Toynbee）认为："人类文明最高的成就，是彰显人和人性的文艺成就，因为只有这种渗透了人类心灵感悟和智慧的文明高峰，才是永远屹立不倒的。"（陶家俊，2020：36）文学艺术之所以能为不同国家、不同时代的读者所欣赏和共情、共鸣，也在于文学艺术之美中蕴含了普遍的人性内容。"比较文学和文学人类学研究得以展开，有一个最根本的理论预设，就是普遍人性，其基本含义是人性是超时空的普遍性存在，因而文学的本质和规律也是相通的、共同的。"（段从学，1998：100）从这种意义上说，文学性是人文主义的体现。文学的世界性、情感的共同性、表达的相似性、文学观念的可沟通性是比较文学得以建立的前提。比较文学是最富于人文精神的学科之一。这与比较文学的文学性以及它的学科属性相关。

梵·第根在现代文学史第四次国际大会上作了题为《作为国际理解工具的比较文学》的报告，其中说道："大家知道15世纪和16世纪的人道主义是什么，比较文学的研究导致的是一种新的人道主义，这是比前者更广泛更丰富的人道主义，更能使国家之间相互靠拢。……（比较文学）迫使实践它的人们对于我们的天下的兄弟们采取一种同情和理解的态度，采取一种文化的自由主义，没有这些，任何一部共同的作品在人民之间不能被尝试。"（布吕奈尔等，1989：93）白璧德提醒："比较文学如不严格置于人道的标准之下来研究，将成为最微不足道的学科之一。"（转引自韦勒克，1985c：161）

韦勒克（1985c：161）说："'人文主义'的确切含义正是教堂山大会的中心议题，也仍然是今天比较文学中的问题。"为什么韦勒克说1958年在美国北卡罗来纳大学教堂山召开的第二届国际比较文学会议的焦点是"人道主义"（"人文主义"）？在韦勒克看来，坚守比较文学的文学性，就是坚守比较文学的人文性，彰显比较文学的人文精神。赫伯特·魏辛格（Herbert Weisinger）和乔治·茹瓦约（Georges Joyaux）（Weisinger & Joyaux，1966：xxii）指出："比较文学一直提醒人们：文学是保存人类精神的容器。"比较文学的人文主义理念是"把

第 2 章　当代国际比较文学发展的内在理路

文学世界理解为一个基本统一体"(to perceive the literary world in its fundamental unity)。弗朗索瓦·约斯特（François Jost）认为，比较文学"不仅仅是一门学科。它是对文学、文学世界、人文生态环境、文学世界观的全面观照，是全面包含整个文化时空的一种视野"(Bassnett, 1993: 3-4)。两次世界大战造成了西方共同价值观的分崩离析，比较文学学者希望"建立一门跨越文化界限、通过伟大文学的教化力量将人类联合起来的学科"，以帮助重建人类共同的人文理想和普世价值观。比较文学学者认为，比较文学正可堪当此任（Bassnett, 1993: 5）。这也是20世纪五六十年代国际比较文学之所以兴盛起来的背景。西方雄心勃勃的研究生对比较文学趋之若鹜，"纷纷转向了这门激进的学科"（Bassnett, 1993: 5）。具有浓厚人文主义传统的比较文学因此得到了快速发展的契机。

无论是影响研究还是平行研究范式，其背后所潜含的，是人类文学共同性的理念。

法国比较文学创始人之一巴登斯贝格（F. Baldensperge）（1985: 47）很早就提出：

> 在仅限于人类精神范围本身的文学史内容显得纷繁多变的情况下，为如此动荡的表面确定一个基本的中心，难道不重要吗？模糊一团的物质，越是不确定和不可捉摸，就越应该明确和坚固它的核心。同样，在我看来，这就是新人文主义的准备工作，在今天还支配着我们的危机过去以后，比较文学的广泛实践尤其可以促成这种新人文主义：比较文学的努力所要达到的，是一种仲裁，一种清算，它将为新的、人道的、有生命的、文明的信念开辟道路，我们的这个世纪是能够再次做到这一步的。

勃洛克（1985: 206）后来对巴登斯贝格的观点评论道：

> 巴登斯贝格曾设想通过比较文学的发展来"为新的人文主义做准备"。20世纪的混乱历史为他这个设想作了辛辣的评注，但这种想法本身仍旧延续了下来。由于比较文学要求研究者具备聪明、机智的态

度，它将把我们引向人类的相互同情和团结。我们彼此需要。我们正投入一项集体合作的事业，很可能，通过发现、解释和妙悟，我们将对这个人文主义有新的体察，而我们的文明的存亡正有赖于这个人文主义。

虽然法国学派和美国学派所提出的比较文学研究范式不同，表面上甚至还显得有些对立，但在深层次的人文理念上则是相通的。正如李清良、夏亚平（2013：103）所指出的：正是人文主义的传统，"使得法国学派与美国学派并不像一般想象的那样截然对立，而是逐渐从对立走向和解，走向相互尊重和理解，也相互影响和吸纳。也正是这个传统，内在地促使比较文学不断对其学科定义和学科方法进行反思和否定，一次又一次地提出学科'危机'论。比较文学学科的'危机'，正是其内在的人文主义精神所遭遇到和感受到的'危机'；每一次'危机'的解除，则是其人文主义精神的进一步开拓和实现。假如没有这种人文主义追求，比较文学既不会感到'危机'，也不能克服'危机'。可以说，人文主义正是西方比较文学的内在精神、灵魂和动力"。

人文主义不仅是西方比较文学的内在精神、灵魂和动力，也是中国比较文学的精神。乐黛云（1998：12）就大力提倡比较文学要发挥人文精神，认为"21世纪的新人文精神正是未来比较文学的灵魂"。她还提出比较文学作为21世纪新人文精神的命题，宣称"人文精神永远是比较文学的旗帜"（乐黛云，2004b：101）。

乐黛云从三个方面来阐释比较文学作为21世纪新人文精神的命题。

第一，强调对人的尊重和关怀。乐黛云（1998：9）认为，21世纪的新人文精神就是：

> 强调首先要把人当作人看待，反对一切可能使人异化为他物的因素，强调关心他人和社会的幸福，关怀人类的发展和未来。它接受科学为人类带来的便利和舒适，但从人的立场出发，对科学可能对人类造成的毁灭性灾难保持高度警惕。它赞赏第二种思维方式对中心和权威的消解，对人类思想的解放，但同时也企图弥补它所带来的消极方

第 2 章　当代国际比较文学发展的内在理路

面——零碎化、平面化和离散。新人文精神用以达到这些目的的主要途径是沟通和理解：人与人之间、科学与人文之间、学科与学科之间、文化与文化之间的沟通和理解，在动态的沟通和理解中，寻求有益于共同生活（我们只有一个地球）的最基本的共识。如果说过去的形而上学、"绝对精神"追求的是最大的普遍性，那么，新人文精神则是将这种普遍性压缩到最低限度，而尽量扩大可以商谈、讨论和宽容的空间。这种普遍性又不是一成不变、由某些人制订的，而是在不同方面"互为主观"（尽量站在对方的立场考虑，类似中国传统的"将心比心"）的基础上达成的。

第二，从"文学是人学"的观点出发，强调文学在全球化时代的人文价值和发挥人文精神的功能。乐黛云（2007：9）认为："人类面临的今天的世界大变局给文学提出了新的内容，将文学提升为维护多元文化共生的、新人文精神的主要承载者，成为造就新的人生观和世界观的最佳途径，特别是通过网络提供的方便，文学使最迅速、最自由、最随意的精神和心灵交往与共鸣成为可能，文学因而被赋予了前所未有的新的重要性和独特性，并被提升到空前的高度而具有更重大的意义。因为，无论是提升人类精神，拓宽人类同情，对人性的提升，对自然的敬畏，对他人的关切，等等，这一切都是所有文学的根本内容和任务所在，文学无疑对此起着无可取代的特殊作用。"

第三，从比较文学角度出发，强调人文精神在跨文化沟通中的作用。乐黛云（1998，11-12，20）认为：

> 新人文主义为比较文学提供了空前广阔的发展空间，也提出了比过去任何时期都更重要的任务。如果我们把比较文学定位为"跨文化与跨学科的文学研究"，它就必然处于世纪人文精神的最前沿。因为文学写的是人，它一方面要求写具有独立人格和特色的个人，一方面又要求这种写作能与别人沟通现在或将来。比较文学是一种文学研究，它首先要求研究在不同文化和不同学科中，人与人通过文学进行沟通的种种历史、现状和可能。它致力于不同文化之间的相互理解和沟通，并希望相互怀有真诚的尊重和宽容。文学涉及人类的感情和心灵，较

少功利打算，而在不同的文化中有着较多的共同层面，最容易相互沟通和理解。从这个意义上说，比较文学的根本目的就在于促进文化沟通，避免灾难性的文化冲突以至武装冲突，改进人类文化生态和人文环境。这种21世纪的新人文精神正是未来比较文学的灵魂，也是一切文学研究和文学创作的灵魂。

无论是提倡在对话和商谈的过程中，实现不同文化的文学之间的互识、互证和互补，或是在科学与人文的对立中维护科学为人类服务的根本目的，并沟通文学与其他人类思维方式等方面，比较文学都会为21世纪的人文精神作出自己的新贡献，并在这一过程中开辟自己的新领域，获得新的发展。

陈思和是20世纪90年代中国人文学界"人文精神大讨论"的重要发起人之一。他将人文主义精神视为比较文学学科的精神基础。人文精神的内涵是多元而有差异的，陈思和（2012：72）提出这样的问题：

> 我们似乎比较容易理解萨特强调的人在社会实践中体现出的差异性的人文主义精神，那么，这种差异的多元的人文主义的精神内核是否还存在着更高形式的同一性？也就是说，人、人类以及人类所创造的文化，在更高层面上有没有达到新的融合的可能性？如果答案是可能的，那么，作为比较文学学科的精神基础就可以奠定，一切地球人类的文明的比较都可以在这个更高的同一性上实现。

陈思和认为文学就具有这样的功能，使人类创造的多元文化达到融合的可能。"比较文学的研究对象是文学，必须是文学，这样它才紧紧联结到人类生命内核的同一性之上"。（陈思和，2012：72）

中外比较文学秉持人文精神，但在具体的比较文学实践上则有不同。欧美比较文学的人文精神使其对后现代社会出现的诸多问题有一种强烈的人文主义情怀和担当意识，觉得自己不应该对这些问题视而不见，无论其他学科是否将这些问题纳入研究视野，比较文学则要义无反顾地投入进去，体现自己的人文主义精神和人文担当。这种人文主义意识、情怀和精神，使比较文学关注的领域越来越广，学科的边界越来越宽泛。因为欧美比较文学"关注的是消除人文学科的盲点，开拓研究课题的新意，而不是界定比较文学的疆域"（张英进，2009：28）。中国比较文学的人文精神体现，重点还是在文学领域。中国比较文学人文精神所追求的目标，是以文学为中心，"通过对于人类不同民族、文化甚至个体生命的差异现象的比较和展示，最终是为了一个严肃的使命：在更高的生命层面上探索和了解人类相通、世界和谐的途径"（陈思和，2012：72）。

当代国际比较文学的发展，从影响研究到平行研究，从理论研究到文化研究，从欧洲中心主义到文化相对主义、多元文化主义，从文学经典的探讨到世界文学观念的更新，从文学议题的探讨到对世界性人文话题的参与，凡此种种，极大地拓展了比较文学的学术空间，也体现了当代比较文学的人文精神。

2.2 比较文学的"焦虑基因"

伯恩海默在《多元文化时代的比较文学》的导言中，开篇第一句就直言："比较文学有焦虑基因（anxiogenic）。"（Bernheimer，1995：1）"焦虑"宿命般如影随形地伴随着美国比较文学的发展历程。20世纪50年代，比较文学焦虑的问题是：比什么、怎么比？这是比较文学专业师生最大的困惑。即使已成为著名比较文学学者且担任耶鲁大学比较文学系系主任的彼得·布鲁克斯（Peter Brooks）也对比较文学的研究内容和研究目标感到茫然。他说自己虽然获得了比较文学博士学位，但"一直不敢肯定自己名副其实。因为我从来没搞清楚比较文学领域或者说学科是什么，也从来不敢堂而皇之地说，自己是在教或者研究比较文学"（Brooks，1995：97）。伯恩海默（2015：2-3）说："假如布鲁克斯对他的领域了然于心并确信他有权力从事这项工作，说不定他今天就不是耶鲁大学比较文学系的主任了。"此话虽是调侃，却也意味深长——比较文学还是一门发展中的学科，如果一切都确立、定型了，也许就停止了探索而画地为牢了。正因为未定型和研究内容上的不确定性,比较文学才积极探索而不断开拓新的研究空间。如伯恩海默(2015:3)所说:

> 如果我们停止磨蹭,不再沉浸在焦虑之中,我们就可以一往直前,坚定地比较下去,而比较使我们的焦虑卓有成效,使我们发现有趣的问题,探索传统疆界之外的思想,甚至使我们有理由被视作精英团队。如今,有争议的不仅是比较,甚至文学,作为一个研究对象,其身份也业已不再明晰。近日的许多学者认为,布鲁克斯确信他能教授"文学性和文学现象",这本身就是一种成问题的意识形态立场。

20世纪七八十年代兴起的"理论热",似乎让比较文学找到了方向,可以停止焦虑了,因为"在理论的时代,方法比问题更重要,焦虑已不再被视为需要治疗的症状,它已成为一种需要体察和分析的文本功能。在全国范围内,比较文学系开始以理论的温床著称,而理论差不多就等于解构——许多人认为它是理论最严密的实践"(伯恩海默,2015:5)。

多元文化时代,"多元文化主义作为本质上的多元论,似乎天生具有比较的倾向"(伯恩海默,2015:10)。这似乎解决了比较文学长期以来最为焦虑的问题,但多元文化时代的文化相对主义、文化身份、身份政治、后殖民理论、权力话语等新理论、新思想,又使比较文学陷入了更为迷惘的深渊,比较文学"所面临的紧迫问题就是在这些语境中形成的"(伯恩海默,2015:11)。比较文学从欧洲扩大到全球,涉及不同的文化语境,而"文本因表达方式的多样性(修辞的、叙述的、道德的、心理的、社会的)而具有动态复杂性"(伯恩海默,2015:19)。由于"文学学者今天所面临的一个主要任务是文学价值的重新表达,既要尊重它的个体的主观方面,也要尊重它的复杂幽深的社会与政治的含义"(伯恩海默,2015:20),因此,"语境化似乎已成为近日最有影响的文学研究方法的标语。历史、文化、政治、地点、性别属性、性别取向、种族——新模式的阅读必须尽可能多地把这些因素考虑在内"(伯恩海默，2015：9）。文学研究的语境化让比较文学学者所面对的挑战更大了。焦虑非但没有减缓，反而进一步加深了。

伯恩海默（2015：3）说："我们可以把'二战'以来本学科的焦点转换视为医治、容纳或利用比较的焦虑的一系列尝试。"比较文学左奔右突，无论是理论研究，还是文化研究，似乎都还没找到明确的方向。

影响美国当代比较文学发展走向的，有多种因素，但这些因素，无论是"理论热"，还是文化研究，对比较文学学科来说，都是外在的，真正内在的原因，还是这种先天的"焦虑基因"。

纵观国际比较文学发展史，比较文学家所勉力探讨的，就是试图找到一个一劳永逸消除"焦虑基因"的途径——从学理上为比较文学找到一个可以遵循的基本准则。但比较文学的性质决定了其开放性，开放性特征又促使它不愿，也不能墨守成规、画地为牢。因此，虽然深感焦虑，但依然不断开疆拓土，边界拓展，导致焦虑更加深刻和深广。深广的焦虑感，又加深对学科学理性的怀疑而引发新的危机。如此这般，比较文学似乎走入了难以摆脱的恶性循环。但我们从另一个角度来看，正是这个"焦虑基因"，正是这种危机意识，促使比较文学不故步自封，而一直保持着人文学科的先锋姿态，探索、发现，再探索、再发现，不问收获，只问耕耘，其成果泽被了其他人文学科，正如理查德·罗蒂所说："学科的变动不居、追新逐异，我们应当感到高兴才是。墨守成规必致衰腐。"（Rorty，2006：66）

2.3 比较文学的危机及原因

比较文学发展史上出现过多次所谓的"危机"。雷马克（1986a：64）直言，对比较文学的质疑成了比较文学的一个学术传统，他大度地说："没有任何一个学科像比较文学那样有一个未间断的传统，即专家们对自己的领域存在的合理性不断地提出怀疑。"

比较文学作为一门学科在其发展的早期，关于研究对象、研究目标、研究方法等，都是不明确的，主要是个案研究，还没有对这门学科的基本问题从理论上作比较系统的论述。"比较文学"这个学科名称，以及比较文学强调自己的文学史性质，都容易遭到误解和质疑。

克罗齐（Benedetto Croce）就对比较文学作为专门的研究领域表示怀疑，他说："比较文学是一种使用比较方法的文学。确切地说，比较方法是一种简单的研究方法，它不能够确定研究领域的界限。比较方法在所有研究领域都是通用的，它本身并没有说明什么明确的东西。"（Croce，1973：219）克罗齐认为，探讨文学作品中的主题和文学思想的变迁、发展和文学交往中显现出的差异性，要建立在博学知识的基础上，与其把这种研究定义为比较文学，不如看作文学史研究。但如果比较文学属于文学史研究，作为文学史研究的一个分支领域，那比较文学就没有独立存在的必要，因为"真正意义上的文学的比较史应该理解为对文学作品的完满阐释，这就要求将作品包含在它所有的关系之中，将其置于作为整体的世界文学史之内（除此之外它还能放在哪里？），从作品之所以存在的种种联系中对作品加以观照"（Croce，1973：222）。

克罗齐的质疑引发了比较文学的第一次危机，促使比较文学学者严肃思考比较文学的科学性和独立价值。1931年，梵·第根出版的《比较文学论》，阐述了比较文学研究的对象、方法和研究目标，也可视为对克罗齐质疑的回应。

由于法国学者将比较文学局限于文学之间交往的实证研究，导致了比较文学文学性的缺失，遭到了以韦勒克为代表的美国学者的批评，引发了第二次比较文学危机。

比较文学的第三次危机，是20世纪八九十年代的"理论热"和文化研究。比较文学进入理论研究和文化研究领域，导致比较文学研究对象庞杂混乱，研究范围宽泛无边，使得比较文学"已经不再是一个学术领域了"（卡勒，2012：5-6）。

卡勒（2012：5-6）指出：

> 在今天，被囊括在"理论"范围以内的很多理论都不是文学理论，因为它们并不是阐释文学作品的性质和研究文学的方法，而是关

第2章 当代国际比较文学发展的内在理路

注一般的语言和文化、表意的种种机制、心理的运作、个人与社会之间的关系等。对于"理论"而言，文学是文化生产的一种形式，文学系所的教授们所做的研究不仅仅聚焦于文学，而且也将研究的范围扩大到文化方面的话题和表意实践（signifying practice）。我或许需要强调，这并不是一种彻底的变化，因为先前所做的很多表面上是文学话题的研究，在本质上其实是历史性的；这些研究重新建构起该文学作品和作家的创作时代。但是在过去，这种研究表面上看来最终都指向对文学的某种理解。而在文化研究中，对文学文本的研究则经常意在理解社会话题、政治话题或文化话题，作为其他什么东西的某种症候。当比较文学将如此多不同的文化纳入自己的研究范围时，就已经变成了一个范围广大、无法操控的事业；当文学与其他社会产品和文化产品之间的边界被消抹，当比较文学学者也开始研究电影、电视、流行文化、广告和各种各样的文化表现形式时，该学科所要面对的材料绝对多得令人窒息。上述的每一个挑战都十分重要，但它们的结果都走到了一起，走向全球化，走向文化研究；其所涉及的范围是如此广大，以至于它似乎已经不再是一个学术领域了：实际上是对全世界的话语和各种各样的文化产品的研究。比较文学的研究范围迅速扩展，以至于根本无法把握，这一问题在比较文学的会议上显得尤为突出，大会上所提交的论文所涉及的范围常常如此宽泛，以至于你很难觉得你与很多其他的参会人员是属于同一个研究领域的，因为你与他们几乎没有多少共同的知识背景或相互之间的参照。

比较文学时常出现危机，但这并不是说处在危机中的比较文学就无所作为，只是在惶恐怎么解决自己的危机。实际上，尽管危机声频频，比较文学并没有停下脚步，而是以实际的业绩在开拓前行。正如刘象愚（2003：56）提出：

> 说比较文学存在着危机，并不等于否定比较文学的实绩。事实上，比较文学自问世以来，对人文学科的发展作出了重要贡献。20世纪上半叶法国比较学者的影响研究从作家、作品、渊源、声誉、媒介、翻译等不同层面梳理不同民族文学之间的关系；20世纪后半叶美国比较

学者的平行研究以审美和批评的眼光来比较研究不同民族文学之间的异同；苏联比较学者对不同民族文学类型的比较研究；中国比较学者关于不同民族文学应该而且可以互相阐发、互相印证、互相补充的观点，都极大程度地开拓了文学研究的领域，深化了对于文学总体的认识，而比较文学独特的视角和方法论则刷新了文学研究的传统思路，也为其他的人文和社会学科提供了新的语境。此外，中国比较学者二十多年来对比较文学学科基本理论和中西比较诗学的探讨以及对现代中国文学与外国文学关系的清理，也都做出了不俗的成绩。

比较文学因其先锋性和理论敏感性，研究的关注点经常发生改变，这样就使其研究对象变动不居，研究目标不明确，更没有建立比较稳定的学科体系、知识体系和学术体系。刘象愚认为，比较文学之所以经常出现危机，归根结底还是没有建立起比较完善的学科理论。他认为："从本质上说，比较文学的危机其实也就是学科理论的危机。因为，从诞生到现在，比较文学还没有形成一套可以完全自我辩护、经得起推敲甚至攻击的学科理论。换言之，比较文学还没有为自己的生存提出过一套雄辩的、合法的理由。"（刘象愚：2003：57）

> 造成比较文学学科理论上这类不完备、不周详，甚至混乱的原因主要来自学科自身。从总体看，比较文学在由小到大的成长过程中，从法国学派的只研究不同民族文学之间的"事实联系"的狭小范围，扩大到美国学派的研究不同民族文学之间非事实联系的广大领域以及超越文学本科的所谓"跨学科"研究的更开阔的领域，直到近十余年进入比较文化的无边无际的宇宙，可以说，在学科理论上既有发展和进步，也有曲折和倒退。这种曲折和倒退正是造成比较文学学科理论混乱的根源。（刘象愚：2003：58）

中国当代比较文学学者，如刘象愚等认为，欧美比较文学的跨学科研究，离开了文学的本体，对比较文学来说，是一种倒退。由此造成了比较文学的混乱和危机。"这种曲折和倒退正是造成比较文学学科理论混乱的根源。"（刘象愚：2003：58）

第 2 章 当代国际比较文学发展的内在理路

肖锦龙认为，比较文学的危机乃至走向衰微，症结在于它的逻各斯中心主义式的本质主义思维方式。他说："法国派和美国派的比较文学虽然在研究目的和研究方法上有很大的差异，但在思想方式上却完全相同：两者都认定在千差万别的作家作品背后有一种文学本质、本原，他们都以某种本质或本原为具体的作家作品植了根、定了位，这种思维方式属于一种本质论的思维方式，套用当下流行的一个术语，即是逻各斯中心主义思想。正是这种思想方式最终导致了西方比较文学研究的衰亡。"（肖锦龙，2002：135）以解构主义为主要特征的后现代主义，解构了文学的本质主义思想，这也就导致了比较文学所追求的目标虚幻性：

> 从后现代的观点看，事物内部并不像一般所认为的那样有一种本原或本质。所谓的本原或本质并不是事物本身的客观状态，而是人们的一种主观构造和假设。本原或本质说到底即是事物的统一性；是人们对事物的概括性描述；是人们对事物极复杂多样的实际存在状态进行粗暴轧压，抹去其具体性，牺牲其多面性之后所抽绎出来的空架子。它完全脱离了事物的具体存在，是人们对于事物的一种挂一漏万式的理论叙述，从根本上说是虚幻的。同样的道理，文学本身也没有本原或本质。所谓的文学本原或本质只是文学家们的理论建构。如前所述，法国派比较文学家普遍认定文学的本质是民族性，可什么是一个民族的民族性呢？后殖民主义的代表人物霍米·巴巴说得明白：所谓民族性即是一民族的整体特征，是一种文化叙述；一个民族的历史和现实活动是无限丰富多样的，而文化叙述却往往从某种叙述结构出发，只选择与结构相关的东西，摒弃无关的东西，并为之假定一种本原，设置一种终极，将一民族的过去、现在和未来连成一条线。由这种文化叙述所描述出来的民族性与其说是一个民族的现实存在，毋宁说是一种理论假设。此外，什么又是美国学派追求的"文学性"呢？瑞恰兹说它是一种特殊的语言表达形式，托多洛夫说它是一种特殊的语言结构，斯坦利·费什说它是读者独特的阅读方式。显而易见，有多少个理论家就有多少种"文学性"。这正是说明文学本身并没有某种内在固

有的"文学性"。所谓的"文学性"只是理论家们对文学整体性能的虚构。(肖锦龙，2002：135)

既然以文学性为主要特征的文学本质并不存在，那么在肖锦龙看来，比较文学为自己所设定的追求文学本质的目标，就是一个永不可及的虚幻目标。

传统的比较文学家，无论是法国派还是美国派，都将研究重心放在提出和印证某种先验理论假说的循环操作上，所以他们的研究大部分是空泛且易于遭到攻击的。但是，由于人们一向普遍认同达尔文的进化论、列维－斯特劳斯的结构主义人类学，追求可以涵盖一切的宏大体系，所以，以宏观性和一体性为突出特征的比较文学便因为迎合了这样的理论倾向而成为最受人们青睐的时髦学科。到了20世纪后期，随着后现代主义的兴起和日益深入人心，人们对各种传统的宏大叙述越来越怀疑，越来越厌倦，因此，以营造完整体系为目标的传统比较文学便日益暴露出空洞性，其合法性也受到了质疑。比较文学不仅不再能唤起研究者们的热忱，而且正像巴斯奈特和穆赫所说，也无法吸引学生了。这样，从七八十年代开始它便踏上了衰微之途，到90年代中期差不多寿终正寝了。(肖锦龙，2002：136)

肖锦龙认为，既然比较文学的危机是"由于它想通过对各民族文学的比较寻求文学的统一性或本质造成的"，那么，"要想从根本上挽救比较文学，唯一的出路是对症下药，彻底改变传统的逻各斯中心主义的思维方式；具体而言，即不应该将研究重心放在探求文学的统一性、本质或本原上，而应该放在发掘文学的差异性、特殊性上"（肖锦龙，2002：136-137）。这就涉及比较文学另一个重要问题：比较文学的目标是追求统一性还是差异性？

巴斯奈特认为，比较文学危机的原因，在于"过分规定性与明显具有文化特殊性的方法论的结合，它们实际上并不具有普遍适用性，也互不相关"（巴斯奈特，2008：6），解决之道就在于"放弃任何规定性的

第 2 章　当代国际比较文学发展的内在理路

方法来限定研究的对象,而聚焦于最广泛意义上的文学观念,承认文学流传所带来的必然的相互联系"(巴斯奈特,2008：9)。

巴斯奈特所说的比较文学的"过分规定性",是指比较文学所规定的二元研究方法。巴斯奈特借用韦勒克批评梵·第根对比较文学与总体文学的区分,对韦勒克的观点加以发挥,批评二元研究方法,认为"比较文学如果拘泥于二元关系研究,那么它就不足以成为一个有意义的学科"。巴斯奈特(2015：33-34)说：

> 梵·第根、费尔南德·巴登斯贝格以及参与 1921 年《比较文学教程》编写的法国学者们所看重的二元研究方法,决定了几代比较文学研究者的观念。过去的问题是如何确定哪些研究不属于比较文学范畴,而现在,根据仔细划分的分类标准,这些不属于比较文学的领域得以纷纷得以划定。比较文学研究应该在两种语言之间展开,因此研究一位法国作家和一位德国作家是可行的。然而,研究两位都用英语进行创作的作家则是不行的,不论这两位作家是否一位来自加拿大而另一位来自肯尼亚。对《贝奥武甫》和《失乐园》进行研究也是不可行的,虽然前一部作品是用盎格鲁-撒克逊语写成,但这种语言实际上是现代英语的一个较早的变体,两者同属于一个文学系统。

巴斯奈特(2015：33-34)指出："从 20 世纪 30 年代以来,几乎所有的法国比较文学研究都被二元研究的原则所浸染。""以语言为基本区别展开比较,很可能是最为人们所接受的原则了。……根据法国学派的方法,跨语言被视作比较文学的基础,这一观念已经得到了广泛传播。"(巴斯奈特,2015：34-35)

巴斯奈特(2015：35)认为,以跨语言作为比较文学的基础很荒谬,因为"语言和文化总是不可分割地交织在一起,将语言界限视为比较研究得以成立的基本原则注定要失败。二元研究方法从来没有发生过作用,它成功做到的无非就是限制比较文学学者们可以研究的项目,在以前从未有过障碍的地方设置障碍,有意选择忽视其他更大的问题"。

巴斯奈特(2015：36)断言："后现代主义的当今世界,如果一门学科还在争论叶芝到底应该被视为爱尔兰作家还是英国作家,或争论易卜生对现代戏剧的影响研究到底是属于'比较'文学还是'总体'文学，那么这一门学科是无立足之地的。"她认为："要让这个学科有意义，要提出真正创新的研究文学的方法，就要凸显读者的作用，对阅读过程本身进行比较，而不是预先定界来选择特定的文本进行比较。在历史语境中考察这些要研究的文本也很重要，这将从根本上改变人们的阅读过程，改变比较的整个观念。"（巴斯奈特，2008：7）

归纳起来，比较文学学者们认为造成比较文学危机的，主要有以下三个方面的原因。一是以刘象愚为代表的观点，认为比较文学未能建立其比较完善的学科理论，研究对象和研究目标不明确。比较文学共同体对比较文学的基本原理、原则缺乏基本的共识。二是以巴斯奈特为代表的观点，认为比较文学的定义和规定过于保守和僵化，限制了比较文学的发展，抑制了比较文学的生机和活力。三是以肖锦龙为代表的观点，认为危机在于比较文学的本质论。"比较文学研究的思维方式属于一种本质论的思维方式，或者叫逻各斯中心主义的思维方式。无论是法国学派的'影响研究'，还是美国学派的'平行研究'，都建立在对一种文学本质或本原的探索的基础上。这种思维方式是与以'解中心主义'为特征的后现代主义思维方式格格不入的，因而导致该学科丧失了已有的理论阵地。"解决之道在于"彻底改变传统的逻各斯中心主义的思维方式，不把研究中心放在探求文学的统一性、本质或本原上，而是放在发掘文学的差异性、特殊性上面"（史亚娟，2008：10）。

有的学者认为比较文学缺乏学科理论，对研究对象、范围缺乏严格的规定；而另外一些学者认为，不必规定得太具体，更不要追求文学的统一性和本质。这些观点几乎都是相对立的，构成了比较文学危机论的悖论。它们都触及了比较文学存在的问题，所提出的解决之道似乎又不能根本性地解决比较文学的危机，它们都具有深刻的片面性和片面的深刻性。比较文学每次都从危机中获得新机，转危为机，也许就是因为比较文学这些悖论式的存在，相反而相成，相激相荡，促进了比较文学在焦虑、疑惑、争议中不断前行。

第 2 章　当代国际比较文学发展的内在理路

2.4　比较文学：由危机和问题驱动发展的学科

从 20 世纪初克罗齐对比较文学作为一门独立学科合法性的质疑，到 20 世纪 50 年代韦勒克对法国学派的激烈抨击，再到 20 世纪 70 年代的"理论热"，继而到 20 世纪 90 年代的文化研究转向，再到斯皮瓦克的宣称"学科之死"，比较文学经历了多次危机。尽管内外部危机声此起彼伏，但从未停下开拓进取的步伐。

比较文学的危机，并不意味着这门学科真的到了穷途末路，事实上正相反，每次危机都成了比较文学创新发展的契机和转机，因为每次危机都隐含着深切的问题意识，促使比较文学反思，谋划新的发展方向和前进路线，因而将一次次危机都转化为发展的契机和动力。

克罗齐的质疑，促使了法国学派追求学科的科学性，确立比较文学作为一门独立学科的学术价值。梵·第根之所以强调比较文学的历史科学特质，"把尽可能多的来源不同的事实采纳在一起"，"而取得一个科学的涵义"，除了受孔德（A. Comte）的实证主义哲学影响外，也隐含着对克罗齐质疑的回应，以阐释和建立比较文学作为一门独立学科的合法性。

韦勒克对法国学派的质疑，促使了比较文学思考并确立其以文学性为中心的本体内涵，而开创了平行研究范式。20 世纪 70 年代的"理论热"，从社会背景上来说，与"越战后弥漫一时的犬儒主义和怀疑情绪"（Bernheimer，1995：4）有关；从学院背景来说，是逆反于新批评、弗洛伊德精神分析等理论，适逢批评理论的兴起，因而出现了比较文学的理论转向。比较文学转向理论研究，关注的"是理论而不是文学，是方法而不是问题"（Bernheimer，1995：5），脱离了文学本体，偏离了比较文学的文学研究属性，导致了学科界限的模糊，但从另一个角度看，也不乏其积极意义。当代理论不仅更新了文学批评观念，拓展了文学研究的视野，扩大了文学研究的范围，也解构了欧洲中心主义，促使欧美比较文学界增强了比较文学的全球意识，开始将研究的关注点从欧洲转向东方和第三世界国家。斯皮瓦克正是基于后殖民主义的文化立场，宣称传统的建立在欧洲中心主义基础上的比较文学已经"死亡"。她认为要将比较文学推倒重来，以他者的眼光重新审视比较文学定义，建立新型的比较文学。实现的途径是建立"星球化"思维模式，克服他异性（alterity），跨越边界，与区域研究相结合。伯恩海默报告之所以能够提出摒弃欧洲中心主义，也得益于解构主义、后殖民理论影响下的学术语境（Spivak，2003）。

2.5 比较文学：从问题意识到问题意义意识

　　问题是学术研究的前提。任何领域的学术研究，问题都是第一位的。方法源于问题。思考问题出现的原因、探讨解决的途径而形成了研究方法。研究方法是根据研究对象和问题而决定的。有效的方法不仅能解决个别问题，还能帮助解决同类问题，因而形成针对某类问题的研究范式。方法产生于对解决具体问题的思考。对方法的系统化的理论思考，就形成某个领域研究的方法论。这是从实践到方法。

　　方法论产生的另一条途径，是从理论到方法。理论的产生，不一定都是源于解决某个具体问题或某一类问题，而可能是对更大范围现象的思考。对现象本质的思考，探寻现象出现的某种规律性，而形成某种理论。因这种理论涉及事物的本质，对事物的本质提出观点和理论假设，并对现象出现的规律性进行理论归纳。运用这种理论作为工具，进入对与此理论相关的现象和事物的分析，因此，理论也具有了方法论的作用。理论和方法也常联系起来，并称为理论方法。

　　理论是问题探讨的工具，服务于所探讨的问题。运用理论不是目的。运用何种理论，是由所要研究的问题所决定的，而不是先选好理论，再去找问题。无论什么问题，如果偏执地硬性运用所看好的理论，就会本末倒置。

　　在学术研究中，问题是第一位的，因此学术研究强调问题意识。问题意识不仅是指学术研究是从问题出发，还不言自明地假定所要研究的是有学术价值、值得探讨的问题。因此，不仅要有问题意识，更要有问题意义意识。

第 2 章　当代国际比较文学发展的内在理路

问题意义决定了问题意识的质量,决定了问题意识的深度和学术眼光的高度。问题意义与问题意识相互促进,激发对深层问题的发掘,提升研究的学术价值。对问题意义的追求驱动了学术创新。问题意义的大小,决定了学术创新的质量。从这种意义上说,问题意识必然包含着问题意义意识。这就是问题意识与问题意义意识的辩证关系。

强调问题的重要性,并不是否认理论方法的作用。运用理论的目的,是理性地、科学地、深度地分析文学现象,从纷繁复杂的表面现象发现其背后本质性的东西。"所有的理论,一定是关于普遍性问题的一个陈述、一些规定。"(王学典,2019:55)我们借助理论从现象中发现问题,将理论概念作为观察问题的视角,运用理论所指示的方法,对问题展开富有学术逻辑的分析和阐释。可见,问题是第一位的,问题决定研究的学术价值。理论服务于所探讨的问题,是问题探讨的工具,而不是目的。

问题意识就是对所关注对象的好奇心,是在学术活动中保持思考热度的状态。问题意识是对问题保持持久性兴趣的心理状态和思维习惯。问题意识就是对现象本质的探寻,对已有观点的存疑,对问题的再反思,对观点的再思辨。

问题意识驱动着比较文学的发展。20 世纪 60 年代接受理论的兴起,拓展和深化了影响研究。从接受的角度,研究受影响的一方"保存下来的是些什么,去掉的是些什么?原始材料为什么和怎样被吸收和同化?结果又如何?"(雷马克,1986a:2)等问题,增强了影响研究的文学价值和文学性。

20 世纪 60 年代,比较文学界既有实证主义研究范式,又有形式主义研究范式。法国学派和美国学派虽然研究的目标和范式不同,但都是基于二元思维模式基础上的,探讨不同文学中的共同性和契合点。

到了 20 世纪 70 年代,受以解构和强调差异性为特征的后现代主义理论的影响,比较文学"把文学世界理解为一个基本统一体"的人文主义理念,以及影响研究和平行研究范式背后所潜含的人类文学共同性的信念前提,都受到了严峻的挑战。越来越多的人放弃了传统意义上的比较文学研究,而走向了理论研究。

到了 20 世纪 70 年代末,"新一代雄心勃勃的研究生转向了文学理论、女性研究、符号学、电影和媒体研究、文化研究,将这些领域看作更激进的选择对象。"(Bassnett,1993:5)他们关注的"是理论而不是文学,是方法而不是问题"(Bernheimer,1995:5),由于对理论的热衷而远离了比较文学。

20 世纪 80 年代后,人们又对解构主义理论产生了怀疑,文学又发生了转向。"从 1979 年起,文学研究发生了大规模的焦点转换,即从'内部的'修辞研究转向'外部的'关系研究,研究文学在心理、历史或社会的语境之中的位置。"(Miller,2005:262)就研究模式的演变而言,从影响研究到平行研究,从跨学科研究到"理论热",从文本研究到文化研究,从欧洲中心主义到文化相对主义、多元文化主义,从文学经典的探讨到世界文学观念的更新,凡此种种,极大地拓展了比较文学的学术空间(或者说探讨比较文学的边界可以有多广),深刻体现了当代比较文学的先锋性和探索精神。

回顾当代国际比较文学的发展历程,繁复多元,众声喧哗。就学科定位和研究目标而言,学者们或强调比较文学的文学性和审美性,而反对文学事实关系的机械考据;或主张固守原有领域而深耕远拓,对无限扩大研究范围深怀焦虑;或主张以翻译研究或区域研究为中心,为比较文学发展另辟蹊径;或反思世界文学理念,而发展出新的观念,开拓新的研究空间;或重申比较文学的人文性,强调研究的文学性,等等,都深刻体现了比较文学的问题意识、问题意义意识和发展路向的多元化。

比较文学危机是比较文学问题意识的表征。从韦勒克到斯皮瓦克,从伯恩海默到达姆罗什,从"作为文学研究的比较文学"到"比较文学是否是一种批评方法"的探究,历经半个世纪,比较文学探询的问题似乎又回到了原点。但这不是简单的回归。经过了"理论热"和文化研究,比较文学的人文学科视域及其学术空间的可能性得到了充分的探索和实验之后,再来讨论比较文学的基本理论问题,无疑为比较文学学科理论建设赋予了更为广阔的学术视野和更为多元的学术维度。

第3章
当代中国比较文学的理论发展

比较文学在不同的国家，因其本土资源、文化语境、学术背景和开展比较文学的目的不同，而呈现出不同的价值取向、研究模式和发展道路，形成了国际比较文学的多元化现象。在国际比较文学多元化发展的背景中，中国比较文学的发展尤为可圈可点，既秉持了国际比较文学的基本原理，又开创出体现中国文化特质且切合中国文学发展实际的比较文学发展道路，所取得的学术成就受到国际比较文学界的瞩目和赞扬。

3.1 中国比较文学的文化特质

比较文学之于中国曾被认为是舶来品，但杨周翰认为，中国比较文学的产生，有其内生因素。1987年6月，时任中国比较文学学会首任会长的杨周翰在日本京都日本比较文学学会年会上作了题为《中国比较文学的今昔》的演讲。他指出中西比较文学的不同起源。他说："西方比较文学发源于学院，而中国比较文学则与政治和社会上的改良运动有关，是这个运动的一个组成部分。西方比较文学为什么在学院中兴起当然也有社会原因和其他原因（如哲学），不过直接起因是学院里要解决文学史的问题。而中国比较文学则首先结合政治社会改良，而后进入校园的。"（杨周翰，1990：5）乐黛云（2005a：171）也指出：

如果说比较文学当初在法国及欧洲是作为文学史研究的一个分支而产生的，它一开始就出现于课堂里，是一种纯学术的"学院现象"，那么，20世纪伊始，比较文学在中国却并不是作为一种单纯的学术现象，也不是在学院中产生，它与中国社会，与中国文学由传统向现代的转型密切相关，它首先是一种观念、一种眼光、一种视野，它的产生标志着中国文学封闭状态的终结，意味着中国文学开始自觉地融入世界文学之中，与外国文学开始平等对话。看不到这一点，就看不到比较文学在中国兴起的重大意义与价值。

中国比较文学有其内生因素，这就是源于晚清"数千年未有之大变局"而带来的剧烈的社会思想变化。晚清开始的救亡图存、思想启蒙，实际上也是中国比较文学实践的开始。救亡图存的急迫意识，是"睁眼看世界"的结果，中国知识分子的视野从过去的"中国之中国""亚洲之中国"，扩大到"世界之中国"。列强的坚船利炮震醒了国人，古老民族从天朝帝国的迷梦中醒来，不得不正视落后的现实。从意识到声光电化不如人，到认识到制度不如人，从创办实业到制度层面改革的维新运动，再到改造国民性的思想启蒙，文学作为变革社会制度、更新国民性的功能和作用，逐渐显现出来。在这一过程中，从国力、军事实力的比较，到制度的比较，再到文化、文学的比较，中国现代的比较文学实践，正是在这样的社会背景下开启了其征程。"也就在这一时期，中国相继涌现了章太炎、刘师培、梁启超、辜鸿铭、林琴南、王国维、鲁迅、周作人、蔡元培等学术大家，他们都在中外文化比较、碰撞和交流中，寻找着中国文化新路，他们的思考和探索为后来的中国文学发展打开了新的文化空间。"（殷国明，2019：12）

乐黛云、王向远（2005：53）认为：

中国比较文学崛起与繁荣并不是法国学派和美国学派的直接延伸，它虽然受到了世界比较文学的重大影响，却有着自己发生、发展的独特过程。在过去的一百年中，比较文学先是作为学术研究的一种观念和方法，而后是作为一门相对独立的学科，在中国学术史上留下了自己较为深刻的、独特的足迹。从根本上说，比较文学在20世纪中国的

第3章 当代中国比较文学的理论发展

发生、发展和繁荣,并不是基于一个新的研究对象的出现或新的研究领域的发掘——像甲骨文的发现促成了甲骨学的产生那样——而是基于中国文学研究观念变革和方法更新的内在需要。这一点决定了20世纪中国比较文学的基本特点。学术史的研究表明,中国比较文学不是古已有之,也不是舶来之物,它是立足于本土文学发展的内在需要,在全球交往的语境下产生的崭新的、有中国特色的人文现象。

中国比较文学的出现,一方面是受到西方的影响,另一方面,又是由中国特定历史阶段社会文化所决定的,所以乐黛云(2005a:171)说,中国比较文学"并不是作为一种单纯的学术现象"。

虽然中国比较文学的起始阶段在比较文学学科理论、研究对象、目标和研究范式等方面,对国际比较文学,尤其是对美国比较文学多有借鉴,但很快形成了自身的特色。经过几代学人的努力,特别是20世纪80年代之后,中国比较文学获得了快速的发展。中国比较文学一方面吸收国际比较文学的主要思想和基本观点,另一方面根据中国文化的特点,形成了稳定的比较文学观念和研究范式,在国际比较文学中有着比较鲜明的特色。巴斯奈特(Bassnett,1993:8)指出:

> 正值比较文学这门学科在西方面临危机和衰微之际,世界很多地方因民族意识的觉醒以及对超越殖民遗存必要性意识的增强,促使了比较文学卓有成效的发展。无论在中国、巴西、印度,还是在非洲很多国家,比较文学所使用的这种方法富有建设性意义。他们在比较文学中运用这种方法来探讨本土传统和外来(强加的)传统,努力解决文学经典这个令人困惑的问题。这种形式的比较文学不存在危机意识,也不会在具体比较时为有关的术语产生争论,因为那些术语已经被搁置一边了,所作的比较就是研究民族文化受外来文化影响的方式,其关注的核心是民族文化。
>
> 在这些国家比较文学明确地与民族文化和民族身份问题联系在一起。欧美之外的比较文学正在开拓新的领域。追寻这种发展,可以学到很多东西。

如果说19世纪末到20世纪50年代是比较文学的"法国时刻"，六七十年代是"美国时刻"（Guillén，1993：46-62），那么20世纪80年代后，就是中国、印度、日本、巴西、东欧等国家和地区比较文学的高光时刻。乐黛云认为，比较文学继法国学派和美国学派研究范式之后，进入第三阶段，而比较文学的第三阶段，则是以中国比较文学为代表。乐黛云、王向远（2005：49）指出：

> 作为世界比较文学第三阶段的代表，中国比较文学立足于本土文化，努力吸收和消化外来文化的营养，体现了博大的文化襟怀。中国比较文学的根本特征就是由这种开放的文化襟怀所决定的。首先是中国比较文学对东西方比较文学的兼收并蓄。……20世纪中国学术中的比较文学具有国际性、世界性和前沿性。它接受了法国学派的传播与影响的实证研究，也受到了美国学派平行研究和跨学科研究的影响，同时突破了法国学派与美国学派的欧洲中心、西方中心的狭隘性，使比较文学真正成为一门沟通东西方文学和文化的学问，与此同时，从各种不同角度，在各个不同领域将比较文学研究推向深入。

中国、印度等国家的比较文学，从一开始就是跨越异质文化的，因而一直保持着迅猛发展的势头。这种发展态势受到了国际比较文学界的瞩目和肯定（Bassnett，1993：5）。雷马克赞扬说："我深信，就目前比较文学的发展来看，世界上还没有任何国家能像印度和中国那样富有活力和富有建设性。"（Mohan，1989：vii）

3.2 中国比较文学的跨文化特征

跨文化比较，是中国比较文学重要的理论成果。中国比较文学的研究对象、研究方法、研究范式，都贯穿着跨文化意识。

欧美长达一百多年的比较文学研究史，基本上是在由古希腊罗马和希伯来文化为源头的单一文化体系内进行的，无论是早期的影响研究，还是20世纪中期出现的平行研究，都不存在比较文学研究中的跨文化

第 3 章　当代中国比较文学的理论发展

问题，并且"对把文学现象的研究扩大到两个不同文明之间仍持怀疑态度"（Weisstein，1973：31）。直到 20 世纪 90 年代，以伯恩海默的报告为标志，欧美比较文学才将比较文学视野扩大到欧美之外。

中国比较文学则不然。中国比较文学是在中外文化相激相荡中产生的，所以从一开始就有较强的跨文化意识和中外文化对话性质。中国比较文学在 20 世纪 80 年代的复兴，是从梳理中外文学关系开始的，比较研究的对象是不同文化体系内的文学文本和现象。与欧美比较文学相比，"跨文化研究"是中国比较文学的基本理论特征（曹顺庆，1995：19）。对中国比较文学来说，跨文化既是比较文学研究的基本视野和方法，也是其学理性要求，是中国比较文学研究所恪守的基本原则。在中国比较文学视野中，屈原与李白的比较，拜伦与雪莱的比较，都不属于比较文学，究其原因，就是比较的对象是在同一文化范畴内的，缺乏"跨文化性"。

乐黛云（1995：5）认为："以跨文化研究为核心的比较文学将以极其丰富的文学文本为不同文化的研究提供大量材料，因而成为文化研究的重要途径；对不同文化的深入研究又必然为比较文学研究开创新的层面。"中国比较文学的跨文化研究与西方比较文学的"文化转向"，其逻辑起点、所要解决的问题和转向的目的，都是不同的。以中国比较文学为代表的第三世界比较文学，作为后发的比较文学，从一开始就带有很强的跨文化视域特征和跨文化意识，可以看成是对西方比较文学的纵向深化。西方比较文学经历了西方中心主义的逐渐解构，走向了文学全球化，必须面对跨文化的问题。其转向，体现的是对原有西方比较文学研究视域上的拓展。无论是纵向的深入，还是横向的拓展，都说明，只有在跨文化的层面上，才能将比较文学推向深入。比较文学的每个研究分支，无论是中外文学关系研究、译介学、主题学、文类学、形象学、比较诗学等，无不是在跨文化的视野中进行的。文学的相同或相异，都只有在跨文化的视域中才能得到比较透彻的解释。

中国比较文学研究从一开始就是跨越中西文化的。20 世纪 90 年代欧美比较文学界还在探讨比较文学如果跨越异质文化体系如何解决"可比性"问题，中国比较文学则在这方面已积累了比较丰富的学术经验。

跨文化是中国比较文学的基本学术原则和方法,更体现了中国比较文学学者对比较文学意义的理解。乐黛云(2003a:18)认为:"比较文学所研究的是不同文化文学的'文学间性',即各种文学聚集在一起时所产生的各种现象,这不完全是'比较',也不完全是'关系'所能涵盖的。"通过跨文化的文学研究,对世界文学的共同现象有了更为深入的认识,甚至可以在此基础上建立某种"既能解释西方文学,也能解释东方文学"(乐黛云,1987:30)的世界文学理论。

以浪漫主义为例。浪漫主义是世界性的文学现象,"浪漫主义在德国、法国、英国都有不同的发展,这种发展沿着不同的路径传向世界各地,浪漫主义在日本、在中国、在印度都有很不相同的表现和应用,像地下的岩石,形成各自不同的'发展的谱系'。如果不了解这种'谱系'在不同文学中的不同发展,就不可能深入演述该种文学的历史,同时,不研究这种'谱系',浪漫主义本身也不可能得到真正圆满的解读"(乐黛云,2003a:17)。如果只研究西方的浪漫主义,而忽视中国古代屈原、李白等人的浪漫主义手法,忽视"五四"时期受到西方浪漫主义影响的鲁迅、郭沫若、郁达夫等作家,对浪漫主义的研究就不可能是完整的。而"要真正了解一个文学体系的特点,必须从一个外在的立足点,有其他文学体系作为参照系才有可能。而且,越是不同的文学体系,越能辉映出彼此的特色"(乐黛云,1987:31)。

跨文化体现了以乐黛云为代表的中国比较文学学者的全球文化意识、文化包容胸襟和深广的人文情怀。严绍璗对乐黛云学术特征和学术品格的概括,也可视为对中国比较文学跨文化人文精神和文化品格的总结:

> 第一,大约自90年代以来,乐黛云教授把"比较文学"学术自觉地放置于"全球文化"与"文化的全球化"的总体语境中加以思索考量,而使"比较文学"突破了囿于"文学"的范畴而以人类总体文化作为研究材料和研究对象。第二,乐黛云教授把"全球文化"置于"比较文学"研究的视野中,其学术目标在于寻求表述各民族文化的根源和特征,以求在世界"经济一体化"进程中捍卫各民族文化的独立和

保持各民族文化的多样性风格特征，有明确和强烈的批判"西方文化中心主义"的价值观念。第三，在面对当前由于各种利益矛盾而引发的各种文化冲突面前，乐黛云教授主张以"跨文化"的基本视角，既反对"文化霸权主义"也反对"文化原教旨主义"。她承接中国古代哲学智慧中"和而不同"的价值观念，促进文化多元化的发展，加强人类生存中的理解和宽容。第四，基于以上对于"比较文学"理念的思考和对"比较文学"学术目标的设定，乐黛云教授对"比较文学"学术的前途充满信心，她认为只要学术界能够在这样的层面上理解"比较文学"并沿此学理展开研究，那么，"比较文学"必将在消灭帝国文化霸权，改善后现代主义造成的离散、孤立、绝缘方面起到独特的重要作用。第五，乐黛云教授认为……随着我国比较文学的研究把比较文学的根本学理和目标推进到"以维护和发扬多元文化为旨归的跨文化的文学研究"的层面，构成为"全球第三阶段的比较文学"，其学术的"中心点"则便会聚于中国。（严绍璗，2005：11）

全球化意识、文化对话意识、文学间性、和而不同等概念和命题，可以看成中国比较文学跨文化意识的具体体现和深度展开。

3.3　中国比较文学的理论贡献

中国比较文学学者提出的一些命题、主张和研究范式，形成了一套关于比较文学研究目的、原则、方法、范式等方面的中国话语，其中包括研究视野上的"跨文化文学比较"说，研究目的上的"比较价值"说，"诗心、文心"说，"共同结构原则"说，研究意义上的"打通"说、"新人文精神"说，研究原则上的"和而不同"说。在具体的研究领域，提出了"文化对话""译介学""世界性因素"等命题。这些理论话语，虽然是从中国比较文学实践中总结得出的，但将它们放置于当代国际比较文学学术脉络中考察，即可发现其思想内涵和学术启迪价值所具有的世界性意义，是中国比较文学对当代国际比较文学的重要理论贡献。

中国比较文学的一个主要的国际贡献，是以中国文学为立足点，环顾世界文学，从一开始就超越了东西方文学的界限。在比较文学的立意上，更体现了世界文学的整体意识和共同诗学意识。乐黛云早在20世纪80年代提出的比较文学内涵和意义，可以视为中国学者对比较文学意义的阐释：

> 比较文学的范围正在日益发展。要研究各民族的文学接触和相互影响，研究文学现象的共同规律，这种规律往往在与其他人类思维形式的比较中更能显现出来。它提倡在国际的背景下，在与另一种文学的比较中更清晰地显示出某种文学的特色。它认为一种文艺理论如带有普遍性那就不仅适用于欧美文学，同时也要能解释亚非文学或其他地区文学。它也容许用一种民族文学的理论来试图说明另一种民族文学现象的奥秘，从而激发出新的理解和欣赏角度（当然不是以一种模式强加于另一种模式）。总之，比较文学研究从国别文学走向世界总体文学这一过程中一系列极其复杂的现象和问题（乐黛云，1987：55-56）。

3.3.1 比较文学的对话观

我们可以将比较文学看成文学关系研究，从文学关系角度再来看世界文学，文学关系就分为有事实联系的关系和无实际联系的关系，而被划入影响研究范畴和平行研究范畴。如果将各民族的文学看成文学和文化的对话关系，会有怎样的新认知和新发现？乐黛云（1998：81）提出："归根结底，无论是文学现象之间的事实联系，还是文学观念之间平行存在的逻辑联系，或者不同文学理论之间的互相阐释，其实都是文学对话的有机组成部分，或者，我们将之看作文学对话的不同方式也无不可。"

陈思和在论述"世界性因素"命题时，也表达了类似的观点。他说："20世纪以来中国与世界交往与沟通的过程中，中国作家与世界各

第 3 章　当代中国比较文学的理论发展

国的作家共同面对了世界上的一切问题与现象，他们站在各自不同的立场上对相似的世界现象表达自己的看法，由此构成一系列的世界性的平等对话。"（陈思和，2004：6-7）"世界性因素"将世界看成一个广阔的思想平台，"不同文化背景和语言形态的现象都在这一平台上呈现出来，构成一种丰富繁复的多声部的对话"（陈思和，2006：10-11）。"世界性因素"的一个重要方面，就是研究"作家如何在一种世界性的生存环境下思考和表达，并且如何构成与世界对话"（陈思和，2004：6-7）。

虽然欧美中心主义观念已大大减弱，但思想残存仍在，要真正实现平等对话，还需要做不懈的努力和理论建设工作。乐黛云（1990：34）指出：

> 当第三世界文化进入总体文化时，它所面临的就是发达世界已经长期构筑完成的一套概念体系，也就是一套占统治地位的话语。……第三世界文化要进入世界文化对话，达到交往和理解的目的，就必须承认这一事实并熟知这套话语。事实上，这套话语经过数百年积累，汇集了千百万智者对于人类各种问题的深邃思考，确具科学价值，无论其成就与失误都能给后来者以参考和启发。然而，危险的是，如果第三世界完全接受这套话语，只用这套话语构成的模式来论释和截取本土文化，那么，大量最具本土特色和独创性、却不能符合这套模式的活的文化就会被摒弃在外，仍然不能进入世界文化中心，最多只能从别的侧面丰富那一套成熟的模式。所谓世界文化对话也仍然只是一个调子而不能达到沟通和交往的目的。

不同国家、民族的文化，理念不同、特质不同，对话中必然会存在误解和分歧。此外，还有近现代资本主义在全球扩张所带来的诸多不平等关系。这些都会滞碍文化对话的顺利进行。乐黛云、陈惇（1999：9）认为："异质文化之间不一定非是对立的关系不可，事实上还存在着另一种可能性，那就是通过交流和沟通，形成一种互识、互证、互补的关系，从而达到互相促进的效果。……东西方文化、文学之间的互识、互证、互补不仅必要和可能，而且正在成为事实。"

如何减少乃至消除文学、文化对话中的误解，而达到文明互鉴和文化互补？乐黛云提出了"和而不同"的观点，并对此进行了不断的阐释和呼吁。"和而不同"的内涵越来越深入，其核心要义也越来越清晰。"和而不同"已成为中国比较文学的基本原则。

3.3.2 "和而不同"原则

"和而不同"思想是从中国传统文化中汲取的智慧，而运用于当代比较文学之中，以解决全球化时代文化隔阂和文明冲突的问题。乐黛云（2008：2）指出："中国传统文化一向以差异为认识事物的出发点，所谓'物之不齐，物之情也'。"乐黛云（2004a：200）认为："只有差异存在，各个文化体系之间才有可能相互吸取、借鉴，并在相互参照中进一步发现自己"。"正是不同文化的差异构成了一个文化的宝库，经常诱发人们的灵感而导致某种文化的革新。没有差异，没有文化的多元发展，就不可能出现今天多姿多彩的人类文化。"（乐黛云，2000：70）

"和而不同"的核心要义是什么？乐黛云、陈惇（1999：11-12）作了这样的阐释：

> 所谓"和而不同"，首先要承认"不同"是普遍存在的，同时承认不同的事物是不可能离开相互的关系而孤立地存在的。"和"的本义是探讨诸多不同因素，在不同的关系网络中如何共处，其主要精神是要协调"不同"，达到新的和谐统一，使各个不同事物都能得到新的发展，形成不同的新事物。这就是和谐相处，共同发展的意思。未来的世界文学不可能是各种文学的大融合或大一统，而只能是多声部的大合唱和万紫千红的大花园。"和"的另一个内容就是"适度"，"适度"就是"致中和"，既不是"过"，也不是"不及"，而是恰到好处，因适度而达到各方面的和谐。……总之，"和而不同"所主张的在"适度"的基础上不断开放、不断追求新的和谐与发展的精神，可以为今天的多元文化共处的时代提供不尽的思想资源，未来的世界文学也可以在这样的原则下处于和谐和发展的关系中。

文化的不同是客观存在的，也正是因为"不同"，而形成世界丰富多样的文化，世界才有如此的精彩。关键是如何理解"和"，如何做到"和"。乐黛云多次强调"和"的重要性。她说："'和'就是使各种差异得以繁荣共生，通过相互作用而产生新的事物，没有差异，只是同类事物的叠加，就没有继续发展的可能。"（乐黛云，2008：3）"我们所追求的从来不是一种文化对另一种文化的'拯救'，更不是一种文化对另一种文化的覆盖和征服，而是文化的多元共存，保护文化生态的自然发展。所谓多元共存，也就是中国传统文化中重要的精神之一——'和而不同'。'不同'是指不同事物的并存，但这并不是在各自孤立的状态下静态地并存，而是在不断的对话和交往中互相认识、互相吸取补充并以自身的特殊性证实人类共同的、普遍性的存在，这是一种在相互关系中不断变化的、动态的并存，这就是'和'。"（乐黛云，2005b：47）

乐黛云（2003b：9）认为："人类正在经历一个前所未有、也很难预测其前景的新时期。在全球'一体化'的阴影下，提倡'和而不同'的原则，促进文化的多元发展，加强人与人之间的理解和宽容，开通和拓宽各种沟通的途径，也许是拯救人类文明的唯一希望。""无论是为了维护一个多元文化的和谐社会，还是为了认知方式本身发展的需要，重视'差异'，坚持'和而不同'原则都是当前一个十分重要的问题。"（乐黛云，2003c：18）

乐黛云（2008：5）强调："互识、互动、互为主观的发展之道，也就是通过差异的对话而得到发展"，这种对话"不是'各说各话'，而是一种能产生新的理解和认识，从而带来新发展的'生成性对话'。"

"和而不同"不仅是比较文学的原则，也是文化对话的态度。这种文化态度不仅是为了更好地沟通，还可促进彼此的丰富和发展。乐黛云（2008：4）指出："差别共存并不是静态的、被动的、互不相干的，并不仅仅是'共同存在'而已。中国古代提出的'和而不同'的精髓首先是强调一种动态的发展。""和实生物，同则不继。""和"就是"以他平他"，"'以他平他'就是不同事物在突显和消长中，互相比评、互相超越而达到新的境界"（乐黛云，2008：5）。

乐黛云结合比较文学的文化对话，对"和"作了现代的阐释："用今天的话来说，这就是一种互识、互动、互为主观的发展之道，也就是通过差异的对话而得到发展。'以他平他'，能使物'丰长'。对话不是'各说各话'，而是一种能产生新的理解和认识，从而带来新发展的'生成性对话'。"（乐黛云，2008：5）她又将对话者的主体性与费孝通的"文化自觉"观念结合起来，强调既要对自己的文化有自知之明和主体意识，认识自己的文化，同时，又要了解所接触到的多种文化，这样"才有条件在这个正在形成中的多元文化的世界里确立自己的位置。经过自主的适应，和其他文化一起，取长补短，共同建立一个有共同认可的基本秩序和一套与各种文化能和平共处、各抒所长，联手发展的共处守则"。由此可见，"对话的目的不是'融为一体'，以致由'不同'变为'同'，而是要在共同的理解下进一步发挥各自的特长，也就是协调各种'不同'，达到新的和谐统一，使各个不同事物都能获取新质，得到新的发展，形成不同的新事物"。（乐黛云，2008：5）"差别共存"不是各种差异消极被动地"共存"，"而是通过各方面的积极对话，求得共同发展"（乐黛云，2008：4-5）。所以，"和而不同"不仅是动态发展，而且是在双方相互理解的基础上共同的发展。这样，"和而不同"不仅是对比较文学中如何进行文化对话的要求，同时提升了比较文学的意义，即在全球化时代发挥比较文学的文化对话功能，"从目前单向度的、贫乏而偏颇的文化霸权主义和文化孤立主义的意识形态中解放出来，成就一个全人类所期待的文化多元的新的全球化"（乐黛云，2008：8-9），以达到文化间相互理解而共同发展的境界。

3.3.3　译介学："以中国作为方法"的翻译理论

巴斯奈特在其1993年出版的《比较文学批评导论》中，充满信心地宣称：随着翻译研究的跨学科拓展和跨越式发展，翻译研究在比较文学中的学科地位将发生颠覆性的变化，"应当将翻译研究视为一

第3章　当代中国比较文学的理论发展

门主要的学科，而把比较文学看作一个有价值但是辅助性的研究领域"（Bassnett，1993：161）。但13年后，巴斯奈特失望地发现，"翻译研究在过去30多年里发展并不快"，没有取得她所预期的成果，在研究范式上，也没有达到她所期望的转型，"对比依然是翻译研究的核心"（Bassnett，2006：3-11）。

相比较而言，中国比较文学的翻译研究却取得了丰硕的成果。中国的比较文学翻译研究超越了译文优劣比较，或原文、译文对比研究的层次，以文学译介现象为切入点，探讨文学作品在跨文化、跨语际转换过程中政治、意识形态、文学传统、文学观念的干预和操纵，以及翻译文学对中国文学的影响、接受等问题，充分体现了比较文学翻译研究的比较文学性质。

译介学原是比较文学"媒介学"（mediology）研究领域的一个分支。媒介学的产生是因应影响研究而来，其研究目的是探讨文学传播、影响和接受。文学传播的媒介中，翻译家、文学社团和译作是外国文学传播、交流的主要媒介。以谢天振为代表的中国比较文学学者，以比较文学理论方法为基础，汲取和借鉴了当代西方理论资源，如埃斯卡皮（Robert Escarpit）的文学社会学理论、埃文-佐哈（Itamar Even-Zohar）的多元系统理论、"操纵"和"改写"翻译理论等，创立"以中国作为方法"的译介学理论。这样，就将译介学从影响研究中解放了出来，而发展出比较文学的一个独立的研究领域，同时，也对中国翻译学理论的建设起到了较大的推进作用。

译介学是以中国作为方法的翻译理论。所谓"以中国作为方法"，就是在中国语境中，尤其是在20世纪中国语境中发现翻译问题，并将西方当代翻译理论运用到中国翻译文学和翻译文学史的研究中来，并在观照中国文学翻译和翻译文学现象中，提出相关的概念和理论主张。译介学理论实践的对象，主要是中国的文学翻译和翻译文学现象，其理论的有效性，主要是通过中国翻译文学史研究实践来检验。

中国之所以可以作为方法，是因为20世纪中国具有特殊性和典型性。20世纪中国从数千年帝制制度下挣脱出来，开始了波澜壮阔的现代化进程。其中的新旧观念之冲突、中体西用之争、近代以来遭受外强欺辱的民族集体记忆与被迫学习西方以图国富民强的复杂心态相交织，这些都在翻译文学史上或隐或显地体现了出来。最明显的就是翻译的选择以及对所译作品社会意义的阐释。文学性与政治性的权衡、意识形态与审美的冲突等，都潜隐在翻译选择和翻译策略之中，也形成了20世纪中国翻译文学的基本特征。这些都为译介学研究提供了广泛而丰富的研究空间。以中国作为方法，就是回到翻译文学生产的第一现场，考察翻译文学所产生的文化、文学乃至社会的影响，将翻译研究真正置于中国不同时代的语境中进行考察。

虽然翻译研究的"文化转向"是西方学者提出的，但实际研究成果却很少。少量的研究成果，也只局限于勒菲弗尔（André Lefevere）所提出的"意识形态""诗学""赞助人"操纵"三因素理论"。20世纪中国社会变革的复杂性，并不是"意识形态""诗学""赞助人"三因素所能涵括的。

就中国比较文学实践来说，文学翻译一直受到研究者的重视。随着比较文学研究的深入，文学译介在中外文学关系中的作用逐渐显现了出来，文学翻译/翻译文学研究成为中国比较文学研究领域中的热点。但是，在比较文学刚刚复兴的20世纪80年代，人们对如何从比较文学的角度去做翻译研究，则有些不甚明了。比较文学的翻译研究成果主要体现在两个方面：一是对外国作家、作品、文学思潮在中国的译介情况的梳理、评述；二是译本对比研究。从翻译研究实践上看，对译介学的研究内容和目标缺乏明确的认识，更缺乏理论方法的指导。因此，外国作家、作品、文学思潮在中国译介方面的研究大多停留在史料梳理的层次，而没有从文学关系角度做进一步分析、论述，没有达到译介学应有的研究深度。

自中国比较文学复兴以来，比较文学学者就在不断地探讨译介学的研究对象、内容和方法。卢康华、孙景尧（1984: 165-166）撰写的中国第一部比较文学论著《比较文学导论》"影响研究"一章中的"媒介学"部分，对译介学的研究内容和方法作了初步探讨。乐黛云（1988: 166-174）主编的《中西比较文学教程》，其中第六章专门设立了"译介学"一节。此节作者孙景尧对译介学作了界定，介绍了中外翻译历

第 3 章　当代中国比较文学的理论发展

史、翻译的性质、翻译的一般规律及其基本理论,并探讨了译介学的研究内容和方法。与《比较文学导论》中的相关内容相比,《中西比较文学教程》对译介学的论述更为深入。差不多同时出版的陈惇、刘象愚（1988：203-225）合著的《比较文学概论》,其中"媒介学"一节对译介学的研究内容有较详细的论述,尤其是所举的事例,有不少都是中外文学翻译史上的典型现象,既恰切,又明了。

　　20 世纪 80 年代出版的比较文学教材中关于译介学的论述,主要是对翻译在文学、文化交流方面的意义谈论得较多,而对文学译介和翻译文学在中国文学中如何发挥作用论述得较少;对（文学）翻译史、翻译的性质、翻译理论、翻译标准等方面的内容论述得比较全面,而对译介学本身的理论、方法和研究内容则阐述得不够系统。所提及的译介学研究对象,现在看来,有的只是与译介学相关,但还不属于译介学本身的研究范畴,例如,孙景尧提出:"就译介学研究而言,首先应对中外语言的体系作一比较,小至字词,大至语言密切相关的文化背景,都应有一个基本的认识。"（乐黛云,1988：166）但 20 世纪 80 年代毕竟是中国译介学的探索阶段,孙景尧、刘象愚等学者对比较文学如何进行翻译研究作了最初的理论探讨,一些译介学思想、观点具有开创性,为此后译介学理论的发展奠定了基础。例如,孙景尧提出:"文学的直接影响往往产生于译作而不是原著,因此,译本的研究具有重要意义。研究的方法是将译本与原著加以对照,发现其有无增添删削,有无更改杜撰,从而探求译本比原著有了些什么变异,是何原因,媒介者对原著作了如何的介绍和传播,转译本的失真程度,通过歪曲了的翻译产生了什么样的影响,等等。"（卢康华、孙景尧,1983：166）他还从文学接受的角度,对"创造性叛逆"问题作了分析；并且提出,除译本对比研究外,"还需要对照不同语言风格的各种译本,同时要研究译者序跋和注释,还需将潮流、风尚、历史、习惯、传统和文化背景等都考虑在内。如此,方能对其翻译、流传、接受与影响等各种情况得出比较全面的认识。"（乐黛云,1988：166-174）这些论述对比较文学领域如何开展翻译研究有很大的启迪作用。刘象愚提出译介学的内容包括:"翻译史的研究；翻译理论的研究；某些具有重要地位的译家、译品和翻译风格的研究,还

55

有同一作品不同译本的比较研究。"他强调："两种语言、文学之间的相互关系和影响应贯穿在上述研究的过程中。"（陈惇、刘象愚，1988：204–205）

这就保证了比较文学领域翻译研究的比较文学立场和研究性质。

随着文学翻译和文学翻译研究在比较文学中地位的不断提高，翻译研究成为相对独立的研究领域，因此，国内出版的教材大多不再设"媒介学"章节，而专设"译介学"章节。20世纪90年代末，陈惇、孙景尧、谢天振共同主编的《比较文学》，将"译介学"设为独立的一章，而不是像过去那样，只是作为影响研究下"媒介学"的一个分支。一是因为文学传播最重要的媒介者是译作和译者，其他的传播媒介处于次要地位；二是因为文学译介是中外文学关系研究的重要内容，译介学研究在比较文学中的地位和重要性日益显著。谢天振在"译介学"这一章中，阐述了翻译与译介学在比较文学中的地位，明确提出了译介学与一般翻译研究的区别，对翻译中的"创造性叛逆"现象作了比较深入的分析，探讨了翻译文学的归属以及翻译文学史的撰写问题，并介绍了翻译研究在西方的最新进展。他在此后出版的专著《译介学》中，对译介学的性质、研究内容以及翻译文学史的编写方法作了更为全面的阐述。

所谓"译介"，指的是文学翻译、介绍和评论，因此，译介学不仅包括对文学翻译过程和翻译文学现象的研究，也包括译入语对外国作家、作品的介绍和评论等方面的研究。按照谢天振对译介学性质的界定，译介学"是种文学研究和文化研究"，与一般的翻译研究不同，译介学"关心的不是语言层面上出发语与目的语之间如何转换的问题，它关心的是原文在这种外语和本族语转换过程中信息的失落、变形、增添、扩伸等问题，它关心的是翻译（主要是文学翻译）作为人类一种跨文化交流的实践活动所具有的独特价值和意义"（谢天振，1999：1）。其研究对象和范围，主要是文学翻译和翻译文学。

"译介学作为一种话语建构经历了基础概念的形成、体系构件的创制、理论体系的初步建立以及思想体系的扩展四个阶段。"（耿强，2023：90）谢天振先生的遗著《译介学思想：从问题意识到理论建构》

比较全面而清晰地展现了译介学理论思想的起源与发展历程（江帆，2022：91）。

译介学理论的学术创新性主要体现在以下三个方面。①首次从理论上论证翻译文学的归属问题。谢天振从翻译文学的性质、地位和归属等方面，从理论上论证了翻译文学与民族创作文学的关系，明确了翻译文学的文学地位，提出了"翻译文学是中国文学的组成部分"的学术命题。②对翻译文学史的性质和内涵作了深刻阐述。谢天振提出，翻译文学史其实质是"文学史"，翻译文学史不应仅仅描述文学翻译现象，而应对翻译文学作品在译入语国的传播和影响进行分析和评论。翻译文学史应该看作是一部文化交流史、文学影响史和文学接受史。③运用"创造性叛逆"概念作为观察和分析文学翻译现象的视角，突破了传统的翻译忠实观，而将翻译活动纳入具体的文化语境中去考察，既凸显了翻译与译入语文化语境的密切关系，也彰显了翻译文学作为中外文学关系发生的第一现场意义。

谢天振的译介学理论提高了翻译家和翻译文学在文学史上的地位和意义，所提出的"翻译文学是中国文学的组成部分"命题，启发了翻译研究者将文学翻译、翻译文学与中国文学联系起来思考，从而开拓了翻译文学和翻译文学史研究的新领域。译介学不仅是对比较文学翻译研究的理论创新和翻译文学史研究的开拓，同时也从翻译文学角度，为中外文学关系研究乃至中国文学史、文化史研究，提供了富有学术启迪的研究视角。

说译介学是"以中国为方法"的翻译理论，并不是说其理论价值和学术意义仅局限于中国的翻译研究，而是说，它的问题意识首先来源于对中国文学系统中翻译文学意义的思考，由此形成的译介学的基本观念以及翻译文学研究的理论观点，同样可以用于观照和研究其他文化中的文学翻译和翻译文学现象。

3.4　阐发研究：功成而退

中国比较文学曾将阐发研究作为一种研究范式，甚至作为比较文学中国学派的突出特征。比较文学的著作和教材也将阐发研究作为独立的一章进行专题性阐述。凡借鉴西方理论阐述中国文学现象的，在20世纪八九十年代都归属为比较文学阐发研究领域。

但随着外国文学研究界和中国现当代文学研究界也大量运用西方的理论，阐发研究的学科归属变得模糊。人们对比较文学这一研究范式的归属或所有权产生了疑问——为什么运用了西方的理论就成了比较文学的了？在比较文学界内部也产生了疑问，尤其是攻读比较文学学位的硕士生、博士生，他们的学位论文运用西方的理论来研究中国或者外国的作家、作品，按阐发研究的归属，他们的论文按理当属于比较文学。但在答辩时，常常会受到评委们的质疑：这明明是外国文学研究或者中国文学研究的论文，论文的"比较文学性质"在哪里？进入21世纪后，中国比较文学界就甚少再提阐发研究。现在，人们一般不把这种研究看成是比较文学的成果。

文学研究运用理论，无论是运用中国理论还是西方理论，都被视为文学研究的常识，而不再将此作为某种学科特有的方法或研究范式。从阐发研究作为比较文学的重要范式，到现在从比较文学领域中撤除，实际上也反映了40年来中国的文学研究观念和范式的变化。改革开放后，西方文学理论的涌入，中国的文学研究界出现了"理论热""方法论热"，运用西方理论逐渐成了文学研究的基本研究范式，已成为常态。无论是外国文学研究，还是中国现当代文学研究，都在使用阐发研究方法。曾经作为比较文学中国学派的典型特征的阐发研究范式，也就悄然退隐了。

从另一个角度看，阐发研究逐渐从中国比较文学视野中淡化，正体现了比较文学对文学研究的贡献。比较文学就是促使国别文学扩大文学的视野，增强世界文学意识。研究中国文学而有意识地借鉴西方的文学理论，或者在中国文学研究中所产生的命题、文学理论观点有意识地放置在世界文学体系中来观照，这正是比较文学所追求的理想的文学研究状态，如哈里·列文（Harry Levin）（2011：369）所说的："无比较，何以文学？"中国文学研究有意识地借鉴西方文学理论，使得原作为比较文学一个专门研究领域的阐发研究从比较文学中退隐，而成为文学研究中的一个常识，这正说明比较文学的思维方式和研究视野，潜移默化地进入中国的外国文学研究和中国现当代文学研究的领域之中。这正是比较文学的意义之所在。比较文学作为一种文学研究方法而进入外国文学研究和中国文学研究，可视为比较文学对中国的文学研究所做出的学术贡献之一例。

第 4 章
比较文学学科理论的基本问题

比较文学学科理论涉及比较文学的学科性质和基本内涵，关乎比较文学作为一门独立学科的学理性。但比较文学界对学科理论问题的意见有分歧。有的认为，比较文学学科理论是比较文学发展的基石，缺乏学科理论建设，比较文学发展便无所依凭，难免茫然彷徨，危机不断，因此需要加强比较文学学科建设。有的认为，比较文学是一门发展中的学科，若早早定型，就会自缚手脚，故步自封，失去继续探索的动力。还有的认为，比较文学的核心是解决人文社科领域中的问题，重要的是具体的实践，而不是空洞地谈理论。

以上观点都各有道理。要建立一套系统化且共识度高的比较文学学科理论，目前看来条件还很不成熟。尽管如此，对学科理论上的一些基本问题作一些探讨和分析，还是不无必要的。这些问题包括：比较文学是学科还是方法，比较文学的研究目标，比较文学的本质，以及对文学本质追求的可能性，等等。

4.1 比较文学是否需要有学科理论？

比较文学要不要有学科理论？我们先来听听一位比较文学专业博士生在回顾自己做完硕士毕业论文后的困惑：

> 读研时读过的比较文学理论著作，等我开始着手博士论文重新翻阅这些书籍时，有的居然陌生得如同从来没有读过一样。因为合了

书之后，我根本说不出这本书到底对比较文学说了些什么。这一点着实让自己也感到吃惊。仔细去思考其中的原因，我意识到根本的问题在于过去读过的所有著作都在以不同的方式提出各种各样的问题，但是没有一本告诉我比较文学究竟有些什么根本问题、这些问题之间的关联是什么、我应该把哪一个以及为什么放在前面去思考，然后在此基础上再思考其他的问题。因此，尽管想"好好地理一理"的想法在我心底埋下了根，可是当自己想着手去做这项工作的时候却发现那么多的问题同一个时间呈现在眼前，都不知道如何是好了。（程培英，2013：342）

这位比较文学专业学生感到困惑的问题包括：

比较文学是什么？比较文学研究什么？比较文学为了什么？为什么比较文学不是文学比较？为什么"比较"不是为比较而比较？如果"比较"不是为了比较，又是为了什么？为什么为比较而比较会导致比较文学的"学科危机"？比较文学学科"危机"的真正根源是什么？比较文学有没有自己的独特研究任务和最高宗旨？如果有，是什么？确定一项研究属于比较文学性质的标准和依据应该是什么？怎么看待比较文学中的"比较"？比较文学怎么就能是"文学"的而不是什么都能装的"筐"？比较文学有没有边界，什么又是它的边界？比较文学能不能成为一个学科？确定地使比较文学成为一个学科或者不成为一个学科的不同在哪里？比较文学研究的方法论是什么？是比较文学研究还是比较文化研究这个问题本质上是在讨论什么？确定了是前者而不是后者，或者是后者而不是前者又会怎么样，具有什么样的意义？比较文学怎么讨论可比性的问题？可比性、文学性对于比较文学究竟算不算一个问题？比较文学是本体论还是方法论学科？为什么一定要确定比较文学是本体论还是方法论，确定了又有什么意义，不确定又会怎样？为什么大家叫嚣着比较文学"危机不断"，而现实中的比较文学却"轰轰烈烈"，哪一面是假象？"比较文学不是文学比较""比较不是理由""不能 X＋Y""杜绝简单比附"这些口号说出了什么，又意味着什么？这些丝毫感觉不到任何确定东西的口号，根据它们又如何能

第 4 章　比较文学学科理论的基本问题

真正进入具体的比较文学研究实践？所有这些问题有没有一个统一的起点，即一个一以贯之的东西，有没有一个必然服务的中心？这些问题之间的联系是什么？谁决定了谁；要想弄清楚所有这些问题，哪一个是首先必须要解决的？……（程培英，2013：341）

这位比较文学专业学生所列出的关于比较文学的一系列困惑，非常真切、实在，是她对比较文学的真实感受。她的困惑具有普遍性，这不仅是她的困惑，也是众多比较文学师生的困惑。除上文提及的耶鲁大学比较文学系系主任彼得·布鲁克斯外，加州大学伯克利分校比较文学系前系主任托马斯·罗森梅耶（Rosenmeyer，1994：49）也说："我甚至不太清楚比较学者是什么人，或者是干什么的。"

比较文学实践家大多主张：少谈理论，多做实际的比较研究。就如美国比较文学家哈利·列文（Levin，1972：90）所说："去实际地做比较吧！"勃洛克（1985：206）也认为："当前比较文学需要更多的是伟大的榜样，而不是抽象的方法论公式。"勃洛克的观点如果以法律作比的话，就相当于提倡判例法而不是成文法，就是将"伟大的榜样"作为研究范例，仿照其方法去做。但问题是：哪些研究个案可以作为"伟大的榜样"？为什么认为它们是"伟大的榜样"？"伟大的榜样"中包含了哪些比较文学的基本原则、涉及哪些重要问题？是否能涵盖比较文学所有的研究领域和主要问题？实际上，"伟大的榜样"之所以被视为比较文学典范，里面就蕴含着隐而未宣的比较文学理念以及这种理念指导下的学术创新和研究的深度，需要从这些具有范例意义的成果中提炼、抽象出基本要素，以用于比较文学学科理论的建构。

比较文学家对比较文学研究的目标和意义的阐释，要么含糊不清，要么相互冲突，甚至同一位比较文学学者的主张也会自相矛盾，不能自洽。例如，雷马克（2000：28）一方面认为："民族文学与比较文学的研究方法并没有根本的区别"，另一方面又认为："比较文学中的比较绝非一个偶然的现象，它是比较文学的精髓。"吕迪格（Host Rüdiger）（1986：97）说，比较文学与国别文学研究的不同之处，"只在于对文学

本身的理解以及在方法上"。那么在吕迪格那里,比较的含义是什么?从他所举的事例就可知悉。吕迪格(1986:98)说:

> 对于比较学者说来,关键的是在运用比较方法上的自觉意识,是首先利用最小的文学单位(诗歌格式、散文节奏、修辞手段、惯用语、隐喻等)来使分析过程更加细致。此外,很快可以看出,事实上至少在欧洲各国文学之间存在一种内在的联系,这是数百年来通过古代修辞理论和圣经语言建立起来的联系。这就可以证明,按种族特征来说明某个时代的特点是不行的,因为一个作家不管是用德语、法语、意大利语、英语或是俄语来写作,只要他是以浪漫主义时代的精神来写作,他就是一个浪漫主义者。按语言来区分标准,在传统的文学研究中具有决定意义,在比较文学中也并没有被忽略,因为比较文学也是一种比较与语言学的学科;但这种标准也没有被过分强调,而是与各种文学上的标准处于同等的地位。在这里,比较文学的方法与一般文学研究的方法,即与文学理论和诗学非常接近。

吕迪格这里提的"一般文学研究"应该是指"总体文学"研究,所以才说,"与文学理论和诗学非常接近"。

艾田伯(2006:1)有句名言:"比较不是理由。"那么,比较文学的理由是什么?布吕奈尔(Pierre Brunel)(1989:4)说:"在一种严格的方法的指导下,比较可以成为比较文学研究的基础。"那么,"一种严格的方法"是什么,为什么"可以成为比较文学研究的基础"?雷马克(2000:28)说:"比较文学中的比较绝非一个偶然的现象,它是比较文学的精髓。"那么,"比较文学的精髓"是什么?这些问题,比较文学家都没有清晰、透彻地阐述清楚。

我们不能以比较文学是在发展中而一直搁置对比较文学学科理论基本问题的研讨。刘象愚(2003:57)认为:"从本质上说,比较文学的危机其实也就是学科理论的危机。因为,从诞生到现在,比较文学还没有形成一套可以完全自我辩护、经得起推敲甚至攻击的学科理论。换言之,比较文学还没有为自己的生存提出过一套雄辩的、合法的理由。"

第 4 章　比较文学学科理论的基本问题

比较文学是发展中的学科，这没错。但不能说在发展中，就不必探讨关于它的学科理论的基本问题。上述那个青年学生之所以感到困惑，就是比较文学对自己最基本的学科理论问题，如学科体系、学术体系、知识体系，缺乏最基本的描述，对自己的研究对象、研究范围、研究目标，缺乏应有的阐述。

学科是根据学问性质而划分的相对独立的知识体系。学科一般要有三个基本要素。一是学科概念。概念是学科思维体系中最基本的构成单位，也是学科建设发展、知识和学术体系建构、学科话语表达的学科理论基础。二是学科研究的对象和范围，即本学科与其他学科相区别的独特的知识体系与研究领域，构成学科知识体系构建的学理系统。三是学科的理论体系。学科的理论体系是关于学科的性质、研究对象、范围、研究方法、研究范式、发展目标和发展基本规律的理论化、系统化表达，由本学科特有的概念、原理、命题、理论方法，构成学科发展的学术系统。学科理论体系通过学科的核心要素概念建立起具有学理性、逻辑性和系统性的表达。

学科体系是学科的基础和内部组织架构，学科发展的一切内容都需要学科体系来规范和引导。学科体系内的知识体系、学术体系、话语体系构成层次分明、功能各异而又彼此依赖、相互支持、接续发展的多元系统。没有明确的学科理念，就不能明确学科的知识体系范围和研究对象；没有明确知识体系范围和研究对象，就没有系统性的学术研究；没有系统性的学术研究，就不能建立符合学理性的、完善的学术体系；没有完善的学术体系，就无法创新和丰富学科的知识体系；没有健全的知识体系，就无法建立专业化的人才培养体系。因此，学科体系不扎实、不牢靠，学科的学术体系、知识体系就失去了规范，散漫无序，而不能形成学科的合力。

从学科内涵上来说，学科的知识体系是各学科相对独立性以及与其他学科相区别的重要标识。知识体系根据学科性质来划分，也按照学科的性质、要求和目标来确立其内容，科学地设置其研究对象、研究领域、研究方向和研究目标，体现学理性。作为知识体系的学科与学术研究密切相关，因为"人类的活动产生经验，经验的积累和消化形成认识，认识通过思考、归纳、理解、抽象而上升成为知识，知识在经过运用并得到验证后进一步发展到科学层面上形成知识体系"（中华人民共和国国家质量监督检验检疫总局、中国国家标准化管理委员会，2009），因此，学术研究在学科体系中至关重要。在学科体系内，又可按学问领域的范围，细分为一、二、三级学科或研究方向。

独特的研究对象、相对独立的知识体系、研究目标和人才培养方向，是学科间相区别的重要标志，也是一门学科独特的价值意义之所在。概而言之，学科是以某一特定领域为对象建立起来的专门化的知识体系和学术体系。

比较文学作为一门独立的学科，也应该有自己相对独立的知识体系、学术体系，有自己有别于其他学科的研究对象和研究目标。

正是因为比较文学的研究对象变动不居，因此需要加强对比较文学学科理论的探讨，包括比较文学的对象、内容、目标，以此对比较文学的知识体系、学术体系有大致的规范。学科理论不是对学科发展的框范，画地为牢，而是对学科发展的反思，对学科未来发展的思考。

从20世纪70年代以来欧美比较文学书目可以看出欧美对于比较文学学科观念的变化。20世纪七八十年代，很多著作是以比较文学作为学科的（as a discipline）名称的，但是到了20世纪90年代，此现象就大为减少。比较文学的学科意识在欧美逐渐淡化，而作为问题研究的课题逐渐明显。张英进（2009：28）总结说："欧美学者关注的是消除人文学科的盲点，开拓研究课题的新意，而不是界定比较文学的疆域。"因此，欧美比较文学不太在意比较文学学科理论建设，正如雷马克（1982：7）所说："比较文学还不是一个必须不顾一切地建立起自己一套严格规则的独立学科，而是一个非常必要的辅助学科，是连贯各片较小的地区性文学的环节，是把人类创造活动本质上有关而表面上分开的各个领域连接起来的桥梁。"欧美比较文学更关注比较文学的功能，关注后现代社会出现的新问题，尤其是人文领域中的问题。从比较文学角度对后现代社会出现的新现象、新问题进行思考和思辨。如斯皮瓦克的著作《一门学科之死》，既是指传统的欧美模式的比较文学模式已经穷途末路，其新生在于抛弃传统的模式，而转向区域研究。这实际上是

第4章 比较文学学科理论的基本问题

对比较文学作为独立学科的否定，她所关注的是以问题为导向的项目研究（Spivak，2003）。

中国比较文学学者的学科意识则非常强。中国学者对比较文学发展的考虑，首先是从比较文学作为一门独立学科来定位的，因此比较重视比较文学学科建设。比较文学的研究对象、研究范围、研究方法、研究目标等涉及学科建设方面的重要问题，都有很多争议，国际比较文学学术共同体并没有达成共识，要建立系统性的比较文学学科理论，目前还面临很多困难。尽管如此，中国比较文学学者依然有很强的比较文学学科理论建构意识，如中国"50后""60后"的一代比较文学学者近年来仍然在比较文学传统的研究领域深耕细作，出版了具有比较文学本体研究性质的新论著，如高旭东主编的"比较文学基本范畴与经典文献丛书"，包括《影响研究》《平行研究·世界文学》《跨学科研究》《比较诗学》《东方之诗与他者之思——海外中国文学研究》（北京大学出版社，2017—2018），曹顺庆的《中西比较诗学》（中国人民大学出版社，2010）、《比较文学变异学》（商务印书馆，2021），王宁的《全球人文视野下的中外文论研究》（商务印书馆，2022），孟昭毅的《比较文学主题学》（北京大学出版社，2022），王向远的《宏观比较文学》《比较文学系谱学》《比较文学构造学》（广西师范大学出版社，2022），等等。

作为一门学科，首先需要确立研究对象，通过学术研究以建立本学科的知识体系。研究对象变动不居，让人对比较文学研究什么，感到没有把握。回望比较文学发展史，会看到比较文学一条逶迤曲折的发展轨迹和庞杂繁复的研究对象谱系图。每个时期研究的兴趣和重点不同，就会有不同的研究对象。曾经的研究对象也不必遗弃，事实上它们也不曾消逝，而是留存在比较文学的研究对象谱系之中。

回顾比较文学发展历程，我们发现，无论是这门学科的开创，还是一种新的研究范式的兴起，无论是影响研究、平行研究，还是主题学、传播学、翻译研究，抑或从中衍生出来的译介学、形象学和类型学等，都有某种理论的支撑，至少有一条比较文学的基本信念：在文学与文学的相互联系、相互观照中，发现文学关系，辨析文学的共性和个性。

尽管当代比较文学的发展已在某种程度上超越和扬弃了过去历史阶段对比较文学所作的理论规范，但这不能成为比较文学不需要理论的依据，成为漠视这些理论意义的理由。相反，还应继续发掘、阐扬其理论意涵，作为构建当代比较文学理论的思想资源。

为什么需要比较文学理论？理论指导实践，实践通过经验反观和反思理论，又进一步修正和丰富理论。任何实践的背后，都有某种理论的指导和支持，尽管这种"理论"有的还只处于零散状态，尚未形成富有学理性的系统化、理论化表达。

比较文学发展史表明：无论是法国学派对比较文学实践规范科学化的主张，还是美国学派突破法国学派的规范框架，而提出新的研究对象；无论是比较文学的文化转向，还是新世界文学研究，背后都有某种理论观念的支撑——尽管这些观念有的并没有很好地进行理论上的阐述，形成比较文学学科的理论形态。另外，比较文学领域中的文化研究、跨学科研究，并不是没有理论，只不过不是比较文学的理论，而是其他学科的理论在起作用。例如，20世纪80年代后比较文学的重要议题和新的研究领域，都可以看出后现代主义、解构主义、后殖民理论的影响。

比较文学实践往往走在比较文学理论的前面，我们需要对经典性的比较文学实践成果和研究方法进行总结和提炼，使之理论化，以丰富比较文学学科理论。

4.2 比较文学：是学科，还是方法？

1993年，巴斯奈特（Bassnett，1993：161）在其专著《比较文学批评导论》中提出，比较文学在西方已陷入了危机，"比较文学作为一门学科气数已尽"。她进而提出："女性研究、后殖民理论、文化研究等跨文化研究全面地改变了文学研究的面貌。从现在开始，我们应该把翻译研究看作主要的学科，而将比较文学视为一个有价值但次要的研究领域。"之后的十年间，欧美比较文学不断扩大研究范围，随之也产生了越来越多的困惑。2006年，巴斯奈特发表了"Reflection on

第4章 比较文学学科理论的基本问题

Comparative Lifetime in the Twenty-First Century"(《对21世纪比较文学的反思》)一文,表达了对比较文学发展现状的失望,并对未来比较文学发展提出建议。

1993年,巴斯奈特提出比较文学作为一门学科已经死亡时,也许并不感到特别悲观,因为她那时认为,翻译研究完全可以取代比较文学。但到了2006年,巴斯奈特发现翻译研究还是以译文对比为中心,并没有体现比较文学的功能,她因而认为:"比较文学和翻译研究都不应该看作是学科:它们都是研究文学的方法,是相互受益的阅读文学的方法。"(Bassnett,2006:8)

巴斯奈特反思的焦点,是比较文学的观念问题。巴斯奈特认为,比较文学危机的症结在于对研究范围、对象的过分规定性,再加上将明显具有文化特殊性的方法论作为研究规范,人为设限,束缚了比较文学的发展。她认为,比较文学未来的发展之道,"在于放弃任何规定性的方法来限定研究的对象","放弃对术语和定义的毫无意义的争辩,更加有效地聚焦于对文本本身的研究,勾勒跨文化、跨时空边界的书写史和阅读史"(Bassnett,2006:10)。

如果说比较文学的危机在于过分的规定性,那么,比较文学是否就不需要确立自己的研究范围、研究对象?若比较文学放弃对研究范围、研究对象、研究目标的基本界定,又如何从学理上说清自己的学科性质?巴斯奈特对比较文学和翻译研究学科地位的否定,似乎又回到比较文学发展史上经常争论的老问题上来了:比较文学,究竟是学科,还是方法?

关于比较文学是学科还是方法,蒋承勇从另一个视角提出了自己的见解。他肯定比较文学是一门独立的学科,但同时认为,对其他学科领域的研究来说,比较文学是方法,并且对其他学科来说,比较文学作为方法论,其学术意义更大。他认为:"在承认比较文学是一个学科的同时,又强调其作为一种学术研究的方法与理念,并将其推而广之,也不失为一种学术需要,这对作为学科的比较文学不仅毫发无损,而且对其自身的建设与扩大影响未尝不是一件好事,抑或是一个福音。"(蒋承勇,2023:151)。蒋承勇(2023:153-154)进一步分析说:

在"网络化—全球化"背景下，随着文化多元交流的加速与加深，以及不同国家与民族文学间的封闭状态进一步被打破，文学研究更需要改变固有的单一性民族文学研究的壁垒而趋于整体化。所谓"整体化"，就是站在人类总体文学的"大文学"高度，展开多民族、多国别、跨文化、跨区域的文学研究，其间，起勾连作用的是比较文学之理念与方法——把不同时代、不同文化背景下的文学视为整体，在跨文化比较研究中既探寻人类文学的总体特征与规律，又揭示不同民族之文学的审美与人文差异性。就此而论，比较文学并不仅仅代表一个学科，它对整个文学、文学的世界、人文环境、文学的世界观，都有一种全面的反映，它有一种包罗整个文化时空的宽阔视野。同样是在这种意义上，不同时代、国别和民族的文学在人类文学可通约性基础上呈现整体化态势，这是一种融合，一种文学研究的世界主义方向。

蒋承勇进而认为，就比较文学的跨文化性和开放性思维来说，比较文学作为方法，不仅在文学领域，在整个人文学科领域，都可以发挥很大作用。"从方法论角度看，跨文化比较研究的开放性思维与理念适用于整个人文学科领域；比较的理念与思维方法、研究方法和教学方法，对整个人文学科都是一种福音，这种方法在人文学科领域扮演着首席小提琴的角色，可以为整个乐队定下基调。"（蒋承勇，2023：154）

蒋承勇以中国文学研究和中文学科建设为例，阐述比较文学作为方法论的意义。他说：

虽然，比较文学在中文学科中只是一个二级学科，但是，如果能够以比较文学之跨文化研究的方法与理念辐射各二级乃至三级学科，拓展研究视野，在人类审美共同体和"大文学"的框架中研究中国文学，提升中文学科建设的境界，中国文学研究和中文学科建设就拥有了方法论意义和国际化意识。作如是说的根本目的是，就我们目前的中国文学和中文学科内部而论，二级学科乃至三级学科的分工鲜明且有学术规制的理由与必要，但过于壁垒分明以至于画地为牢，无疑是一种学术研究视野的狭隘和人才培养方法的局限，其间需要作为二级学科的比较文学之跨文化比较理念与思维方法的渗透与引领。同样的道理，在外国语言文学或外国文学学科的创新发展与建设中，也需要这种跨文化比较理念与思维方法的引领，以语种和国别为壁垒的画地为牢式的学术研究与人才培养理念，亟待改变。（蒋承勇，2023：154）

蒋承勇（2023：154）进而提出，在当下的"网络化-全球化"语境，比较文学的方法论和跨文化思维尤为重要：

> 文学研究者对全球意识与世界眼光应有一种主动、自觉与深度的领悟，比较文学及其跨文化研究思维与方法很值得我们去重视、运用与拓展。跨文化比较研究就是站在人类文学的高度对多国别、多民族的文学进行跨文化比较分析与研究，它与生俱来拥有一种世界的、全球的和人类的眼光与视野。在这种理念与视野引领下，中国文学和外国文学领域的学术研究和学科建设都有必要提升国际视野，若此，其人才培养也必将进一步拓展、强化和提升国际视野、人类意识和人文境界，学科的国际传播力也必将增强。由是，比较文学的方法论意义远胜于作为二级学科本身的意义；跨文化比较以及人类总体文学的参照，将使中国文学和外国文学的研究视野更开阔，也将使研究成果更具有学科的跨度和普遍性参考与借鉴价值。因此，在"网络化—全球化"的时代，未来中国文学和外国文学学科的建设，都有必要在比较文学与跨文化研究理念的基点上，拓展国际视野，正视理论、理念与方法更新等问题。

蒋承勇就比较文学作为方法论对中文学科建设与发展学术意义的阐发，进一步说明了为什么比较文学在人文学科成为"首席小提琴"的价值，关键就是其跨文化视野和方法论给人文学科的其他领域所带来的学术启迪，开拓了新思路、新研究空间。

比较是人类基本的思维方式，是认识事物，区别一事物与另一事物不同特质的基本方法。比较文学之"比较"容易使人产生误解，以为"比较文学"就是文学比较，而比较就是比较高下优劣。如果比较文学作为一门独立学科的学理性是建立在各学科都会用到的"比较方法"上，则其学理性存在明显的缺失。因此，杨乃乔（2003：73）强调：

在理论上明确"比较"在比较文学研究中不是一种纯粹的方法，这一点是非常重要的。这样不仅有助于学术界对比较文学进行正确的理解，也有助于对"比较文学"与"文学比较"进行学理上的区别。

我们理解了不能把比较文学在日常用语的"比较"意义上理解为是对两种民族文学或文学与其他相关学科进行表面的类比，比较作为一种学术视域是研究主体对两个民族文学关系或文学与其他相关学科关系的一种内在的汇通性透视，是比较文学在学科成立上安身立命的本体，这就决定比较文学属于本体论而不是方法论。

4.3 比较文学的本质是什么？

比较文学的本质是什么？有学者认为，比较文学是文学研究的一种类型和范式，它与文学研究的本质观是一致的。文学研究就是研究文学作品的文学性和审美性，社会学批评、意识形态批评、文化批评、后殖民主义、性别、生态主义等理论视角，都是文学的外部研究。无论是法国学派的影响研究，还是美国学派的平行研究，都是以文学作为中心，研究作家、作品之间的影响关系或者审美联系。与20世纪80年代后的比较文学相比，属于比较文学的传统观。脱离了文学文本，在传统的比较文学学者看来，就是对比较文学传统的丢弃，而造成比较文学的断裂。美国比较文学家安娜·巴拉坎（Anna Balakian）（1994：84）说："我并不是建议后来者要固守或恪守我们这代人的比较文学，而是说，还有不少东西可以继续做的。……一门学科要保持持久活力，变革是必需的，但变革不是每一代人都重起炉灶，重新发明一套比较文学。"巴拉坎的观点值得我们深思。文学在不断发展，一代有一代的文学，一代也有一代的文学研究。但无论文学如何变化，文学研究方法不断更新，文学的基本特征和文学研究的基本要求、目标，总是大抵相近的。

另有学者认为,比较文学的本体、本质和研究对象和范围并不是先验的、固定不变的,更不是一元的。文学研究离不开社会,也无法脱离政治,不仅不能脱离,而且是文学的构成部分。只要是从文本出发,超越文本层面的研究内容,都应是文学研究的正途。这两种不同的文学研究观念,在比较文学中也同样存在。

哲学家兼比较文学家理查德·罗蒂认为,一个时代有一个时代的比较文学,"如同自我,只有历史,没有本质。学科也是如此。它们通过自身的历史而不断更新自我形象"(Rorty,2006:66)。"因为没有任何一个健康发展的人文学科过了一两代人看上去还是一样的。"(Rorty,2006:67)或者说,本质蕴含在历史发展之中。历史在发展,本质也随之变动而不断丰富。

斯皮瓦克认为,比较文学是一门"将成的学科",其本质尚未形成。她说:"即使仅从有限的美国视角,也很明显可以看出文学运作的资源(sources of literary agency)已经扩大,超出了传统欧洲民族文学界限。对这门学科来说,其出路似乎在于承认自己只是在未来才能明确的学科雏形,承认其'将成'性和'将发生'性。"(Spivak,2003:6)

伯恩海默说比较文学先天有"焦虑基因",并贯穿比较文学发展之中。比较文学的"焦虑基因"就来自其研究对象、范围和目标的不确定性。纵观国际比较文学发展史,比较文学家所勉力探讨的,就是如何找到一个一劳永逸消除焦虑基因的途径——从学理上为比较文学找到一个可以遵循的原理和基本准则。

4.4 比较文学的目标是什么?

与文学本质问题相关联的,是关于文学的普遍规律,这直接关系到比较文学的总体目标。中国比较文学界对钱锺书先生所说的比较文学目标——"比较文学的最终目的在于帮助我们认识总体文学乃至人类文化的基本规律"(张隆溪,1981:135)——耳熟能详,且深以为然。但近年来,随着反文学本质主义思想的蔓延,一些学者对比较文学关于寻找共同文学规律的目标提出了质疑。例如，段从学（2005：137）就认为：

> 本着"东海西海，心理攸同；南学北学，道术未裂"的普遍主义原则，中国的比较文学研究，一开始就以寻求世界文学的共同规律为研究目标。不言而喻，只有在确信关于世界文学的共同规律存在，并且能够被揭示出来的前提之下，这一研究目标才能够成立。这就是说，以寻求世界文学之共同规律为研究目标的比较文学，包含着两个相关的理论前提：其一，关于世界文学的普遍规律确实存在；其二，这个普遍规律是可以被认识的。这两个先在的理论预设，构成了比较文学研究的学科无意识基础。这两个不言自明的理论前提，使得比较文学研究一开始就把问题集中在如何才能够认识关于世界文学的共同规律之上。在西方近代思想中，人文社会科学一直自觉以自然科学的研究范式为学科准则，强调从具体的个别现象开始，通过自下而上的实证分析，从局部的原理上升到对普遍规律的认识。为此，比较文学也像其他学科一样，不仅以寻求共同的客观规律为研究目标，而且要求研究者采取自然科学的方法和态度，强调研究主体和研究对象之间的二元对立。具体说来，就是要求研究者摆脱一切先在的主观偏见，把研究对象视作一个独立的客观实体来对待。借用认识论的术语，就是要求研究者获得纯粹的主体性。进一步分析，比较文学的学科无意识前提实际上包含着以下三个相关方面。第一，比较文学相信文学活动也和自然科学研究的对象一样，受到普遍规律的制约。为此引出第二，比较文学研究的目标是寻求制约文学活动的普遍规律。而为了认识和发现这个客观的普遍规律是客观的，就必须有第三，认识这个普遍规律的必要前提是研究者获得纯粹的主体性。这三个相关的学科前提中，寻求关于世界文学的普遍规律乃是其中的核心，一方面承接确信普遍规律之存在而来，另一方面又引出了对研究主体之纯粹性的要求。如对其性质和地位作简要归约，则确信关于世界文学之普遍规律之存在属于本体论范畴，且因未经证实即断言其存在，故具有形而上学性质。寻求关于世界文学之普遍规律这一基本目标，属认识论范

畴，在西方近代哲学思想的总体背景之下，带有强烈的自然科学认识论色彩，最终旨在达到对世界万物的总体认识。而研究主体的纯粹性，则是从寻求关于世界文学之普遍规律这一研究目标引发出来的方法论要求。

段从学（2000：149）提出："当前中国的比较文学研究所面临的问题，实际上是现代性问题的一部分。长期以来，比较文学研究一直以寻求世界文学的普遍规律为目标，先在地假定了普遍规律的存在。"他认为：

> 对文学研究来说，寻求规律这个目标本身就是不恰当的，它是人文科学研究尚未摆脱对自然科学的依附，以自然科学研究的范式和准则来要求自身也具有科学性的产物。以寻求关于世界文学的普遍规律为目标的比较文学研究，实际上是假定自己的研究对象也和自然科学的研究对象一样，受制于一些可以被发现的基本规律，只要发现和掌握了这些基本规律，人类就可以按照这些基本规律来制造和生产文学。……但文学/文化活动要求的是自由创造，而不是按照一些基本规律进行的批量生产。寻求关于世界文学的普遍规律这个研究目标，一开始就背离了文学活动的历史特征，而更加接近自然科学研究的要求。这就是中国本土的比较文学研究既在理论上陷入悖论，又无法对包括整个中国现代文学传统在内的一系列重大文化现象做出有效阐释的根源。（段从学，2005：141-142）

在段从学看来，比较文学在当前面临的最大问题，乃是"丧失了对大量新涌现的文化现象作出解释与回答的能力"，要摆脱比较文学的困境，就要放弃寻求关于世界文学的普遍规律这个目标，而"以寻求意义为研究目标，可以使我们的比较文学研究从中国/西方、传统/现代等宏大话语中解放出来，专注于当下性的文化实践"（段从学，2005：143）。

对事物本质的探寻，是人类认识事物的一个基本途径和方法。探寻事物本质的过程，也是对世界、社会、自我认识的过程。"正是在对文学本质的追问中,我们看到了文学与社会、文学与世界、文学与读者的多维关系,认识到了文学的意识形态属性、审美属性、文化属性等诸多特征。"(孙宁,2015:118)尽管某一时代对文学的本质认识、文学观在后代看来是多么偏颇、多么浅显、多么幼稚,但至少体现了那个时代对文学的认知水平,是那个时代文学共同体的基本认知,为之后文学的发展建立了一个基点。在此基点上,文学接续发展,从发展了的文学中重新认识文学,更新文学观念。如果没有这个认知,那么对文学,就只是一堆零碎的想法和模糊的念头。所以,每个时代对文学本质的探寻,虽然不可穷尽,也不无偏颇,只是深刻的片面性或片面的深刻性,但正如曹顺庆、文彬彬(2010:36)所言:"自古希腊和我国春秋时期开始到现在的文学理论,并没有谁能够提出文学具有某种普遍有效的、永恒的本质。但是本质主义在历史上对于人们认识世界、认识文学确曾做出过巨大贡献,这一点是我们无法否认的。"

比较文学所要探讨的世界文学普遍规律,不是独立存在于世界文学之外,或者只是从形而上层面构想出的一个什么文学普遍规律,而是从世界文学中发现共同的文学因素,在文学理论层面加以提炼和阐释,进而进入共同诗学建构的内涵中。董学文(2004:68)提出:"在文学原理的研究中,如果抽掉或悬置文学本质的研究,那么原理的研究就被架空;如果用文学的一些观念问题取代文学本质问题,那么规律性探讨就没有答案;如果用后现代的办法把一切文学本质的规定抹平,那么人类的文学史就会变成一个空洞。"此观点也可用于说明比较文学总体目标之于比较文学存在的学理性和重要性。

4.5 文学本质与反文学本质主义

如果说比较文学的目标是探讨人类文学的基本规律或共同诗学,这就涉及文学的本质问题。文学有没有本质?如果有,文学的本质是什么?或者说,从世界文学中是否能够总结出文学的基本特质和特征?文学是否存在逻各斯式的核心因素?在后现代时代,文学与非文学的边界逐渐模糊,所谓"文学性蔓延",我们是否还能够概括出文学的本质?

我们先探讨文学规律的含义。所谓规律,是指事物发展过程中的本质和必然联系,决定着事物发展的必然趋势。规律和本质是同等程度的概念。事物的本质潜含在现象之中,通过现象表现出来,因此事物的现象具有一定的普遍性形式。所谓本质,是事物的根本属性。我们从发展的观点看,事物的本质不是抽象的绝对理念,不是先验的、绝对的、静态的、一成不变的,而是随着事物的发展而不断丰富。人们对事物本质的认识也不是固定不变的,而是随着时间而不断变化,随着历史的发展而不断深化的过程。人们在对事物认知的发展过程中,对于事物本质的认知水平和言说,构成了阶段性的对事物本质的认识。这种基本本质,我们可以视为人类文学的基本规律,它是从人类文学发展史中在文学理论层面上的归纳、总结、抽象出来的基本要素,构成世界文学共同诗学的内容。因是从人类文学现象中分析总结出来的,因此具有高度的凝练性、抽象性和普遍性。

文学本质本身是不断丰富的过程,另外,人们对文学本质的认识,也是一个不断深入的过程。文学本质有其核心质素,但又不断发展和丰富。每个时代都有对文学的基本认知,后代对文学的探讨或更为深入,或探讨文学其他方面的特征,这样就敞开了文学本质的问题域,使我们对文学的认识更加全面、也更为深入。"文学史上每一次文学思潮的兴起和更替也无一不源自人们对文学本质看法的改变。表面上看,是后一种本质主义否定了前一种本质主义,是一种否定之否定的交替进行,但实际上这种更替不仅没有阻碍,反而深化了人们对世界、自身存在和文学规律的理解和把握。正是在这种对前人观点不断地批评和总结,继而在扬弃的基础上提出新观点的过程中,人类的文明才得到了更进一步的发展。"(曹顺庆、文彬彬,2010:39-40)

对事物本质的认识,既是历时性的,又是建构性的。对文学本质的认识亦是如此。文学是人学,文学的发展与人的发展相一致。随着人类社会生产力水平的提高,社会生活越来越丰富;社会生活的丰富促进了人性内容的丰富,文学也随之创新和发展。一代有一代之文学,一代也有一代之文学观念，对文学本质的认识也代有变化。

比较文学的意义，在对文学本质的探讨上也体现了出来。比较文学的目标是人类文学的共同规律。中西文学在古代虽也有一定范围和程度上的接触和影响，但基本上是在各自文化体系内独立发展。到了近现代，中西方文学有了更多的接触、交流，文学观上也出现了或隐或显的相互影响。因为有了比较文学，才有一个专门的研究领域将来自不同时代、不同国别、民族关于文学的认识联系起来，发现中西方对文学的认识都经历了一个历时性的发展过程。

在以解构主义为主要特征的后现代语境中，出现了一种反本质主义的思潮，连带着文学的本质也遭到严重的质疑。"反本质主义反对统一性、普遍性而肯定差异性、多元性、复杂性。"（和磊，2006：58）

"反本质主义"概念往往让人产生误解，以为反本质主义就是认为文学没有本质、没有规律可言，探寻和界定文学的本质是没有意义的。其实不然。

本质与本质主义是两回事。什么是本质主义？童庆炳（2007：7）作了这样的界说：

> 本质主义者倾向于把世界中的各类事物看成不变的机械的实体，这种机械实体包含着不可与其命名分割的必然的特征和定义。与此相反，反本质主义者倾向于把各类事物还原到关系之中，认为有关各类事物的命名、标签以及看似牢固的真理，实则都是建构的结果，都是历史的产物。它们并非恒久不变，而是随着社会语境、历史语境的变迁而不断有所变化。

赖大仁、许蔚（2014：177）认为：

> 本质主义观念往往是先验论的，追求和满足于对文学本质简单地下定义，容易走向绝对主义和极端化，形成排他性和封闭性，并不利于对文学本质问题的科学认识。反本质主义基于其反思性理论立场，致力于破除本质主义的思维方式和理论观念，就此而言是具有积极意义的。但如矫枉过正走向对一切文学本质的怀疑和否定，则又容

第 4 章　比较文学学科理论的基本问题

易陷入相对主义、虚无主义和不可知论，导致对文学理论信念的根本瓦解。

文学的本质与文学的本质主义是两回事，反文学的本质与反文学的本质主义，也不是同一概念。陶东风对此作了很好的解释。他提出，要把"反本质主义"与"反本质的主义"区分开来。反本质主义并不是反对文学的本质，而是反对文学的本质主义。"本质主义不是假定事物具有一定的本质而是假定事物具有超历史的、普遍的、永恒的本质。"（陶东风，2007：3）"本质主义文学观的核心是认为文学的本质是先验的、非历史的、永恒不变的，是独立于语言建构之外的'实体'，即使没有关于文学本质的言说行为，文学本质仍然像地下的石头一样'客观'存在着，只是没有被人发现罢了。"（陶东风，2009：13）

很多学者反对文学本质主义，其实反对的不是文学的本质，而是反对文学的本质主义倾向，即将文学的本质看成抽象的、形而上的、类似于绝对精神般的永恒不变的东西。据赖大仁、许蔚的观察和分析，"从反本质主义论争的情况来看，只有很少人是从本体论的意义上反对本质主义的，即从根本上怀疑文学本质是否存在，以及质疑进行文学本质探寻的可能性，因而主张'悬置'或者放弃这种本质论研究的努力。而多数人主张或者赞成反本质主义，并非不承认文学本质的存在，也不是反对研究文学本质，更不是要把文学本质统统反掉，而是反对那种简单化、绝对化的研究文学本质的理论观念和方法、模式。"（赖大仁、许蔚，2014：177）

正如童庆炳（2007：8）所提出的：

> 我们反本质主义并不意味着事物没有本质。事物本质还是有的。事物的本质是指事物呈现出相对稳定的一致性的特征，它是被历史社会文化语境建构起来的。就是说，事物被建构后是可能有本质的。历史的、社会的、文化的语境有一种巨大的建构的力量，将把不确定的东西在特定时间里确定起来，把看起来不可定义的东西在特定时间里加以定义，把似乎是不能确定本质的东西在特定时间里确定为本质。换言之，历史的、社会的、文化的语境具有一种无穷的凝聚力和改造

力，把事物凝聚在同样的谱系中，把事物改造为适合它的要求。历史的、社会的、文化的主体是人，因此这种力量是人这个主体的建构力量。

文学是有本质的，但"本质不是发现的，而是建构的"（陶东风，2009：14）。但是，这种建构不是随意的，而是有其历史的限定性。"任何理论建构都不是无条件的绝对真理，任何知识建构都受到建构者的存在境遇、视角方法以及特定时代的知识–话语型的制约，都没有无条件的普遍性。"（陶东风，2009：16）童庆炳（2007：8）提出："事物的本质是建构性的，历史文化语境以其强大的力量改变事物的本质，同一事物不同的历史文化语境中可以有不同的理解，不同的定义，不同的命名。换言之，我们提出本质性的时候，一定要看历史的关联性。"因此，本质具有历史性，带有特定的语境性特征。

赖大仁、许蔚（2014：183–184）也持类似的观点：

> 任何一种文学本质论的建构，其实都是在用建构者的眼光去看待和说明文学，自觉或不自觉地表达他对文学的理解和信念，甚至寄托着对于文学的某种价值理想，这都很正常。从这个观点来看，无论是历史上的各种文学本质论，还是当今人们关于文学本质的理论建构，都应当放到当时的社会历史条件和文化语境中去理解。
>
> 事物的本质是多方面多层次的，我们对事物本质的认识把握也不可能一次性完成，而是不断展开和深化的。如果一种文学本质论的建构，能够揭示文学某些方面或层面的本质特性，对人们认识文学现象具有启示意义，这也许就足够了。
>
> 从历史主义的观点看，历史上形成的各种文学本质论都是历史的产物，都可以从当时的社会历史条件和文化语境中去得到说明，去认识分析它的历史合理性和历史局限性。通常说，一个时代有一个时代之文学，同样，一个时代也有一个时代之文学观。因此，不同的历史时代有不同的对于文学的认识，包括有不同的文学本质论，都是非常正常的。问题只在于，我们如何以历史主义的观点去认识和说明：某个时代或历史时期为什么会形成那样的文学观念和文学理论？如果这

第 4 章　比较文学学科理论的基本问题

样追问下去，那么就显然与这样几个因素相关：第一是与当时的文学现实相关，人们总是根据当时面对的文学现象来认识说明文学的特点与性质；第二是与当时人们对文学的现实需要和价值诉求相关，在文学观念中往往表现出当时人们的价值理想；第三是与当时的时代精神和文化风尚相关，文学观念也往往成为这种时代精神和文化风尚的表征。因此，我们可以把以往的各种文学本质论或文学定义，都看成历史性、阶段性的理论建构，是当时历史条件下人们对文学的一种认识和理解。我们未必要完全认同它，更不必把某些理论奉为绝对真理，但也未必要完全否定和解构它。

比较文学不仅可以探讨文学本质，探讨不同时代对文学本质的建构，还可以对中外文学本质建构的历史语境、建构方式等进行比较，从而分析和阐释不同的建构是如何抵达对文学本质的特定认知观点，以及这种认知在文学本质认知发展史上的意义。

第 5 章
比较文学研究的基本理论问题

比较文学学科理论问题与比较文学研究的基本理论问题,是两个层面的问题。前者是宏观层面上关于学科本质的基本问题,后者是实践层面上关于比较文学对象方面的认识问题。就当下比较文学实践而言,需要厘清的基本理论问题包括:①比较文学的研究对象是文学关系,文学关系研究是否一定得是二元形式?单一文本是否能成为比较文学的研究对象?②比较文学跨学科研究的目标是什么?是以文学为中心,还是以问题为中心?③怎样认识比较文学与跨文化研究的关系?④世界文学与比较文学是什么关系?世界文学是比较文学的目标还是对象?

5.1 比较文学的研究对象是什么?

作为一门学科,首先需要确立研究对象,通过学术研究以建立本学科的知识体系。研究对象是比较文学学科区别于其他学科,乃至区别于其他文学研究领域的显在标志,也是回答"比较文学是什么"的基本前提。研究对象确定了学科的知识体系和学术体系基本范围。换言之,从研究对象、研究的问题及内容,可以判断其属于什么知识体系和学术体系,因而可以判断出其学科归属。例如,"清代服饰制度研究",属于历史研究范畴,而"《红楼梦》中人物服饰与人物形象塑造",则属于文学研究范畴。但正是在研究对象上,比较文学界意见分歧,学者们大都根据自己对比较文学的认识和理解来选择研究课题。这就造成了人们对比较文学的疑惑——比较文学究竟研究什么?

克罗齐认为，比较文学研究的对象是文学史，在他看来，"文学的比较史就是真正意义上把文学作品置于各种关系之中，置于世界文学史（否则还能置于何处）的整体之中，来全面解释文学作品，来研究它在这些关系中存在的理由"（Croce，1972：222）。时隔一个世纪，巴斯奈特对克罗齐的观点表示认同。她认为："严格意义上的研究对象应该是文学史"，并说："克罗齐认为比较文学严格意义上的研究对象是文学史，这的确没错，但既要把它理解为实际文本生产时刻的历史，也要把它理解为文本跨越时空的接受史。"（巴斯奈特，2008：8）

梵·第根（1985：57）认为："比较文学的对象是本质地研究各国文学作品的相互关系。"基亚（Marius-François Guyard）（1985：79-80）认为："比较文学是国际文学关系史。比较文学家跨越语言或民族的界限，注视着两国或几国文学之间主题、书籍、情感的交流。"布吕奈尔等（1989：228）认为："比较文学是有条理的艺术，是对类似、亲族和影响关系的研究。"

雷马克对比较文学的界定，已指出了比较文学的研究对象，即"一国文学与另一国或多国文学的比较，是文学与人类其他表现领域的比较"（雷马克，1982：1）。简言之，比较文学研究对象就是文学与文学之间、文学与其他学科之间的关系。巴斯奈特（Bassnett，1993：1）在《比较文学批评导论》前言中说："比较文学涉及跨文化的文本研究，具有跨学科性并且关注跨时空的各种文学之间的联系模式。"中国比较文学学者普遍认为，比较文学是跨文化的文学研究，其研究对象就是"跨民族的各种文学关系"。（刘象愚，2003：63）

可见，从梵·第根、布吕奈尔到雷马克，从欧美到中国，比较文学的研究对象是比较清晰、明确的，那就是文学关系。具体而言，比较文学研究三种关系：①文学的实际联系关系（文学事实层面的联系、亲缘关系），形成影响研究；②文学的类同关系（因历史类型学、文学共同体和人类文学的普遍性所形成的类似），形成平行研究；③文学与其他学科关系（学科间理论和方法上的借鉴与互动），形成跨学科研究。

比较文学研究对象出现混乱不清，是20世纪70年代美国比较文学"理论热"之后，其后出现的大规模文化研究和跨学科研究，研

第5章 比较文学研究的基本理论问题

范围越来越大,"什么都行"主义泛滥,导致了比较文学研究对象的泛化。

过去对比较文学对象的认定,如梵·第根(1985:65)所言:"最通常研究着那些只在两个因子之间的'二元的'关系",要求必须将一部以上作品放在一起才能算为比较文学的研究,巴斯奈特以具体事例反驳了这种观点。

巴斯奈特批评比较文学的二元研究观,强调跨文化阅读研究的重要性。她举了两个事例,说明即使是单一文本,在跨文化语境中所遇到的问题,同样应视为比较文学课题。她举的事例之一,是庞德翻译的中国诗歌《神州集》。巴斯奈特(2008:7-8)说:

> 庞德翻译的中国诗歌《神州集》(假如能称作翻译的话)的意义,在于这些诗歌出版的那个历史时刻是怎样被阅读的。休·肯纳(Hugh Kenner)在其著作《庞德时代》中提出,《神州集》最初是对中国古诗词的翻译,这也是庞德的意图,但在接受过程中转变为战争诗歌,被佛兰德斯战壕中的士兵用来对付战争的恐惧。肯纳认为,庞德模仿费诺罗萨的作品,就像蒲柏模仿贺拉斯的诗作,18世纪的约翰逊博士模仿尤维纳利斯的作品(其目的是)"提供一种类似的系统和话语结构",结果使其变成了一系列特别的诗歌,人们把它当作具有强烈意象的诗歌来阅读,并与大战的痛苦与茫然形成了共鸣,而不是当作一种异域的翻译来阅读。这些诗歌一方面成为新一代诗人的典范,争相把战争的恐惧作为特有的诗歌主题,另一方面在英语读者头脑中设定了一种中国诗歌的定势,也为后来译者建立了基准。因此,比较文学学者的目标,就是在此语境中来认识诗歌,并把它和同时代创作的其他战争诗歌进行比较。《神州集》的意义在于它凸显了翻译作为一种文学革新和变革的力量,这就是翻译研究用于比较文学的方法之一。

翻译研究之所以可以作为一种比较文学方法,在于翻译文本在不同语境中的阅读、解读、阐发、引申、借喻、转化等,一方面使原文本转变为另一种文化语境中的新文本,其文本意义在跨文化语境中得以衍生。不同的文化语境,原文本就会呈现出不同的意义。同一文本以翻译的形式在不同语境、不同时代的阅读和接受，形成了饶有意味的参差对照和文化张力，对同一文本不同视角、不同层次的解读，非常具有比较文学意义。不同语境的解读，与其说是原文本内涵的丰富性，倒不如说是跨文化阅读的力量，也是比较文学的魅力。只有具备比较文学的学术视野，才会有意识地将不同文化语境中的解读并置、对照，而展现出文学的文化穿透力和人性的光辉。另一方面，翻译文本启发了译入语文学带来新的文学视野、文学认知、文学观念，成为文学革新和变革的力量。

巴斯奈特举的第二个事例，是文本在跨文化语境中遭遇的问题。巴斯奈特（2008：8）举例说：

> 最近在伦敦老维克剧团上演的克里斯托夫·马洛（Christopher Marlow）的《帖木儿大帝》（*Tamburlaine the Great*）可能会冒犯伊斯兰观众，但它提供了一个极好的重新阅读的实例，这种文本的阅读要考虑社会政治语境。任何比较文学学者研究该剧作，既要考虑马洛创作时的历史时刻，也要考虑 2005 年刚刚遭受 7 月伦敦爆炸事件对当代英国导演所带来的困难，面对那些想要保存当今古典英语戏剧完整性的观众，去权衡老维克剧团在创作中的审美妥协。

翻译涉及复杂的译入语文化因素，与译入语的语境密切相关，隐含了诸多跨文化问题。因此，即使是单一的翻译文本研究，如果不是就文本而文本，就自然涉及译出语文化与译入语文化的冲突、对话等问题。而这正是比较文学范围内的课题。

达姆罗什也认为，"单一作品也可以作为比较文学的研究对象"（Damrosch & Spivak，2011：475），因为"文学作品通过被他国的文化空间所接受而成为世界文学的一部分，对该空间的界定有多种方式，既包括接受一方文化的民族传统，也包括它自己的作家们的当下需求。即便是世界文学中的一部单一作品，都是两种不同文化间进行协商交流的核心"（Damrosch，2003a：283），因此具有了双重文化性质。

这是世界文学研究的新进展在比较文学对象上的新观点，我们不必刻意找两部作品作为对象，注重形式上是不是属于比较文学，而更加看重所讨论的问题是否具有比较文学性质。

第 5 章　比较文学研究的基本理论问题

即使是单一文本，只要内在地隐含了比较文学的问题，如作品受到外来文学的影响，或者作品蕴含了一个值得探讨的具有普遍性的理论问题，就可构成比较文学研究的对象，而不是仅从二元形式上来判断其是否属于比较文学研究。由此，我们对比较文学对象的文学关系，也有了新的认识。二元形式的文学关系，只是比较文学对象的外在特征，关键还是看研究对象是否蕴含了有价值的比较文学问题，而不论其是两个作品还是单一作品。

5.2　跨学科研究问题

雷马克是跨学科研究倡导者，也是美国学派比较文学定义的代言人。1961年，雷马克（1982：6）在《比较文学的定义与功能》一文中提出了跨学科研究的主张："比较文学是超出一国范围之外的文学研究，并且研究文学与其他知识和信仰领域之间的关系，包括艺术（如绘画、雕刻、建筑、音乐）、哲学、历史、社会科学（如政治、经济、社会学）、自然科学、宗教等。"这个定义在中外比较文学界耳熟能详。雷马克（2000：18）自我调侃地说："我一生所撰写的比较文学作品加起来，恐怕也不及我那两句话的影响。"正因这个比较文学定义影响广泛，因此，雷马克对跨学科研究后来出现的泛学科化结果，一直耿耿于怀。这个定义的英文原文中，有"文学为一方，其他知识、信仰领域为另一方"（雷马克，2000：18）的含义。在这个跨学科研究的关系式中，文学不言而喻是其中的恒定项，并且是跨学科研究目的之所在，维系着跨学科研究的比较文学价值。关系式中的另一项"其他知识和信仰领域"，则为可变项，可以是艺术、哲学、历史，也可以是社会科学（如政治、经济、社会学），抑或自然科学等。但现在，比较文学的跨学科研究中，文学成了后者的陪衬、附庸，甚至是可有可无的一项，例如近年来美国比较文学学会年会的小组议题，如"后－人世界的动物"（The Animal in a Post-Human World）、"数码里的身体"（The Body in the Digital）、"流放与他者性"（Exile and Otherness）、"想象我们的他者：一种文化伦理学"（Imagining Our Others: A Cultural Ethics）、"数码媒体、文化生产与投机资本主义"（Digital Media, Cultural Production and Speculative Capitalism）、"东欧、巴尔干与欧亚大陆：文化接触与冲突"（Eastern Europe, the Balkans, and Eurasia: Cultures in Contact and Conflict）、"礼物抑或毒药：跨大西洋语境中的爱情、死亡与创造性"（Gifts or Poison: Love, Death, and Creativity in a Transatlantic Context）、"想象的帝国：结构错位与异域空间的生产"（Imaginary Empires: Structural Dislocations and the Production of Alternative Spaces）等，文学不见了，成了只研究"人类其他表现的领域"。跨学科研究最终演变为如此结果，则是他始料未及的。

　　跨学科研究出现文学被边缘化的现象，与雷马克当初未从理论上明确阐述跨学科研究的目标、意义和研究规范，也有很大关系。雷马克（1982：6）当时只是宽泛地谈了跨学科研究的基本原则："我们必须弄清楚，文学与文学以外的一个领域的比较，只有是系统性的时候，只有在把文学以外的领域作为确实独立连贯的学科来加以研究的时候，才能算是'比较文学'。"但在具体实践中如何操作，特别是如何保证跨学科研究的文学性，则未作比较细致的理论探讨和阐述。这样，在实际研究过程中，就很容易违背跨学科研究的比较文学性质。

　　过去，法国学者对比较文学范围扩大总是抱着小心翼翼的态度。雷马克当年提出跨学科研究时，对法国学者的这种审慎态度虽然表示理解，但还是显得有点不以为然："法国人对于各门艺术的比较当然也感兴趣，但是他们并不认为这类比较属于比较文学的范围。……法国人似乎担心，再加上一个去系统研究文学与其他领域关系的任务，会被说成是华而不实，不利于比较文学作为一门可敬而且的确受人尊敬的学科为人们所接受。"（雷马克，1982：4-5）

　　20世纪80年代初，雷马克察觉跨学科研究中文学有失落的趋势，急切地提醒："探讨新的研究方法和领域是必要的，包括……结构主义、符号学、接受和交流理论、文学（包括通俗文学）的社会学、语言学、文学的修辞和跨学科研究……但同时心里要清楚，运用这些理论方法的主要目的，是为了更明白、更有意义、更真切地解读文学现象。"

第5章 比较文学研究的基本理论问题

（Remak，1981：221）但当时"理论热"正方兴未艾，对雷马克的提醒充耳不闻，"其他知识和信仰领域"成为研究的焦点，文学遭到冷落。针对这种喧宾夺主现象，雷马克气愤而又无奈地说："那些自认为自己是'文学'学者的人，其跨学科（涉及语言学、结构主义、观念史、哲学、政治经济意识形态、交流理论、符号学）的野心日益膨胀，导致了他们的文学感以及掌握外国语言和文化知识的能力衰减了。比较文学在这种境地中没有切实地得到善待，而成了附庸。"（Remak，1985：10）

直到2002年，雷马克还在思考跨学科研究的利弊得失。他认为，跨学科研究的积极意义在于，文学与历史学、哲学、人类学、自然科学、技术以及艺术的比较，丰富了比较文学的学术性。其负面因素在于，很多其他领域的人加入比较文学，他们只是比较文学的"票友"，兴趣并不真的在文学，所以导致了跨学科研究中文学被越来越边缘化，甚至消失无踪（Remak，2002：245-250）。

雷马克提出的跨学科研究，由于没有很好地从理论阐述清楚研究目标、意义和方法，为此后比较文学的危机留下了隐患，到20世纪七八十年代，"由于理论'系统性地入侵'文学系，促进了跨学科研究的迅速发展，因此，从根本上威胁了文学本身的主导地位"（张英进，1996：122）。

实际上，也有学者对雷马克提出的跨学科研究在学理上能否站得住脚，是心存疑虑的。韦斯坦因（1987：24-25）就指出：

> 显然，在比较文学作品和非文学作品时，浅薄比附的闸门常常被冲开，文学史家或批评家常常会发现，他们对自己力图与文学作比较研究的学科并不很了解，缺乏这方面富有见解的第一手资料。雷马克建议把这一归属尚未确定的无人之地纳入比较文学的范畴，完全是出于好心的假定，即认为在任何情况下，人们都能够也必须分清实用的标准和系统的标准，换言之，"我们必须明确，文学与其他学科的比较只有在这种比较是系统的，同时对文学之外的那一学科的研究也是系统的时候，才算是'比较文学'。"然而雷马克所引的一些例子说明，这种观点在方法上是站不住脚的。此外，在比较文学的历史上，无论

是法国学派还是美国学派,它们的代表人物中没有一个是赞成这一观点的。

韦斯坦因(1987:25)甚至预见到跨学科研究会给比较文学带来负面影响:"我以为把研究领域扩展到那么大的程度,无异于耗散掉需要巩固现有领域的力量。因为作为比较学者,我们现有的领域不是不够,而是太大了。我们现在所患的是精神上的恐泛症。"

如果说,20世纪70年代觉得跨学科研究对比较文学来说,领域扩展得"太大了",那么跨学科研究后来发展所带来的影响,则不仅是造成了比较文学领域的极大扩张,更严重的是文学的失落。

在张英进看来,如果说是跨学科研究给比较文学带来了危机,倒不如说是比较文学本身的跨学科性所致。张英进(2009:27)认为:"如果比较文学本质上是一门跨学科的学科,那么有关比较文学的学科'危机'或'死亡'的焦虑自然就会不时产生,因为跨学科意味着学科本身并没有独一无二的特点。"

以文学为中心的跨学科研究,一是从另一个学科的角度来分析文学的相关问题,如文学与哲学的比较,是从哲学角度,看文学怎样以文学的方式提出含有哲学意义或意味的问题;二是从二者的共同内容中,看二者表达和方式的不同,以此从这个学科角度来揭示文学的特性;三是从跨学科角度,提出了关于文学的新的理论问题或见解。迄今为止,跨学科研究的成果,前两个方面的比较多,但研究成果大多还属于常识的范畴。第三个方面的跨学科研究还少有令人耳目一新、富有学术创见的研究成果。

在雷马克的跨学科研究关系式中,文学"不言而喻是其中的恒定项,并且是跨学科研究目的之所在,维系着跨学科研究的比较文学价值。关系式中的另一项"其他知识和信仰领域",则为可变项,可以是艺术、哲学、历史、社会科学(如政治、经济、社会学)、自然科学、宗教等"(查明建,2008:11)。雷马克为防止跨学科研究泛滥无边,担心"比较文学成为一种几乎无所不包的术语"(雷马克,1985:213),而对跨学科研究对象作了看似比较严格的限定:"只有当文学和文学外的一个领

第 5 章　比较文学研究的基本理论问题

域之间的比较是系统性的时候,当文学外一个明确可以分离但连贯的学科被系统地研究时,它们之间的比较才能算作'比较文学'。我们不能把学术研究都归入'比较文学',仅仅因为它们讨论了那些在所有文学中不可避免地会有所反映的生活和艺术的内在方面,文学不反映这些还能反映什么呢?"(雷马克,1985:213–214)他举例说:"一篇论莎士比亚戏剧历史渊源的论文(除非它集中在另一个国家),只有当史学和文学为研究的主要两极,只有对历史事实或记载和它们在文学上的应用进行系统的比较和评价,并得到与历史和文学这两个领域有关的结论时,才能算作'比较文学'。"(雷马克,1985:213–214)"论述巴尔扎克的《高老头》中金钱的作用,只有当它主要(而不是偶然)论证一种连贯的金融体系或一整套思想如何渗进文学时,才具有比较意义。对霍桑和麦尔维尔的伦理观或宗教观的探讨,只有当它涉及一种有组织的宗教运动(例如卡尔文教派)或一整套信仰时,才算带有比较性质。探索亨利·詹姆士小说中的一个人物,只有在依据弗洛伊德(或阿德勒、荣格等人)的心理学说,提出对这个人物的有条有理的看法时,才属于比较文学的范畴。"(雷马克,1985:214)

雷马克对比较文学跨学科研究作的界定,乍一看很清晰、明确,但一深思就感到问题重重,一旦做起具体的个案研究,就更是举步维艰,难以操作。雷马克(1985:213)认为:"只有当文学和文学外的一个领域之间的比较是系统性的时候,当文学外一个明确可以分离但连贯的学科被系统地研究时,它们之间的比较才能算作'比较文学'。"孙景尧(1998:120)对此提出了质疑:"巴尔扎克的小说《高老头》写了金钱的作用,对这种描写的分析研究,是不是就算把'文学与文学以外的领域作比较'了?事实上又有哪一部文学作品不反映人类各个活动领域呢?那么绝大部分文学批评文章,因为它们谈到了文学之外的人类活动领域,是否都可以视为美国学派的那种广泛的平行研究(跨学科研究)呢?"

在提出跨学科研究主张 40 年后,雷马克再次论述跨学科问题,依然没有对跨学科研究的目标提出明确的要求,也没对如何开展跨学科研究,研究哪些主要问题进行阐述。雷马克(2000:28)说:

只要比较释义主要的两极之一仍然是文学,是具有文学性的文学,我就会促使扩大比较文学跨学科研究的范围。1961年,我们心中的目标和我今天所敦促的目标一致:通过把各种文学现象与最基本、最密切相关的其他艺术进行系统比较,与其他人文学科,包括历史学、历史编纂学、哲学、心理学、宗教和神学等,然后与社会和社会科学,再后与自然和自然科学进行系统比较(比较的次序大体如此所述),相互砥砺,促使我们更清楚地,而不是模糊地理解各种文学现象。这一企图通过分析和综合的方法,在过去和现在都是为了区别聚合(convergence)和取合(contamination)等领域与明显的格式塔之间的不同。所有确切的知识都是建立在比较、类推和对照的基础之上的。比较文学中的比较绝非一个偶然的现象,它是比较文学的精髓。

什么是"系统比较"?如何进行"系统比较"?通过这样的比较,要发现和提炼出什么问题,达到什么研究目的,实现什么学术目标?这些重要问题,雷马克都没作透彻的解答和阐述。

跨学科研究,如果不能明确研究的文学目标,其重心偏向其他学科,甚至完全偏离了文学,则是必然的事情。

跨学科研究对研究什么问题,研究的目的、目标是什么含糊不清,所以就有学者认为,跨学科研究只是一种方法,而不能作为比较文学的一个研究类型或研究领域。例如,在熊沐清(1999:117–118)看来,"跨学科研究对于比较文学只具有方法论的意义,它是比较文学的跨学科研究方法而并不一定是比较文学的一种研究类型。否则,还能有什么文学研究不属于比较文学呢?当代任何一项具体的文学研究都可能以某种哲学思想作为研究者的基本立场和出发点,都可能采用某种来自文学外部的理论观照模式和研究方法,岂不都成了比较文学研究?"

跨学科研究之所以引起诸多争议,主要还是为了维护比较文学作为一门独立学科的地位。作为一门独立的学科,应有其相应的研究范围和研究规范。跨学科研究作为比较文学的一个研究领域,也不应泛滥无边。因此,持学科立场的学者,"会为比较文学的无所不包焦灼和不安,为比较文学越来越不像比较文学痛心和疾首"。"如果以'学科立场'来审

第5章 比较文学研究的基本理论问题

视比较文学跨学科研究，自然会纠结于它需不需要跨文化？究竟是为了文学还是为了非文学？要跨的到底是学科还是学科中的某些因素？"（宋德发、王晶，2015：112）有的学者更为关注跨学科研究的问题意识。如周荣胜就认为，如何确定跨学科研究中的文学与其他学科的关系，并不重要，重要的是能提出"有价值的问题"，能研究出什么有价值的结果。他说：

> 跨学科研究首先就是要打破所谓"体系性的"学科界限，而不是逆向地强化学科意识；不是借学科间的相互比较研究学科各自的谱系和特征，也不是"系统地比较"学科之间的同异关系。跨学科研究者关心的只是从不同的学科视域出发剖析具体的问题，探究单一的观念。即便就文学研究而言，如果处理的是某个文学观念或文学事实，研究者更不必焦虑自己的研究是不是"比较文学"，应该操心的是自己是否能提炼出一个有价值的问题、是否能调用关涉的多种学科知识有效地处理。（周荣胜，2015：132）

还有一些学者对跨学科研究则取比较超然的态度。如宋德发、王晶（2015：112）认为：

> 文学研究也好，非文学研究也好，都是人为了解决各种问题而创造出来的，比较文学跨学科研究自然也不例外。它虽然依托于"文学研究"，但最终目标并不是解决文学的问题，而是解决人的问题。为了解决人的问题，如果它需要跨文化，那就跨文化，如果它不需要跨文化，那就不跨文化；如果它需要回到文学，那就回到文学，如果它需要走向文化，那就走向文化；如果它需要跨学科，那就跨学科，如果它需要跨学科中的某些因素，那就跨学科中的某些因素。一言以蔽之，只要研究者真的具备跨学科的意识，尤其是具备跨学科的能力，那么，无论怎样跨其实都可以。

这种观点，比较近似于美国学者的跨学科立场。美国比较文学的跨学科研究已大大超越了20世纪八九十年代的范围，而扩大到生态批评、环境人文、动物研究、气候变化等领域，形成了"跨学科人文学研究"

（interdisciplinary humanities），积极参与到对当代世界以及"后人类"文明状态的认知与反思的对话之中，"以解决人的问题"。

2017年劳特利奇出版社出版的 *Futures of Comparative Literature: ACLA State of the Discipline Report*（《比较文学的未来：美国比较文学学会学科状况报告》）凸显了跨学科研究在比较文学中的重要位置。该报告的主编是加州大学洛杉矶分校英语系教授、环境与可持续发展研究所研究员厄休拉·K.海斯（Urshula. K. Heise）。请这样一位环境方面的专家来主持美国比较文学学会学科状况报告的编写，就可看出美国比较文学走得有多远。海斯（Heise，2017：6-7）在"导言"中说：

> 目前新的跨学科研究集群的情况确实给比较学家提出了挑战，即他们的多语言和跨文化研究对于确定这些新兴范式的范围、限制以及历史和文化差异的含义是多么相关和不可或缺。从长远来看，这种文化视野的多样化可能比开创特定学科的创新更重要。至少从理论上讲，比较学者应该很好地把握这些主张，因为这么多比较学者的工作一直都是跨学科的：它与艺术史、电影研究、性别研究、历史、音乐学、哲学和翻译研究相结合。新兴的跨学科人文学科要求比较学者展示他们在语言、叙事和图像方面的工作如何修改和挑战科学、医学、技术和媒体的普遍话语。

该报告分为六个部分：①比较文学的未来；②理论、历史与方法；③多元世界；④区域与地区；⑤语言、方言与翻译；⑥人类之外。其中涉及的跨学科议题包括：档案政治、新自由主义、镇压叛乱、人权、区域研究、原教旨主义、大数据、比较文学与环境人文、气候变化、动物研究、多物种等。可见，美国比较文学的跨学科研究部分已经广泛进入人文社科领域。

从比较文学作为人文学科的"首席小提琴"的角度说，比较文学的人文主义精神和开放特征使它的问题意识触角不会局限在文学领域，而关注后现代、后人类时代更为广泛的人文社科问题。

进入21世纪，人工智能、生物科技、人机融合、仿真技术等快速发展，传统的关于人的定义、人的本质、人类主体性、人文主义，甚至

"人类"的概念,都遭到冲击甚至解构,人类社会将遭遇怎样的变革?人类向何处去,人类的未来如何?这些问题成为跨学科人文学的重要议题,比较文学将当代世界出现的诸多新现象和新问题视为自己的学术责任,而积极参与讨论。

5.3 比较文学与跨文化研究的关系

5.3.1 跨文化:比较文学的学理逻辑与学术意义

跨文化研究,是方法还是一门独立的学科?"跨文化研究首先在人类学中得到发展,而后在心理学中得以拓展,晚近在管理学、传播学、教育学、语言学、社会学、医学、国际关系、政治学和文化研究等领域得到了长足的发展。"(周宪,2011:128)因很多知识和学术领域都涉及跨文化问题,对象广泛,因此,周宪(2011:128)认为:"严格地说,跨文化研究(cross cultural research)并不是一个学科,而是指涉一种方法和理念。"

从学理上说,跨文化不是知识领域,不具有学科的性质,而只是研究视野和研究方法,但跨文化作为方法,在进入具体的研究领域,研究具体课题时,可以发挥很大的学术作用。借助跨文化视野和方法,可以发现新问题,并拓展课题研究的深广度。因此,跨文化与具体研究课题结合,就又超越了方法的意义,而有了具体的研究内容。

对比较文学来说,跨文化是比较文学的萌生、学科存在合法性的前提,是比较文学的基本方法,也是深化比较文学研究的必由之路。

跨文化交流是比较文学得以产生、发展的基础。歌德正是看到文化间的交流日益频繁,而提出了世界文学概念。比较文学的跨文化性(interculturality)特质,使其获得学科的独立性。跨文化是比较文学研究对象的规定性,是比较文学区别于一般文学研究的标志。从跨文化视域中分析民族文学的特点,找寻世界文学的共同性,分析差异性的文化原因，是比较文学作为文学研究新范式获得学术合法性的理由，也是其学理性与学术价值之所在。跨文化在比较文学中，已不仅具有方法论意义，而是作为比较文学区别于一般文学研究的标志，是其在人文学科领域作为一门独立学科，在文学研究领域中作为一个具有鲜明特色和独特价值的研究范式存在的理由和学术价值之所在。

如何更深刻地建立比较文学的学理根据，更显著地展示比较文学在文学研究上的学术价值，还应该将跨文化内化为比较文学的问题意识，贯穿到比较文学研究的各个环节。跨文化应成为开掘比较文学深层问题的导向，以发掘更能体现比较文学独特价值的文学问题。

比较文学的跨文化性，强化了比较文学的问题意识，也由此决定了比较文学的学术价值和意义。从比较文学学科意义上来看，跨文化不仅是比较文学的前提，也是其学科意义建立的前提，同时也是深化比较文学研究的要求。

比较文学研究的前提是跨文化视域。过去所理解的跨文化视域，只是泛指本国文学之外的世界文学。世界文学作为跨文化视域，只是作为研究视野和背景，在此视域中对比、阐释中外文学的异同及其原因。这只是静态地从文学互文的视角将本国文学与别国文学抽象地联系起来。跨文化文学阐释则是动态的。它不仅要发掘、阐释具体历史语境中的文本意义，而且通过两个文本的跨文化阐释，发现文本在异质文化语境中所产生或被赋予的新的意义。文本在异质文化语境中，无论是正读还是误读，是正解还是曲解，是增益还是减损，都被赋予了在源语文化语境中不一样的内涵和解读。因此，跨文化文学阐释是文本意义在跨文化阐释中的再生产。

跨文化是比较文学研究对象的特质，也关系到比较文学研究目标的实现。比较文学不是对单一国别文学的比较研究，是针对某个跨文化的文学问题进行研究，其目标是探讨人类文学的某些共同的问题和规律性的东西，所以，只有跨文化，比较文学才有可能探寻到更具普遍意义的文学问题；其结论，也因其是从跨文化视野中研究得出的，而更具有普遍的文学理论价值。

跨文化由此对比较文学研究的理论深度，无论是影响研究还是平行研究，都提出了深度要求。跨文化性也由此决定了比较文学的学术价值和意义。

5.3.2　跨文化：比较文学的本质特质

比较文学有三个基本属性：跨文化性、互文性和文学性，但跨文化性是比较文学得以确立其学科属性的本质特征，贯穿于比较文学研究的始终。也就是说，比较文学的互文性和文学性都是以跨文化性作为前提的：比较文学的互文，是跨文化的互文。文化是文学生长的土壤，既然文学可以进行互文性观照和阐释，也就说明文化的可对话性和互释性。比较文学所研究的文学性，是在跨文化的世界文学视域中来谈文学性的，而不是某个国别文学或单篇文学作品的文学性。因此，比较文学所研究的文学性，实际上就是共同诗学——世界文学意义上的文学共通性。

按斯洛伐克比较文学家迪奥尼兹·杜里申（Dionýz Ďurišin）（1989：21）的说法，文学性是文学的基本要素。这种基本要素如果跨越了文化，即其他文化中的文学也具有这种文学性，那么这种文学性就成了"文学性间性"（interliterariness）。文学性间性，也就是共同的文学性，亦即共同的诗心和文心。

某国文学中所认为的文学性是否具有世界性品质，能否成为共同的文学性，需要经过跨文化的检测。如佛克马（2000：441）所说："跨文化的检验——对结果的检验曾过久地被限制在一种文化范围之内，现在它已经扩展到世界范围——会为我们对科学假设普遍有效性的期望提供一个基础。"我们可以分析在本国文学中认为"很具有文学性"的作品，分析它们的文学性表现形式。这些文学性表现形式在本国文学中可能为这种文化中的读者所激赏。如中国式的悲剧（如"大团圆结局"）、具有特殊文化内涵和审美意蕴的意象（如郑愁予的诗句"我打江南走过"中的"江南"）、某个文学命题（如钱谷融的"文学是人学"、陈思和的"中国文学中的世界性因素")等,这些中国文学中的文学性因素以及从中国文学语境中提炼出的文学命题,是否具有普遍性和世界性意义,还需经过跨文化的检测。如果在其他国别文学中也得到验证,或其他国家文学也有类似的现象并也被认定是文学性表现,那么,这种文学表现形式、意象或者命题,即可被视为共同诗学因素。如钱锺书从中国文学中提炼出的"诗可以怨""在水一方""穷苦之辞易好,欢愉之辞难工"等命题,广泛征引西方类似的文学事例和类似的文论进行参照、比较与互识、互释,证明这是中外文学创作中的普遍现象,是中外文学中的一种规律性的表现,由此可以看出中外作家创作心理学与创作主题之间的某种对应关系。因此,"诗可以怨",就不仅是中国作家的创作倾向和审美偏好,也是世界文学中一种普遍现象,反映了文学创作的一种规律。"十四行诗"在欧洲文学中是比较普遍的古典诗歌形式,但这种诗歌形式在中国的引进、实验却未获得广泛接受,而未能发展起来。因此,可以说"十四行诗"的文学性,只是特定文化区域中的文学性,而很难说是具有世界普遍性的文学形式。

我们由此思路再扩大到对平行研究的思考。平行研究所研究的是从中外两部文学作品中发现某个理论问题,在两部作品的交互参照中,对此问题进行深入挖掘、探讨,而对此问题做出回答,并获得某种诗学意义上的结论。这个结论毕竟还只是两国文学间的作品对比研究所得出的,它在其他国家文学中是否也有效?也就是说,以平行研究个案所得出的结论作为观察视角,去观照其他文化中的文学是否也能发现同样存在这种隐而未显的问题。如果有效,说明这个结论就具有某种普遍诗学意义,可以加以提炼和总结,上升到某个普遍诗学理论的建构。因此,平行研究的个案研究,因只是探寻两国文学间的某个文学问题,还只是共同诗学探讨的第一步。其研究结论还需经过更多跨文化的观察、验证,才有可能被认定具有普遍诗学意义。

5.3.3 跨文化与文化间性

从比较文学的角度来观照文化间性，文化间性根据其形态可分为静态和动态两种。静态文化间性是通过主题、问题等抽象层面建立起来的，是在世界文学史层面上对文学发展的基本特征进行总结，探讨文学的基本特征、共同因素和文学发展的基本规律。与静态文化间性相对的，是动态文化间性，即不是停留在文学史的层面上，而是走向了跨文化沟通的话语平台建构，即以文学为基本途径，进入跨文化沟通和跨文化现象的理论阐释，是在文化交流中建立起来的实际文学联系，考察文学的交往过程中所产生的新的文学现象、新的意义和文学新质，具有互动性、互释性、衍生性的特点。这是比较文学区别于一般文学研究的意义之所在，也正是在这一点上，比较文学超越了克罗齐的"比较文学只属于文学史研究的一个分支"的观点，而为自己真正建立起作为一种新型文学研究范式的合法性。

按比较文学研究类型来说，静态的文化间性，即平行研究；动态的文化间性，即影响研究。无论是平行研究还是影响研究，都是在文化间性视域中展开的。跨文化可以视为对静态和动态两种文化间性的统合。所以，跨文化的内涵也就是文化间性的关系。从跨文化角度看比较文学，比较文学就是在文化间性的基础上，考察文学的互文关系和文化间性关系。

达姆罗什将世界文学界定为跨文化的流通和阅读模式。一部作品跨出了本文化的范围，进入了另一种文化，处在新的文化语境中这部作品就交织着两种文化。他将这种文化交织现象用一个形象的比喻，称之为"椭圆形折射"，即"译入语文化与译出语文化分别作为两个焦点，建构起一个完整的椭圆，其中即为世界文学。它虽与两种文化相关联，但不受制于任何一方"（Damrosch，2003a：281）。世界文学本身交织着译出语与译入语两种文化。"世界文学总是既与主体文化的价值取向和需求相关，又与作品的源文化相关，因而是一个双重折射的过程。"（Damrosch，2003a：283）达姆罗什所说的世界文学，主要是以翻译文学形式呈现出来。翻译过程，实际上就是以作者为代表的译入语文化与原著所代表的译出语文化之间的沟通、协商。不仅如此，译作完成，进入译入语里的流通、阅读阶段，通过译入语文学研究者、评论者、读者对作品的评论和解读，作品进入了意义重构的过程。"一个作品一旦进入世界文学，它就获得了一种新的生命，要想理解这个新生命，我们需要仔细考察作品在译文及新的文化语境中如何被重构。……我们必须考虑它的形象进入跨文化性的过程后会经历怎样的多重折射。"（Damrosch，2003a：24）达姆罗什的世界文学观念揭示了文学的跨文化流传中文化间性与文学间性的关系。

如果说，翻译的选择和翻译的过程是一种跨文化对话意义的生产，那么译本进入了流通领域，就扩大了跨文化对话的范围，并会增加文化对话的新内涵，产生新话语，因此也是跨文化对话意义的再生产。文学的跨文化流通与阅读所带来的动态的文化间性，使文本意义在跨文化时空中获得不断衍生和意义再生产，而构成动态、多元的互文关系。

跨文化不仅是比较文学研究对象的规定性，更是对其问题意识的强化和研究深度挖掘的要求。通过跨文化研究，将文学与文化关系的考辨上升到文学间性关系的思考，深化了影响研究和平行研究，赋予了比较文学对共同诗学的探究以文化的维度和内涵，因所探讨的问题具有普遍诗学的意义，因而更进一步接近比较文学的目标——对共同诗学的探寻。

5.4 世界文学：是比较文学的目标，还是研究对象？

当下世界文学的讨论存有一种对世界文学与比较文学关系的模糊认识。有的学者将世界文学等同于比较文学，有的学者甚至认为世界文学是比较文学的最高发展阶段。世界文学是否就是比较文学的目标？研究世界文学是否就是比较文学？

世界文学与比较文学这两个概念在19世纪互为通用，即使到今天，无论是世界文学学者还是比较文学学者，几乎都把歌德的世界文学概

第 5 章　比较文学研究的基本理论问题

念作为各自领域的理论基础。例如，韦斯坦因（Weisstein，1973：20）认为歌德的世界文学概念"极为有用"，"因为它强调了国际交往和繁复的相互关系"。弗朗索瓦·约斯特（Jost，1974：21）提出，歌德的概念是比较文学学科中"不可或缺的理论"。盖尔·芬尼（Gail Finney）（1997：261）则声称歌德世界文学的构建"实质上是发明了比较文学"（in essence invented comparative literature）。世界文学与比较文学究竟是什么关系？世界文学与比较文学是在什么意义上建立了密不可分的联系，甚至视为一而二、二而一的二位一体关系？克里斯托弗·普伦德加斯特（Christopher Prendergast）（Prendergast，2004：xiii）说："现在，世界文学依然像当年之于歌德一样，具有同样的地位：依然是个无限开放性的让人反思和争论的概念。"

世界文学重新成为国际比较文学界的热门议题，我们也确有必要反思歌德和马克思的世界文学概念。

歌德、马克思从各民族间相互交往的增多，看到了民族文学间交流、互动所可能出现的一种文学前景，即世界文学。但这种世界文学的内容和特质是什么？无论是歌德还是马克思，都没有作出具体的阐述。况且，歌德和马克思的世界文学概念也并不相同。歌德的世界文学概念强调的是超越民族文学的狭隘性，而提倡民族文学间的交流、参照、借鉴，在更广阔的文学视野中发展民族文学。"世界文学的时代已经开始"，指的是民族文学之间的互动、互参。因此，他并不否认将来世界文学中民族文学特性的存在。而马克思认为，物质生产的世界性将促成精神产品的世界性，其所指的世界文学，是超越民族文学之上的一种新型文学形态。

歌德的世界文学观念之于比较文学的意义，在于对民族文学狭隘性的超越，和对民族文学间交流、互动重要性的认识，由此打开了文学研究的世界眼光，为跨民族、跨文化的比较文学诞生起到了思想启蒙作用，而成为比较文学萌生和发展的思想资源。

虽然世界文学与比较文学关系密切，存在着亲缘关系，但二者是否就是可以互换、相等同的概念？世界文学是否就是比较文学的目标？早在1901年，恩斯特·艾尔斯特（Ernst Elster）在其《世界文学与文学比较》一文中就提出:"歌德的世界文学所指的,仅仅是跨越民族界限的文学兴趣的扩大,是一种由更大范围内文学贸易所营造的氛围。"(Pizer,2000:221)弗朗索瓦·约斯特(1988:22)也认为:世界文学与比较文学并非等同的概念。前者乃是后者的决定条件,它为研究者提供原料和资料,研究者则按评论和历史原则将其分类。因此,比较文学可以说是有机的世界文学,它是对作为整体看待的文学现象的历史性和评论性的清晰描述。弗兰科·莫莱蒂(Franco Moretti)(Moretti,2000:54)则重申:歌德和马克思提出的 Weltliteratur 概念,不是比较文学,而是世界文学。

世界文学指向的是文学作品,比较文学是文学研究的一种范式,二者并不属于同一个范畴。即使是世界文学研究和比较文学,二者也各有自己不同的研究对象和研究目标。

世界文学不是一个固定不变的概念,而是一个动态、多元的文学系统。不同国家、不同时代有着不同的世界文学图景和世界文学经典谱系,因此有多种"世界文学"。

目前学术界对世界文学大致有以下的界定:①各民族文学一般意义上的总和;②各民族文学的杰作;③经过时间淘洗而为不同时代和民族读者所接受和喜爱的世界文学杰作;④超越民族界限,体现了世界文学意识和世界性视野,表达人类普遍文化精神的作品;⑤世界文学是一种传播和阅读的模式。

我们谈世界文学与比较文学的关系,首先要明确,我们谈的是哪种意义上的世界文学。有的学者认为,世界文学是比较文学的基本研究对象,而有的学者认为世界文学是比较文学的目标,他们所谈的,实际上是不同层面、不同意义上的世界文学。按以上对世界文学的划分,前两种都不具有比较文学性质。第一种世界文学概念,将世界上存在过的所有文学作品都包括进去,看似全面,但既缺乏价值判断,也缺乏实际研究的可操作性和文学研究意义。第二种世界文学概念,只是从单个民族文学的角度遴选出的文学经典集合,没有跨越性,不属于比较文学研究范畴。第三种世界文学概念,虽然跨越了时空,但只是静态性的,所关注的是作品内涵和文学品质。第四种世界文学概念,是马克思对未来新

第 5 章　比较文学研究的基本理论问题

形态文学的假想。虽然已经过了一个半世纪,并且现在的全球化程度比歌德、马克思时代要深刻得多,但这种具有世界性特征的(cosmopolitan character)的文学样式,依然还比较遥远。第五种世界文学概念,是达姆罗什对世界文学的界定,突出了世界文学的跨民族、跨文化传播性质,拓展了世界文学研究的话语空间。达姆罗什对世界文学的重新界定,涉及世界文学跨文化传播以及文学经典的动态建构问题。文学经典库(canonical repertoire)或者说文学经典谱系并不是固定的,而是处于动态演变过程中。不同时代、不同民族(国家)会因国际国内政治、意识形态、文学观念、读者接受视野等多种因素,而建构不同的文学经典谱系。达姆罗什重新界定的世界文学概念,也许更切合当代的比较文学观念。

比较文学是世界文学研究的理论视角和方法论。比较文学的跨越性性质,要求研究者具有世界文学的视野和世界文学意识,在世界文学的背景上探讨民族文学之间的关系或相似的文学现象及其背后的诗学问题。因此,文本层面意义上的世界文学,既不是比较文学的发展目标,也不是其研究对象。探讨世界文学之间的文学性关系,或某些共同、类似的文学现象,而得出具有普遍诗学价值的结论,才应是比较文学的任务。

世界文学研究如果仅仅是见树不见林式地对单个外国作品研究,依然不具有比较文学性质,而必须找到其中内在的诗学问题,才属于比较文学研究,正如莫莱蒂(Moretti,2000:54)所提出的:"世界文学不是一个对象,而是一个问题,一个需要新的批评方法的问题。"这种问题意识,为世界文学研究提供了新的研究思路,也更有可能将世界文学研究上升到比较文学研究。

"世界文学是个问题。"是个什么问题?莫莱蒂没有作明确的说明。但从他以欧洲之外小说的起源与发展为研究对象,而提出的一套关于现代世界小说形态学的理论假设来看,其所说的问题,就是隐含在世界文学现象中的共同诗学问题。

关于世界文学的共同诗学问题,杜里申在 *Theory of Interliterary Process*(《文学间过程理论》)中曾作过比较深入的探讨。杜里申把比较文学作为文学间过程理论，而这个理论的主要概念就是"文学性间性"（interliterariness）。高利克对此概念曾作过如下解说：

> 杜里申将"文学性"简括为所有文学的"基本品质"（basic and essential quality），包含了由各种不同文学构成的框架内所有文学关系及其强度、规模和制约方式。一旦这种关系的强度、变异性、相互关系或契合性超出了国别文学的范围，那么，"文学性"就自动转化为"文学性间性"。因此，文学性间性就是跨国别、跨民族语境中文学的基本品质和本体决定性。这种决定性及其框架涵括了所有可能的关系、契合性、国别文学、各种各样超种族、超国别的文学，以及文学性间性的最高形式——世界文学。（Gálik，1999：95）

文学性间性是文学的公分母，即文学间共有、共享的文学要素或成分。文学性间性"表达的是一种文学间'跨国界'（supranational）过程的本体属性，包括文学的运动、发展和事件所形成的内容和形式"（高利克，2016：142）。文学性间性概念从文学性角度为考察或大或小的文学共同体乃至整个世界文学的内在联系，提供了理论视角。杜里申认为，"从理论上说，文学性间性的最高品质，可能就存在于世界文学概念中。从文学发展史和进化的角度来理解文学间的进程，世界文学就是文学性间性的最高体现"（Gálik，1999：102）。在杜里申看来，世界文学的内涵即文学性间性。高利克认为，文学性间性理论"不仅应为文学和文化理论家，而更应为比较文学理论家所关注"（Gálik，1999：102）。

文学性间性是从世界文学的文学性中抽象出来的特质，是或大或小的文学共同体乃至世界文学的共同特性，具有世界文学的基因性质。文学性间性是最深刻意义上的文学共通性，它在世界文学整体意义上，从文学最深层意义上将不同国别区域的文学、各种类型的文学共同体与世界文学联系了起来。

比较文学促进了民族文学、文化之间的了解和沟通，有助于具有世界性特征的新文学样式的出现。这是比较文学的作用，但不是比较文学研究的本体内容和最终目标。按歌德的设想，即使出现了他所说的世界

第5章 比较文学研究的基本理论问题

文学,也并不意味着文学民族性的泯灭。比较文学是跨越性的文学研究,只要民族特性和文化差异存在,比较文学就有存在的必要和价值。如果说世界文学是比较文学目标的话,那也不是文本形态上的世界文学。比较文学从世界文学范围内,研究民族文学关系发生的动因和诗学意义,研究同一文学主题在不同文学中的表现形式,从而得出某种文学理论意义上的结论,那我们就可以说比较文学的目标是在建构一种世界文学——诗学意义上的世界文学,亦即梵·第根所说的"总体文学"。只有从这个意义上说,世界文学才是比较文学的目标。

第 6 章
共同诗学

总体文学曾作为比较文学的目标，但觉得实现此目标需要非常丰富的比较文学具体研究成果来支撑，暂时无法实现，因此只是作为比较文学的理想目标而在具体实践中搁置。平行研究范式的提出，其隐含的目标就是探寻文学的共同性。艾田伯、伊夫·谢弗勒（Yves Chevrel）、乔纳森·卡勒等先后提出比较文学的目标应是"比较诗学"或"文学理论""诗学"。文学的共同性，从理论层面上来说，就是世界文学中共同或类似的诗学因素。艾田伯等人所说的"比较诗学""文学理论""诗学"，也是指世界文学中对文学共通的理论认识，即共同诗学或普遍诗学。从研究目标上说，总体文学与共同诗学具有高度的契合性。

本章探讨以下几个方面的问题：①总体文学与比较文学的关系；②共同诗学可否作为比较文学的总体目标？③共同诗学的内涵是什么？④比较诗学、复合诗学与共同诗学是什么关系？⑤实现共同诗学的基本途径以及在具体的比较文学个案研究中，如何增强共同诗学的问题意识和目标意识。

6.1 总体文学与比较文学的关系

"总体文学"是梵·第根提出的概念。什么是总体文学？梵·第根（1985：68）作了如下界定：

所谓"文学之总体的历史"或更简单些"总体文学",就是一种对于许多国文学所共有的那些事实的探讨——或者以那些事实,或以它们的相互依赖关系论,或以它们的符合论。……总体文学是与国别文学以及比较文学有别的。这是关于文学本身的美学上的或心理学上的研究,和文学之史的发展是无关的。"总体"文学史也不就是"世界"文学史。它只要站在一个相当宽大的国际的观点上,便可以研究那些最短的时期中的最有限制的命题。

梵·第根对国别文学、比较文学、总体文学作了区分:"'国别文学'研究一国之内的文学问题,是一切文学研究的基础和出发点;'比较文学'研究两国之间的文学关系;'总体文学'探讨多国文学共有的事实,凡是超出两国之间的二元关系的问题,即属于总体文学。"(第根,1985:68)

梵·第根(1985:68)举例说:"《新爱洛绮思》在18世纪法国小说中的位置",属于国别文学;"理查逊对于小说家卢梭的影响",属于比较文学;而"在理查逊和卢梭影响之下的欧洲言情小说",则属于总体文学。总体文学不仅在研究对象范围上涉及两个以上的作家、作品,关键是其讨论的问题,是"关于文学本身的美学上的或心理学上的研究",是"站在一个相当宽大的国际的观点上","研究那些最短的时期中的最有限制的命题"。

梵·第根(1985:69)还对总体文学的研究对象作了进一步说明:

凡同时属于许多国文学的文学性的事实,均属于总体文学的领域之中。我们只有把那些事实整个地并就其国际的特点研究,才能在各国文学及其本国的运动之无穷而复杂的环节中了解它们。

(总体文学)可以研究的文学事实很多很多,其本质有很不同。这有时是一种国际的影响:彼特拉克主义、伏尔泰主义、卢梭主义、拜伦主义、托尔斯泰主义、纪德主义……有时是一种更广泛的思想、情感或艺术之潮流:人文主义、古典主义、纯理性主义、浪漫主义、感伤主义、自然主义、象征主义……有时是一种艺术或者风格的共有形

第 6 章 共同诗学

式:十四行诗体、古典主义悲剧、浪漫派戏剧、田园小说、刻画、为艺术而艺术,以及其他等。

梵·第根所说的"文学事实",指的是文学的创作倾向、特征、风格,并由此划分为总体文学研究的几种类型:①某个作家的创作倾向和风格,得到跨国别的传播,成为一种国际性的文学现象(彼特拉克主义、伏尔泰主义等);②某种文学创作倾向或文学思潮(如古典主义、浪漫主义、象征主义等);③某种艺术形式、文学类型或文学观(如十四行诗、古典主义悲剧、"为艺术而艺术"等)。

总体文学相较于比较文学,具有更广泛的国际性,因为它是研究"同时属于许多国家文学的文学性的事实","把那些事实整个地并就其国际的特点研究"(第根,1985:69),即从两国以上文学都存在的"文学事实"中提炼出问题,是"关于文学本身的美学上的或心理学上的研究"(第根,1985:68)。其目标,"是从那分开了各国文学的殊异之间辨认,划出并研究在差不多可以比拟的那些文明国家中的思想和艺术之共同和承继的状态;是更清楚地去了解那文学所表现的知识和精神生活的主要的契机"(1985:69)。

总体文学具有普遍诗学的研究性质。梵·第根(1985:70–71)说:"不论总体文学所系附的对象是什么,总体文学总是以把别的方法所求差的东西求积为目的的;它因而是精确而同时又抽象的。"梵·第根的意思是,总体文学将国别文学研究关于特点、特质的结论综合起来,从中提炼出具有共通性的文学问题加以研究,以得出总体意义上的文学结论。因这种结论是从具体个案中得出的结论,因而是具体的、精确的;而它又是对具体个案研究的综合和提炼,使其具有了普遍性意义,因而又是抽象的。梵·第根(1985:70–71)接着作了进一步说明:总体文学"不断地使用着各国别文学史所阐明或确定的种种事实,使用着那些探讨者之敏锐所增多了的思想和情感的分析;它却不断地使用着地道的比较文学所获得的成绩:那些思想和形式的交换,那些影响,那些反响,便都是它从它们的孤立中提出来的可贵的事实,它把这些去和其他类似的事实比较,把它们捏合在一起,用它们组成整体。当然,它不想代替各不同国家的国别文学史,也不想代替比较文学。和它们平行着又根据它们,它建立起一种典型不同的综合来"。综合就是抽象,就是从具体的个案研究结果中,升华为具有普遍意义的理论假设。

梵·第根(1985:72)认为总体文学的意义在于:

> 这样地从事文学史的态度(指总体文学研究的态度——引者),能把那些事实之总的缘由更明白得多地显露出来。研究一个国家中的一种影响或一种倾向的史家,只在它们由于某一些特殊条件或某一些人的任务的缘由,而在其他诸国的文学史中是找不到的,所以那些平行地研究它们的人,便可能分别出什么是总体的和什么是本地的了;而这种方法又能使我们更清楚地划分并了解那些现象。这些现象往往是因为完全与文学无关的缘由而来的。总体文学帮助我们分别出什么是从书上来的和什么是从生活中来的。

"从书上来的",是指对文学影响,对他国文学的借鉴;"从生活中来的",指的是本土的文学创作。这里,梵·第根提出了文学的普遍性和特殊性、世界性与本土性/民族性问题。总体文学关注的是文学的普遍性和世界性问题,文学的特殊性和本土性,在总体文学的观照下,也可鲜明地区分并凸显出来。

《法国百科全书》"比较文学"词条中提出:总体文学的目标"是从世界文学史中提取永恒的、不变的因素,总结出文学创作的普遍规律,并制订文学类型的一般理论"。总体文学"必须将文学看作一个不可分割的整体,用综合的方法对文学作全面的研究。然而,这种综合的研究只能建立在比较的基础上。如果不对各国文学进行比较研究,找出其中哪些是共同的因素,不了解各国文学如何互施影响,如何用不同的手法处理相同的题材,那么,'综合'从何谈起呢?"(周昌枢、王坚良,1981:57)

钱锺书认为总体文学就是指人类文学的基本规律,是比较文学的最终目的。他提出:"比较文学的最终目的在于帮助我们认识总体文学乃至人类文化的基本规律。"(张隆溪,1981:135)李赋宁(1981:24)也认为:"总体文学研究是文学研究的最高目标,因为它研究的问题是

第6章 共同诗学

文学作品的一些最普遍、最根本的问题。"杨周翰也提出：总体文学就是探讨普遍性的文学理论问题，这是比较文学的目的。他说："比较文学的目的还在于通过不同民族文学的比较研究来探讨一些普遍的文学理论问题，……这是一国文学内部比较研究所无法达到的。这也就是法国人所说的用比较的结果来充实他们所谓的'总体文学'。"（杨周翰，1990：3）也就是说，比较文学是总体文学的学术积累，其学术旨归是总体文学。

总体文学是比较文学追求的目标，比较文学是总体文学的基础。只有通过大量比较文学个案研究成果的积累，才能成就总体文学。因此，总体文学不仅应该纳入比较文学的范围，而且还应该成为比较文学个案研究的学术立意。虽然每个个案不可能都触及或直接探讨宏大的文学理论问题，但是，有了这样的学术立意，在个案研究之前，就会有明确的问题意识。其研究，不是仅仅对两国文学或两部作品之间关系的梳理和分析，而是在研究的背后，还应有这样一个立意：个案研究的问题可通向一个更大的、具有普遍意义的理论问题，那么，这样的个案研究就不仅有问题意识，也更能体现比较文学的总体目标意识。

韦勒克对梵·第根关于比较文学与总体文学的划分很不以为然，他认为："在比较文学和总体文学之间构筑一道人造的藩篱，是绝对行不通的，因为文学史和文学研究只有一个对象，那就是文学。"（韦勒克，1985：123-124）韦勒克（1985：130）提出："'比较'文学和'总体'文学之间的人为界线应当废除。"作为文学理论家，韦勒克反对将比较文学与总体文学机械分开，主要还是出于文学作品研究整体性的观念，他理想的比较文学应是以文学性为中心的文学理论研究，而不分什么比较文学和总体文学，他说按他个人意愿，"希望比较文学干脆就称文学研究或文学学术研究"（韦勒克，1985：130）。

需要注意的是，韦勒克所批评的，是梵·第根对比较文学与总体文学的划分，而不是批评总体文学本身。总体文学按我们现在的话语表述，差不多就是文学理论或共同诗学的同义语，即通过研究世界文学中普遍性的文学现象或共同问题，将研究结果上升为文学理论或共同诗学。

韦勒克不同意梵·第根对比较文学和总体文学的划分,但也没比较透彻地阐述这种划分为什么不对。实际上,超出两国的文学关系研究,就有可能触及世界文学的普遍性因素,甚至触及某种文学规律性的东西。这与比较文学的目标是一致的。因此可以说,总体文学的目标也就是比较文学的目标。只不过,总体文学是直接地从两个以上的文学中提炼出某个理论问题进行研究,而比较文学是从具体的作品出发,通过比较研究来发现和发掘出某个文学理论问题,如周珏良的《河、海、园——〈红楼梦〉〈莫比·迪克〉和〈哈克贝里·芬〉的比较研究》(周珏良,1983:2-8)。单个的比较文学个案研究成果,很难说就是世界文学的普遍性因素或规律性的东西,但如果将同类型的比较文学个案研究成果集合起来,从中提取关于某个问题的研究结论,就有可能发现共同诗学的因素。

6.2　共同诗学:比较文学的总体目标

同比较文学研究对象一样,比较文学的研究目标也不是一开始就明确的,而是在比较文学发展过程中逐渐形成的。关于比较文学对象,比较文学界并没有达成广泛的共识,也如同比较文学研究对象一样,比较文学目标亦未达成共识。但我们可以从比较文学发展历程中,梳理出关于比较文学目标的认识过程,以及到现阶段对比较文学目标的基本认识。

在梵·第根看来,比较文学的目标就是通过文学关系事实的搜集、整理、归纳,"找到尽可能多的种种结果的原因"(第根,1985:57)。雷马克的比较文学界定中,"比较文学是一国文学与另一国文学或多国文学的比较,是文学与人类其他表现领域的比较","比较"只是手段和途径,雷马克并没有阐述比较的目的是什么,因此也就没有明确比较文学的目标。韦勒克明确地提出,比较文学研究的对象是文学性,比较文学的目标就是探寻文学的本质,因为文学性是"文学艺术的本质这个美学中心问题"。将近半个世纪后,面对比较文学繁杂的局面,苏源

第6章 共同诗学

熙（Haun Saussy）回到韦勒克的主张，重申文学性研究，强调："文学性……是文学研究的真正对象，也是所有文学传统中的共同因素。对比较文学这样一门国际性学科来说，研究并在其所有语境中描述'文学性'，是非常有意义的。"（Saussy，2006：16）

艾田伯（1985：116）在其1963年发表的《比较不是理由》中提出：

> 历史的探寻和批判的或美学的沉思，这两种方法以为它们自己是势不两立的对头，而事实上，它们必须互相补充；如果能将二者结合起来，比较文学便会不可违拗地被导向比较诗学。这种美学不再是从形而上的原理中演绎出来，而将从具体文学的细致研究中归纳出来，要么是研究文学类型的历史演进，要么是研究不同的文化中创造出来的与文学类型相当的每一种形式的性质和结构；因此，与一切教条主义水火不容，它能成为真正具有实用价值的美学。

艾田伯这里说的"比较诗学"，不是指作为比较文学分支研究领域的"比较诗学"，而是"共同诗学"的意思。雷马克（1986：72）总结艾田伯的观点，认为"通过对全世界文学（如东西方文学）中思想和形式的平行比较，人们可能会发现全人类所共有的在文学上的一律性、文学类型或原型"。

法国的《拉罗斯百科全书》（1985：423）提出："比较文学的任务是建立一个严格的文学形态学和形态发生学，建立一个叙述性的、戏剧的、史诗的、抒情的诗学。"（《拉罗斯百科全书》，1985：423）"文学间各种关系的研究，说到底是个把语言的以及文化的差别组织到一起的问题。比较文学就是把人的智慧中的组合力发现出来，用以证实：文学乃是心灵方面特殊功能的结果，或是人类的各种处境和表现手法的历史的、象征的总体。"（《拉罗斯百科全书》，1985：424）"每个比较文学家都根据某个起着统一作用的观点来决定自己的研究课题。"（《拉罗斯百科全书》，1985：419）"所有这些研究的目标是在各种不同语言学范围内，把一个经过总结的方法，应用到各个民族的文学上面去。"（《拉罗斯百科全书》，1985：420）法国比较文学家伊夫·谢弗勒（2007：176）

认为：比较文学"要达到的结果可能是建立在广泛基础上的一种文学理论"。乔纳森·卡勒（2012：10）也说："我认为比较文学的目标就是诗学。"

可见，20世纪60年代后，从艾田伯的"比较诗学"（共同诗学）到伊夫·谢弗勒的"广泛基础上的一种文学理论"，再到卡勒的"诗学"，对共同诗学或者说普遍诗学的追寻，成为比较文学的一个比较明确的目标。

6.3 共同诗学的内涵与性质

共同诗学，指的是在世界文学视域中，通过比较文学研究，发掘、提炼出具有普遍意义的共通文学因素，对之进行分析、归纳、总结，并从理论上加以概括，成为世界文学可以共享的文学理论。

也许有学者认为，文学赖于生长的文化是多元而各具特质的，文学也是各具特质的，因而不可能存在共同诗学或普遍诗学。确实，如果从微观上看，每一片树叶都不会相同，每一种文学也都是特殊而无可比拟的。但是既然都属于文学，就有其大抵相似的普遍性因素，如诗歌、小说、戏剧分类的划分，现实主义、浪漫主义、现代主义、后现代主义文学的基本特征，都有差不多类似的观点。从宏观上看，人类文学呈现了"家族相似性"。我们还是可以通过对中外文学的比较分析，找到它们最基本的要素，以此进行理论提炼而确定文学的基本特质。就像人性，虽然是不断发展的，但人之为人的最基本的东西还是可以被认知、把握和界定的。

寻找共同的诗心、文心，寻找共同诗学，并不是说只要发现和掌握了这些基本规律，人类就可以按照这些基本规律来制造和生产文学，而是我们对文学本质认识的方式和途径。古往今来出现了那么多文学理论，但很少有作家是严格按照某个文学理论来进行创作的。历史上也确曾出现过按照某种理论来创作的现象，如"三一律"等。文学是心灵奔放的事业，按照某种理论规范来创作，画地为牢、刻舟求剑，其文学性

第 6 章　共同诗学

和文学价值也就可想而知。

共同诗学或普遍诗学，不是说要像数学、物理学、化学等自然科学那样，寻找到某种不变的规律，而是指到现阶段，从世界文学中发掘、展现出的文学的某种普遍性因素，可以帮助揭示以往文学的某种规律性的倾向和性质。带着初步总结出来的对文学某些规律性的认识，再去观察世界文学，至少可以帮助我们对某种普遍性的文学现象获得一个认知的视角。如果有效，则说明这样的总结是可以帮助洞悉产生这种普遍性文学现象背后原因的。基于对原因的认识，进一步研究，就可发掘更深层次的问题，我们因而获得对文学、对人、对人性更深刻的认知。

我们还应该假设，因为共同诗学或普遍诗学是由不同学者总结、抽象、理论化构建出来的，它总是带有论者个人的学术眼光和识见，所以这种共同诗学并不是唯一的，而只是对世界文学考察的一个可以试验的视角和方法。就像文学史一样，文学史总是某个学者或某一群学者撰写出来的，它不能唯我独尊地视为唯一的文学史，更不能声称是最真实、最客观的文学史。既然文学史总是"a history"而不是"the history"，共同诗学也只是在对世界文学普遍现象或普遍问题的理论总结，作为观照世界文学的一种视角和方法。

文学理论有多种维度、多种视角、多种观点，即使针对某个普遍的文学现象抽象出来的共同诗学，也不应是一元化的，而是多元的共同诗学。就像面对自然界，即使是爱因斯坦、霍金都无法提出万物"统一理论"（theory of everything），文学亦是如此，不可能有个唯一正确、永恒不变的共同诗学。虽然没有一个唯一正确、永恒不变的共同诗学，但并不意味着探讨共同诗学就是做无用功，探讨出来的东西没有价值。牛顿的三大定律，只能适用于一定的时空范围，而无法运用于整个宇宙空间，但我们不会因此就否认它对人类认识世界的价值和物理运用的价值。它为人类在现阶段理解世界，提供了一个非常有价值的物理学理论，一方面让我们对物理世界有了更深入的认识，另一方面，运用牛顿定律去创造发明，能够促进人类文明的发展。也许将来，人类发现了更宏大的宇宙物理定律，这是人类文明的进步，但不能否认牛顿在人类文明发展初级阶段的意义。我们现阶段对共同诗学的探讨，也应作如是观。

况且，共同诗学本不是客观存在的，就像文学，也不是完全、完整、客观地对生活的摹写和表达。任何文学作品，对其意义的解释，都不可能是唯一性、终极真理性的。"作诗必此诗，定知非诗人。"正因对作品有不同的阐释，作品的文学价值和意义才丰厚起来。但某个时期对作品最令人称道、最有意义的阐释，未必符合作者的原意。所以，意义总是相对的，具有历史性。共同诗学也是历史性的。一个时代有一个时代的文学，一个时代有一个时代对文学的认识，共同诗学也具有这样的时代性特征。它是随着时代而不断变化的，因此，共同诗学具有历史性和动态性，它在一定程度上满足了我们现阶段对文学认识的需要，我们不可能要求它具有真理性且恒定不变。

6.4 比较诗学、复合诗学与共同诗学的关系

6.4.1 比较诗学

在通用的比较文学教材中，一般对比较诗学作如此界定：比较诗学就是"专指不同民族不同文化体系的文学理论的比较研究"（陈惇、刘象愚，2010：220），或者"各国文艺理论的比较研究"（陈惇等，2007：165）。钱锺书也认为，比较诗学就是"文艺理论的比较研究"，认为"比较诗学（comparative poetics）是一个重要而且大有可为的研究领域"，并提出，"如何把中国传统文论中的术语和西方的术语加以比较和互相阐发，是比较诗学的重要任务之一"（张隆溪，1981：135）。

比较诗学的目标是什么？孟宪浦（2003：19）对各家观点作了一个概括：

第6章 共同诗学

综观国内外现有比较诗学研究理论，不难发现，几乎所有理论都或多或少地涉及对比较诗学终极价值的定位和思考……许多学者在借鉴和深思的基础上，对比较诗学的最终走向提出了自己的看法。言语表述虽异，基本内涵却趋于一致，即认为比较诗学意在"寻求共同的文学规律"（叶维廉，1983：16），以建构一个"世界性的文学理论"（刘若愚，1987：3-4）或"全球性诗学"（饶芃子，2000：9）。

还有学者表达得更直接：比较诗学的最终目的，"就是认识人类文学的共同规律，以建构'总体文艺学'或'普遍文艺学'，尽管这是一个遥远的目标"（陈文忠，2011：45）。

既然是文学理论的比较，最便捷、最直观的方式，就是对中外文论概念的比较。因此，这些年来，比较诗学出现了很多这样"配对子式的"个案研究，阐释各自概念的内涵，分析中外诗学概念的异同。周荣胜对这种配对子式的研究模式及其所得出的共同诗学结论提出质疑。他认为：

> 中国比较诗学据此形成了配对子的研究方式，一个中国古代的概念，一个西方古代或现代的概念：意境与典型，和谐与文采，大音希声与美本身，物感与模仿，迷狂与妙悟，滋味与美感，风骨与崇高，等等，论者通过比较其同异，得出一个貌似普遍的结论，名为"共同诗学"（common poetics）。缺乏单个具体问题意识的比附研究，从主观上看，充斥着研究者的随意性、机械式的思维方式，从客观上看，将不同文化语境中的复杂概念浅表化、简单化，直至将中西文化和诗学各自视为一个铁板一块的体系而同质化、齐一化，忽视其内部的对立和冲突。这种诗学的两两比较甚至还得不到"美学上的满足"，也只能得到"好奇的兴味"，在这种"比较"中出现的诗学只是一种抽取了历史文化语境的僵死概念，完全丧失了原先各自具有的复杂意义。拿中国的"大音希声"与西方的"美本身"相比，拿中国的"风骨"与西方的"崇高"相比。它们各自所属的知识背景，概念谱系是完全不同的，它们的相似也只是研究者一时一地看到的表面相似，这样的比较可能有助于考试的学生记住这些概念而已，我们找不出它们之间的必然联

系，不仅没有历史的渊源，而且也不能每次围绕一个共同的问题或话题进行讨论，其"共同诗学"的结论也只是向壁虚构的"共同"，经不起归纳逻辑和世界文学的验证。（周荣胜，2015：135）

越是对国别文学和国别诗学有深入的了解和专深的研究，就越觉得共同诗学之不可能，因为会发现，如钱锺书（1987：6）所说，"每一事物都是个别而无可比拟的"。余虹认为，中西方的"文学""诗学""文论"等概念内涵不一样，做诗学比较，首先要厘清概念，明确内涵上的差异性。余虹（2005：118）说：

> 西方现代"文学"（literature）概念既不同于西方古代"诗"（poetry）的概念，也不同于中国古代"文"与"文学"的概念；与之相应，西方现代"文学理论"既不同于西方古代"诗学"，也不同于中国古代"文论"。无论在西方现代"文学理论"（theory of literature）的意义上将中国古代文论命名为"诗学"（poetics），还是在西方古代"诗学"（poetics）的意义上将中国古代文论命名为诗学，都将一种后者所没有的概念意义强加给后者了。中国古代文论有自己的名分和特定的概念涵义。名正才言顺，只有当我们在概念（所指）还原的层面上，清除语词翻译表面（能指）的相似性混乱，将中国文论还原为中国文论，将西方诗学还原为西方诗学，两者之间的比较研究才有一个"事实性的前提"，这个前提就是两者在"概念上"的差异和不可通约性。

从微观上来看，不同文化语境中的文学理论各有其内涵、特质，相互间是不可比拟的。但从宏观上看，基于人类文学总体上的一致性，我们还是可以从不同文化语境中的文学理论中找出可互识和互释的因素。这就是刘若愚所提出的从总体着眼而超越差异。他提出：

> 考虑到不同文化和不同时代之间在信仰、自尊、偏见和思想方法方面的差异，我们必须力求跨越历史、跨越文化，去探求超越历史和文化差异的文学特征和性质、批评的观念和标准，否则，我们便不应当从整体上去谈文学（literature），而只能谈孤立分散的种种文学（literatures），不应当从总体去谈"批评"（criticism），而只能谈孤立分

第6章 共同诗学

散的种种批评（criticisms）。（刘若愚，1987：3-4）

比较诗学是通向共同诗学建构的基础。没有大量比较诗学个案研究，就无法细察中外诗学观念的异同，不知"异"在何处，就不会探讨为何有此差异；不知"同"在何处，也就不会思考为何有此相似、类同，中外诗学就永远处在隔膜对立的状态，也就无法实现比较文学的总体目标。

比较诗学研究，同平行研究一样，要克服追求贪大的冲动，不能仅就两个配对概念的比较，就得出某个宏大的结论。可以像钱锺书那样，将它们视为单位观念或某个诗学的质素加以比较、分析，从一个具体而微的视角做出深入扎实的研究。

6.4.2 复合诗学

有不少学者认为，共同诗学是难以探寻到的，其本身可能就是一种虚幻的追求。谭佳（2005：169）认为：

> 继续陶醉于去寻求虚幻的"共同诗学"等文化乌托邦，继续封闭性地对文本和文论话语、范畴或是所谓的普遍精神加以对比和研究，则必将无法进入当下的社会实景和言说实践中去，无法再继续发挥"比较"应有的特色和作用。在找寻着一个跨历史、跨文化的世界性普遍美学和诗学的同时，虽是在以高举文论的民族特性为始，但是却只有以消解了文论的民族特性为终。

既然共同诗学难以实现，因此，有学者提出了"复合诗学"（composite poetics）的概念，认为这是可以实际地进行研究的。如李达三（John J. Deeney）（1988：92）就认为："既然'共同诗学'（common poetics）显然是一种不切实际的、也是不受欢迎的调和品，那么，我们就没有理由不去探讨一种复合诗学（composite poetics），这种诗论将有益于我们对所有民族的文学精品加以比较。"张海明（1997：34）也认为："相对于共同诗学，我们不妨先建立一种'复合诗学'，一种既吸收古今中外文论之共识共见，又充分考虑不同文论中的特殊内涵和价值的综合性理论。由此再走向跨文化跨国界的一般文学理论，恐怕更具有现实性和可行性。"

杨乃乔认为，复合诗学是比较诗学的目标，而复合诗学是通过中外诗学的汇通与整合而成的。他提出：

> 无论是比较文学还是比较诗学，都不是在中外文学与中外文艺理论的表面现象上硬性地拼凑两者之间的类似点，或硬性地寻找两者之间的差异点，或硬性地指出孰优孰劣，而是在中外文学与中外文艺理论的结构深层中融会贯通地思考两者之间的共通性，从而总结归纳出一种具有普遍性的学理意义，或在总结归纳出一种具有普遍性学理意义的过程中呈现出中外文学与中外诗学的民族个性，即差异性，或把中外诗学汇通与整合起来形成一种崭新的吻合于全球化时代的复合诗学。同时，比较诗学的成立也是为了消解全球化时代国别诗学在国际舞台上对话或进行跨文化借用时所产生的等级序列现象。（杨乃乔，2005a：29）

6.5　共同诗学的矛盾辩证法

共同诗学最引争议的，是世界诗学的共同性问题。陈惇、刘象愚（2010：222）认为，共同诗学"这一名称不科学，因为东方或西方文学理论内部就有不少分歧，东方与西方的文学理论之间更有许多差异，要想建立'共同'诗学，几乎是不可能的"。法国学者谢弗莱尔甚至认为，"一切文学首先都是与某种语言、某种写作相联系的，而在这一领域统一化的任何尝试都将是灾难性的"（谢弗勒、钱林森，2000：120-121）。完全强调世界诗学的同一性，或过分强调民族诗学的独特性和世界诗学的差异性，都是片面的，不是辩证的观点。

那么，如何看待世界诗学中的同一性和差异性问题呢？

辩证法认为，矛盾是一切运动的根本，是事物生命力的根源。事物

第6章 共同诗学

因其自身的矛盾才有运动和生命力。事物运动发展的动力来自其运动过程中内部的矛盾性。辩证法揭示了事物发展过程的内在本质及其规律。黑格尔(1980：258)认为，一切现象都是对立物的统一，"无论什么可以说得上存在的东西，必定是具体的东西，因而包含有差别和对立于自己本身的东西"。他坚持反对抽象的同一性，认为抽象同一性是形式的，因而是不真实的。具体的同一性则必定包含矛盾于自身，只有具体同一性才是辩证法所说的同一性。因此，所谓"共同诗学"，中外诗学或者从文学作品中抽象出来的共同质素，它们在形式层面上具有抽象同一性，但在具体内涵上存在差异性。乐黛云(2004：63-64)提出的比较文学"和而不同"原则和学术精神，就是要"探讨诸多不同因素在不同的关系网络中如何相处"，"'和'的主要精神，就是要协调'不同'，达到新的和谐统一，使各个不同事物都能得到新的发展，形成不同的新事物。"一体化的、同质性的共同诗学是不存在的。所谓"共同诗学"，不是说寻找或建构一个世界各国文学都认同的、完全一致的诗学，而是在差异性的基础上，构建一个能容纳双方观点、思想的诗学话语系统。这个诗学话语既能在特定的诗学观念问题照顾到各民族对文学的不同认知，又能找到不同诗学对话的契合点，以此契合点作为诗学对话展开的平台，扩大共识而又反思和深化自己的诗学观。复合诗学可以视为共同诗学建构过程中，从"不同"走向"和"的必要阶段。大量复合诗学的研究成果，就可为共同诗学找到叶维廉所说的"共同的美学据点"。

叶维廉(2007：15)说：

> 我们在中西比较文学的研究中，要寻求共同的文学规律、共同的美学据点，首要的，就是就每一个批评导向里的理论，找出它们各自在东方西方两个文化美学传统里生成演化的"同"与"异"，在它们互照互对互比互识的过程中，找出一些发自共同美学据点的问题，然后才用其相同或近似的表现程序来印证跨文化美学汇通的可能。但正如我前面说的，我们不要只找同而消除异（所谓的淡如水的"普遍"而消灭浓如蜜的"特殊"），我们还要藉异而识同，藉无而得有。

可以设想，比较文学所总结出来的某个共同诗学因素，再返回到不同文学中观照、考察，一定会呈现出具体的文学表现形式、特征和风采。内在的差异性、多样性，是人类心智的多样性、文学表达多样性的反映，是一中寓多、多融于一的关系。这也正是共同诗学的魅力之所在。关于差异性中的统一性和统一性中的差异性，何兆武先生有个精彩的表述。他说："我们所谓的一致是指 unity，而不是 uniformity。unity 是多中有一、一中有多，是 unity of variety（多样性）and variety in unity。uniformity 指大家都一样。世界的方向是走向全球化，但是一中有多的。"（何兆武，2005：20-21）我们对共同诗学，也应该如此来认识。

唯物辩证法的对立统一规律揭示了事物内部对立双方的统一和斗争是事物普遍联系的根本内容，是事物变化发展的源泉和动力。事物发展的根本内容就是事物内部对立统一的关系。黑格尔认为，对立的每一方只有在它与另一方的联系中才能获得自身的本质规定。"既然两个对立面每一个都在自身那里包含着另一个，没有这一方也就不可能设想另一方，那么，其结果就是：这些规定，单独看来都没有真理，唯有它们的统一才有真理。这是对它们的真正的、辩证的看法，也是它们的真正的结果。"（黑格尔，2017：208）

事物的发展是对立统一关系的发展，事物对立双方在发展过程中不断转化，因此，人们对事物辩证发展的认识也是永无止境的。我们对共同诗学的认识，亦是如此。所谓"共同诗学"，也只是在一定的阶段，对此前世界文学的发展作出的理论总结，它所反映的，也只是此前世界文学的某种特性和规律，而不是永恒的规律。文学随着时代不断发展，文学性也会有不同的内容和特质，因此，共同诗学的内容也会不断发展、变化。对文学的认识是个永无止境的过程，对共同诗学的探讨，只是对文学本质的研究、对世界文学整体性的认识提供一个世界观和方法论，提供一种探索的方向。

文学是人类精神生活的表达，是审美意识的表现，人类精神生活与审美意识都是随着人类社会和人性内容的发展而发展的。之所以说文学是文化的载体，是文化生动、鲜活的表现，就是因为文学是对社会生活

第 6 章 共同诗学

具体性,对心灵感受丰富性的生动表达和再现。一个时代有一个时代的生活,一个时代有一个时代的文学,正因如此,不可能有永恒不变的文学规律。

每一个比较文学研究个案,如果都有共同诗学目标意识,其研究成果,就会成为比较文学目标建构的一砖一瓦。影响研究就不再只是影响与接受的探讨,而是在文学关系之上,在更广阔的文学性的背景上,发掘某种、某部文学之所以被接受、流传的深层的文学性原因。对于平行研究来说,有了共同诗学意识,也就不会满足于文学间异同的比较、分析,然后得出一个大而化之的空泛结论,而是在平行研究个案研究之前,就会自觉地思考可比性的切入点,思考这种比较的意义。比较的意义源于比较的理由,即研究的缘起,想探讨什么问题。这样的平行研究,就会自然上升到对某个文学理论问题的探讨,其研究成果,就有可能成为共同诗学的某个质素。

比较文学最突出的特点,就是善于在文学间建立起联系。建立联系,不是目的,而是作为发掘深层次文学本质问题的基础。对文学本质的阐释,即寻找共同的诗学。"作为历史的建构物,'文学的本质'这一问题确实没有终极的答案,而正因其没有终极答案,它才成为文学理论的终极问题。"(李卫华,2010:114)也正因为没有终极答案,一切都在追寻过程之中,比较文学才会富有魅力,也正如此,当代世界文学研究的努力才让比较文学有了新的启示和动力!

6.6 共同诗学建构的途径

比较文学对共同诗学的建构,有两条途径:一是文学理论层面,即中外文论的比较研究,二是从比较文学个案研究成果中总结和提炼。

从文学理论层面上来看共同诗学的建构,比较诗学和复合诗学是共同诗学建构的学术准备和基础。缺乏比较诗学和复合诗学的研究,共同诗学有可能会漠视或抹去不同诗学的独特性而成为空洞诗学。有了比较诗学和复合诗学研究的基础,共同诗学从中抽象出的统一性中,就蕴含了丰富的差异性和生动的辩证关系。

也许有人会问：文学理论和文艺学都是探讨普遍性文学理论或者说共同诗学的，那比较文学与文学理论和文艺学有何不同？可以简要地说，文学理论和文艺学作为专门的研究领域，主要是从理论层面上进行研究，以理论问题为研究对象，虽然在论述过程中也间或以具体的文学事例作为论据，但主要是理论上的阐述和推演；而比较文学是在世界文学视野中以共通文学现象或文学关系为研究对象，研究的结论贡献于某种共同诗学，而最终服务于具有普遍意义的文学理论和文艺学的建构。应该说明的是，在进行比较文学研究时，研究者一般也是带着已有的某种文学理论的认知视角来对具体文学现象和问题进行考察和分析的。这个考察和分析过程，也是对这种文学理论有效性的检验过程。其研究的结果，大致可以有几种：一是对已有某种文学理论的再确认，并以自己的个案研究成果对原有理论加以丰富；二是对已有某种文学理论的质疑，研究结果是对此理论的反驳或否定，如方平的《王熙凤与福斯泰夫：谈"美"的个性和"道德化思考"》一文，就是对传统的"美即是善，善即是美"文艺观的质疑，就美与善的关系问题，通过王熙凤和福斯泰夫这两个特殊人物的审美分析，提出了"'美'并非必然依赖'善'而存在"，"美"在艺术世界里"有自己的相对独立性"（方平，1987：28）的新观点。

另外一个问题是：比较文学领域中有比较诗学研究分支，既然影响研究、平行研究的目标也是共同诗学，那么它们与比较诗学又有何不同？

比较诗学是中外文学理论的比较，在厄尔·迈纳（1998：4）看来，就是"跨文化的文学理论"的另一种说法。比较诗学的目标，是从中外文学理论层面建构共同诗学。

从文学实践中归纳、提炼、总结、抽象出来的某种文学理论，与纯粹从关于文学的思辨角度所产生的理论（中外诸多文论家所提出的文学理论），区别在哪里？泰特罗（Antony Tattow）（1996：58-59）提出：

> 通过对已有理论的研究而产生的文学理论确实"存在"，但我们不

能如此想当然地认为它和实际创作会有什么关系，因为这些诗学理论并不是从自身中产生出来的，它们自身还有待解释。如果一种诗学理论没有合理的解释能力的话，它就仅仅成为文学创作或诠释的另一理论而已，这种理论在自身的决定因素没有足够认识的情况下就使某种偏见合理化。

那么，文论家提出的那些文学理论，是否对作家就没有意义？当然不是。文学理论对文学的基本问题、文学观念、创作方法、文学风格等方面的分析、论述和理论总结，为作家和读者认识文学提供了便利，化为他们基本的文学素养。况且，文学规律也并不都是关于文学创作的规律。创作论只是文学理论的一个方面，文学理论还涉及文学起源、文学功能、文学思想、文学思潮、文学风格、文学接受以及关于作者、作品、读者等专门的理论议题。文学研究作为人文学科的重要领域，并不是像自然科学那样，发现了某个自然规律，然后将此科学成果运用于具体实践中。人文科学的意义，是对人的认识，对人所创造的文化和精神成果进行阐发，发掘其意义，揭示人文世界的价值和意义。我们需要从这个意义上来理解所谓共同的"诗心"和"文心"，而不是把它理解为像自然科学那样的"公式"或"定理"。

关于中西文学理论比较的意义，刘若愚（1987：206）曾表达了这样的意见，非常富有辩证性，且客观、中肯：

> 我相信，对历史上互不相关的批评传统作比较研究，例如对中国的批评传统和西方的批评传统作比较研究，在理论的层次上比在实际的层面上会有更丰硕的成果，因为特殊作家和作品的批评，对于不能直接阅读原文的读者是没有多大意义的。而且某一具有自身传统的文学的批评标准，也不能应用于其他文学；反之，对于属于不同文化传统的作家和批评家的文学思想的比较，则或许能揭示出某些批评观念是具有世界性的，某些观念限于某些文化传统，某些观念只属于特定的文化传统。反过来这又可以帮助我们发现（因为批评观念通常是建立在实际的文学作品基础上的）哪些特征是所有文学所共有的，哪些特征限于用某些语言写成，或产生在某些文化传统上的文学，哪些特

征是某些特定的文学所独具的。因此，对于文学理论的比较研究，可以更好地理解所有的文学。

6.7 个案研究与共同诗学目标的关系

钱锺书认为，比较文学的目的是"认识总体文学乃至人类文化的基本规律"。这是比较文学的理想目标，要实现此目标，还需要很多比较文学个案研究成果的积累，继而从中提炼、上升到"共同诗学"的建构。

"X+Y"式的平行研究，之所以遭到诟病，就是试图仅通过某个具体的个案研究，就得出一个关于中外文学的宏大结论，而显得高蹈虚空、单薄肤浅，缺乏思想深度和说服力。但具体的个案研究如果不是刻意"升华"到那些大而化之、看起来正确但了无新意的结论，应该怎么做？换句话说，就是如何认识和处理个案研究与比较文学目标之间的关系。

艾田伯（1985：99-100）曾说：

> 比较不过是我们称之为比较文学的那门学科的方法之一，而这个名称是相当词不达意的。我常常私下里想，总体文学是个较好的提法，而我马上就意识到采用这个新名称会带来一些弊病，它会使人们只顾到一般原则，而不再去考虑那些活生生的作品之间的具体关系了。

从艾田伯的这段话可以看出，他是从"一般原则"意义上来理解总体文学的。所谓"一般原则"，就是对文学原理、文学观念、风格流派、创作方法等抽象的表述。从理论上说，一般原则也应该基于对世界文学的观察，从大量世界文学作品中，从"活生生的作品之间的具体关系"中提炼、概括出来的具有普遍意义的文学"原则"。但人们的注意力一旦关注"总体"，就会忘了"活生生的作品之间的具体关系"，而仅从少量的文学作品中就概括、提升为一般原则。

比较文学，无论是影响研究，还是平行研究，都是考察和分析"活生生的作品之间的具体关系"。那么，从"活生生的作品之间的具体关系"概括、总结、提炼出的文学的"一般原则"，与纯粹的文论比较中提炼出的"一般原则"有何不同？有的文学理论，是文论家推演出来的文学理论，如果他本人没有从事过文学创作，没有阅读大量的世界文学作品，而只是根据自己有限的作品阅读，甚或只局限于某个国别文学的阅读，再根据阅读他人文学理论的心得而发挥、演绎出来的文学理论，这样的文学理论，虽不能说都是闭门造车，且也许在某些方面触及文学的本质问题，但毕竟是主观想象、理论演绎的产物，并一定完全切合世界文学的实际。

6.8 单位观念方法与共同诗学

6.8.1 奥尔巴赫的"出发点"与单位观念

共同诗学是指世界文学可以共享的文学理论。共同诗学是由众多经过检验的文学/文学理论命题综合提炼而成的。奥尔巴赫（E. Auerbach）的"出发点"，是探讨文学共同现象的切入点，对此共同现象探讨的结果加以理论的提炼和升华，即可构成一个文学的命题。它具有理论视角的作用，可以用来观照更多类似的文学现象。奥尔巴赫的"出发点"（point of departure）与洛夫乔伊（A. O. Lovejoy）的"单位观念"（unit idea）在研究方法上有些类似。

个案研究总是以一个具体的比较文学问题为研究对象的，理想的比较文学个案研究，既要紧贴具体的问题来研究，对该问题有透彻的分析，提出自己的观点，而同时，又与比较文学总体目标相联系。一个好的比较文学问题，总是与比较文学目标相联系的，具体的个案研究不一定、也不必直接涉及文学规律宏大问题，但总体目标应是个案研究的思想背景，即从具体个案研究问题的斟酌、确定，到最后的研究结论，都应有总体目标这个思想背景意识和学术立意。若能如此，个案研究的成果就成为铺向实现比较文学总体目标的道路。

奥尔巴赫的《摹仿论：西方文学中现实的再现》就是个范例。全书20章，各章挑选了一个"严格界定、显而易见"的文本现象作为理论阐述的出发点和依据。奥尔巴赫（Auerbach，2009：137）提出：

> 一个好的出发点必须是准确而客观的。形形色色的抽象范畴大而无当。因此，诸如"巴洛克"或"浪漫的"，"戏剧性的"或"命运观念"，"张力"或"神话"，"时间概念"或"透视主义"之类的概念，都是危险的。这些概念，只有在具体的语境中，含义清晰明了，方可使用。但是，作为出发点还是过于含糊，太不精确。因为出发点不应是外在施加给研究主题的宽泛化的东西，而应是研究主题内在的有机构成。研究的内容应是不言自明的，但如果出发点既不具体又不清晰，那就劳而无功了。即使找到了最好出发点，还是要运用大量技巧，方能聚焦研究的对象。现有的概念，可适用者甚少，但它们很动听，且流传甚广，故而能欺世惑众。这些概念蛰伏以待，随时都会涌入对活生生研究对象已经无感的学者之著述中。因此，写学术著作者常误入歧途，置实际的对象于不顾而喜用陈词滥调。想必同样受骗上当的读者也不在少数。读者大都喜欢这类虚泛之辞，所以学者就有责任避免以辞害意。

奥尔巴赫解释了为什么要从具体作品出发来阐发理论概念，强调了要从文学现象本身和文本语境出发，找到一个合适的"出发点"，即核心问题，将此核心问题作为探讨的切入点。问题应从文本及其具体语境中提炼出来，而不是求省事、图方便，直接用一个现成的概念作为论述的出发点，那样就可能会导致削足适履，将鲜活、丰富、复杂的文学现象或文本强行纳入此概念范畴之中。钱锺书也表达了类似的观点，他提出："从事文艺理论研究必须多从作品实际出发，加深中西文学修养，若仅仅搬弄一些新奇术语故弄玄虚，对于解决实际问题毫无补益。"（张隆溪，1981：136）钱锺书本人就特别重视从具体文学作品中来看文学理论。理论从作品中来，再到作品中去。他提出："研究中国古代的文艺理论不仅要读诗话、词话、曲论之类的专门文章，还应当留意具体作品甚至谣谚、训诂之类，因为很多精辟见解往往就包含在那片言只语当中。"（张隆溪，1981：136）钱锺书（2002：116）说："中国文艺传统里一个流行的意见：苦痛比快乐更能产生诗歌，好诗主要是不愉快、烦恼或'穷愁'的表现和发泄。这个意见在中国古代不但是诗文理论里的常谈，而且成为写作实践里的套版。因此，我们惯见熟闻，习而相忘，没有把它当作中国文评里的一个重要概念而提示出来。"钱锺书从习见的文学现象中提炼出"诗可以怨"的诗学命题，就是经典范例。

6.8.2 单位观念

"单位观念"是提炼诗学概念或命题的一个方法。从单位观念视角去考察主题或创作手法、风格类似的作品，也许易于提炼、总结出一个诗学概念来，加以理论化，就可成为一个命题。

洛夫乔伊（2018：3）提出："观念已经成了洲际贸易的商品，我们对这一点的认识正日益提高，一个显著例子就是我们对各国文学的研究，对比较文学的研究。但对观念超越国家或语言藩篱时所出现的情形进行观察，只是我所说的发展进程中的一小部分，甚至仅限于文学史这个特殊个案。"

钱锺书特别看重单位观念史学方法。他在20世纪80年代就曾多次向友人和后学提及单位观念方法，可见他对单位观念的重视和学术兴趣。（陆文虎，2004：46）实际上，无论是《谈艺录》还是《管锥编》的写作体例，都体现了单位观念的研究方法。《谈艺录》和《管锥编》不是按某个理论框架或者诗学史的角度来写，而是以一则一则的形式，每一则都是从具体的文本中拎出一个问题，然后生发开去，旁征博引古今中外的事例，对此问题进行详尽的观照和辨析。

单位观念就是从一个理论和思想中抽离、切分出来的一个成分或者说一个质素。根据周荣胜的分析，"距离怅惘"或"在水一方"，就是钱锺书以中国古代思想和文艺视角从西方浪漫主义中切分出来的一个单位观念。《诗经·蒹葭》云："所谓伊人，在水一方：溯洄从之，道阻且长；溯游从之，宛在水中央。"钱锺书说此诗所赋"西洋浪漫主义所谓企慕之情境也",然后广征博引,从中西文献中拈出大量类似的观点。"钱锺书所揭示的这些表达都出现在西方浪漫主义运动之前或之外,所谓的'距离怅惘''浪漫主义的企慕'等,却可以用中国的'在水一方'这样一个提炼出来的单位观念来表示:'在水一方'莫不可以寓慕悦之情,示向往之境。"(周荣胜,2015:126-127)

洛夫乔伊在《论诸种浪漫主义》中认为,"浪漫主义"这一术语在思想上极度混乱,因为浪漫主义实际上是许许多多不同观念的集合。钱锺书同样怀疑作为统一体的浪漫主义,因此,他不是从整体上来辨析浪漫主义,而只是研究其中的一个单位观念,即浪漫主义的一个质素。周荣胜(2015:126-127)认为:"一些平凡的词句一经钱锺书的切分和综合,便不再是僵化在古旧文本中的词语('在水一方')或者消失在抹平了的日常语言中('距离怅惘'),而是活泼泼地显示为一种能动单位。"《管锥编》的方法是先破后立,出发点是小枝节,首先是把中国文化拆解成无数单个观念,然后才是与其他范围的关联和对论证起点的回顾。""最紧要的一步工作是辨析、提炼出某个观念,然后才是展开综合探究。"(周荣胜,2015:128-129)《管锥编》英译者艾朗诺(Ronald Egan)也提出:钱锺书撰写《管锥篇》的目的之一,就是"要指出不同的语言、审美原则或者思想中的相同趋向。我们当然对'人类普遍性'这样大而化之的概括都有警惕性,钱锺书自己就很警惕那种不同人文传统中的大作品的生拉硬拽的比较,然而在单个思想或主题的层面上,钱锺书便在不同领域和语言中如鱼得水,他用尽可能多的不同来源的材料来展现一个主题的多个方面。许多现代学者不满于传统批评'只见树木,不见森林'的弱点,而钱锺书却担心他们只见森林不见树木,《管锥编》就是一棵棵'树木'"(周荣胜,2015:129)。

钱锺书以某个单位观念为视点,考察此单位观念在东西方文化、不同学科、不同艺术门类中的表现和表达。以诗学而论,钱锺书在《管锥编》中所探讨的单位观念,如"阐发古诗文中透露之心理状态""论哲学家文人对语言之不信任""登高而悲之浪漫情绪""词章中写心行之往而返"(郑朝宗,1988:124-125)、"距离的迷惘""在水一方""比喻之两柄多边""丫叉句法""为文与立身""登高生愁""模写自然与润饰自然的融会",以及《诗可以怨》《论通感》《读拉奥孔》等名文中所揭示的"诗可以怨""同感""单一的时刻"等"具有普遍意义的经典性诗学规律"(季进,2001:59)的命题。看起来是很细小的问题,但以此"小问题"作为奥尔巴赫式的"出发点",古今中外广征博引,古今打通,中外打通,文史哲打通,文学艺术各门类打通,揭示出"隐于针锋粟颗,放而成山河大地"(钱锺书,1986:496)、具有普遍诗学意义的问题,"而拈出新意"(郑朝宗,1988:124–125)。

钱锺书对单位观念研究的示范,给我们一个启示:单位观念是提炼诗学概念或命题的一个途径,更具可操作性。从单位观念视角去考察主题或创作手法、风格类似的作品,从中提炼出一个概念来,继而加以理论化,即可构成一个诗学命题。众多单位观念研究成果的综合,就可成为共同诗学建构的基础。这对如何找到平行研究"可比性"的切入点,是个很好的启示。

第7章
比较文学的研究方法

任何学科都不是以研究方法来确立自己作为一门独立学科的学理性理由的。学科由其所研究的问题、问题所涉及的对象、研究范围和研究目标而确立。比较文学亦是如此。比较文学因其"名称没有起好",容易被人望文生义,误以为比较文学就是"比较",似乎"比较"既是方法,也是目的。"比较"之于比较文学确实非常重要,但不是比较文学成为一门独立学科的根由,更不是专属或唯一的方法。

比较文学有没有自己专属的研究方法?在比较文学中,"比较"是什么含义,有何特殊的意义?除传统的文学研究方法外,就当下比较文学发展而言,有哪些研究方法比较文学应加以重视,并在实践中运用?本章拟对这些问题进行探讨。

7.1 比较文学有没有专属的研究方法?

韦勒克的《比较文学危机》中有句常被引用的话,原文是:"The most serious sign of the precarious state of our study is the fact that it has not been able to establish a distinct subject matter and a specific methodology."(Wellek,1963:282)。其中的"specific methodology",有的翻译成"具体的研究方法"(韦勒克,1986:51),有的翻译成"专门的方法论"(韦勒克,1985a:122)。对普通读者来说,两种译文的意思差别不大,但对比较文学来说,却是个相当重要的问题。

比较文学有没有"具体的研究方法"甚或"专门的方法论"?韦勒

克认为，比较文学没有自己专门的研究方法。他认为："比较文学是一种没有语言、伦理和政治界线的文学研究。它不可能局限于单一的方法：在论述过程中，描绘、特性刻画、阐释、叙述、解说、评价等方法同比较法一样经常地被应用。"（韦勒克，1985b：144）他还说："文学研究的三个主要领域——史、理论和评论——都是相互关联的，就像国别文学的研究不能脱离对文学的总体的研究一样（至少在观点方面是这样）。比较文学只要摆脱人为的限制，单单成为文学研究，就能够、也一定会欣欣向荣。"（韦勒克，1985b：145）这里让人感到有些奇怪，韦勒克一方面认为，我们学科的处境岌岌可危，其严重标志是，未能确立明确的研究内容和专门的方法论；而另一方面又认为，比较文学没有自己专门的方法论，在研究方法上，与一般的文学研究没什么区别。

实际上，韦勒克关于比较文学危机的核心观点，不是批评比较文学没有专门的方法论，不是说确立了"明确的研究内容和专门的方法论"，比较文学的危机就可消除了，而是说这些只是危机的表征，真正的症结是比较文学的定位、研究对象和研究目标不明确。在韦勒克看来，比较文学的定位就是文学研究（因此他反对梵•第根对比较文学与总体文学的人为划分），研究对象就是文学性和文学艺术的本质，研究的目的就是希望文学研究（包括比较文学）"像艺术本身一样成为一种想象的行为，成为人类最高价值的保护者和创造者"（韦勒克，1985a：134–135）。

比较文学作为文学研究的一种类型，文学研究的基本方法都可以在比较文学中运用。在一个比较文学研究个案中，因研究问题的展开，可能会综合运用到多种文学研究方法。

研究方法不是随机或随意选择的，而是与研究对象及其所隐含的问题相关的。影响研究的对象，是文学间影响与接受的关系，要对这种关系的形成和实质进行具体的分析，则需要收集相关的资料，从中找出线索以确定问题研究的方向，因此，会较多地运用文献学、考据学、译介学、文本分析等方法。平行研究的对象，是中外文学作品/作家间的某个共同问题，因此，会较多地运用对比和阐释方法。

我们过去常常把影响研究和平行研究作为比较文学的方法。影响研究会较多地运用文献学、考据学、接受理论等方法，平行研究会较多地运用对比分析法、阐发法等。但严格说来，并没有所谓的影响研究方法和平行研究方法。影响研究和平行研究，都是比较文学研究的类型和研究范式，但不是具体的研究方法。研究类型主要是规范研究对象、研究范围和研究目的，并不是方法。研究范式，主要是研究的基本思路、路径，里面包括对研究视角的规范，但不是具体的研究方法。

7.2 "比较"在比较文学中的含义和意义

"比较"是人类基本的思维方式，是认识事物、区别一事物与另一事物不同特质的基本方法。正如克罗齐所提出的，"比较"是一切学科的基本研究方法，不为比较文学所专有，更不是比较文学作为一门独立学科的学理根据。也有学者为比较文学的"比较"辩护："比较"是最主要和最能体现比较文学特色的研究方法，一般的文学研究虽然也运用比较，但只是局部、零碎的，而"比较"在比较文学中是贯穿始终的。例如雷马克，一方面认为"民族文学与比较文学的研究方法并没有根本的区别"（雷马克，1986a：12）；另一方面又认为"比较文学中的比较绝非一个偶然的现象，它是比较文学的精髓"（雷马克，2000：28）。布吕奈尔（1989：3-4）也认为："假如像艾琼伯在他1963年的一本著名的小册子（1977年再版）所号召的那样'比较不是理由'，假如甚至比较不是比较文学存在的理由，起码它提供了一种应该恰如其分地使用的材料。在很多虚假的比较中，其中必然存在着导致发现一种影响或照耀想象的领域的一种比较。比较在比较文学中起着一种启发的作用。……在一种严格的方法的指导下，比较可以成为比较文学研究的基础。"德国比较文学家霍斯特·吕迪格（1986：98）认为："比较学者的目的与研究各个民族文学的目的并没有什么不同，都是要充分理解文学作品，而且尽可能多方面地去理解。不同之处只在于对文学本身的理解以及在方法上。""对于比较学者说来,关键的是在运用比较方法上的自觉意识。"

比较文学学者无论是坚定地反驳克罗齐,还是迂回申辩"比较"之于比较文学的重要性,似乎都缺乏足够的说服力。比较文学学者陷入了一个说不清、道不明的话语困境:比较方法如果是比较文学的安身立命之本,那为何卡雷(1986:42)说"比较文学不是文学比较"?如果说比较文学不是比较,那为何雷马克(2000:28)又说:比较"是比较文学的精髓"?

这就是比较文学关于"比较"的悖论式处境:既要否认自己不是以"比较"立身,又不能否认"比较"之于自己的重要性。因此,杨乃乔(2003:73)强调:

> 在理论上明确"比较"在比较文学研究中不是一种纯粹的方法,这一点是非常重要的。这样不仅有助于学术界对比较文学进行正确的理解,也有助于对"比较文学"与"文学比较"进行学理上的区别。
>
> 我们理解了不能把比较文学在日常用语的"比较"意义上理解为是对两种民族文学或文学与其他相关学科进行表面的类比,比较作为一种学术视域是研究主体对两个民族文学关系或文学与其他相关学科关系的一种内在的汇通性透视,是比较文学在学科成立上安身立命的本体,这就决定比较文学属于本体论而不是方法论。

杨乃乔提出了"比较视域"说,将"比较"提升到比较文学的本体论高度,以此来区别比较文学的"比较"与其他学科运用的比较方法之不同。

"比较"之于比较文学究竟是什么关系,有何意义?无论是雷马克提出的"总的目的、重点和处理都必须是比较性的",比较"是比较文学的精髓",还是卡雷说的"比较文学不是比较",话没说透,道理没说明白,更没从学理上阐述清楚"比较"之于比较文学的关系和意义。如果比较文学作为一门独立学科的学理性是建立在比较方法上,则其学理性存在明显的缺失,缺乏学术逻辑和合理性。

第 7 章 比较文学的研究方法

陈思和从世界性因素角度谈对"比较"的认识,提出应该将比较文学之"比较"提升到本体论层面,不仅作为方法,更重要的是作为世界的视野和世界文学意识。陈思和(2006:13-14)说:

> 如果"比较"仅仅是一种具体方法,那就是说,你必须遵照"甲-乙"的对立模式比较其同或不同才能够获得结论,但如果"比较"是世界本原的多样性所呈现的一种状态,或者说,当世界的多元性直接呈现在你的面前时,已经包含了"比较"这种形态,那是并不需要你说出比较结论的,世界不在言说中已经把对立与和谐同时呈现了。
>
> 比较文学研究长期以来很难摆脱把比较作为一种方法的局限,在学科建设上总给人有不成熟之感。我最近想通了一点,就是我们从未努力把"比较"从方法论提升到本体论,这就使比较文学学科总好像是在为别的学科打工,而没有注意到它正应该是凌驾于其他国别文学之上的一种综合性的研究世界文学本原的学科,它的目标是呈现与展示世界文学(人类的精神美学)是如何在多样与繁复中达到和谐的。

如何将"比较"从方法论提升到本体论?陈思和认为就是不再把"比较"作为方法论,"而是能够在研究中引进世界的多元视野,揭示出世界的多样性与繁复性。并置地呈现不同的文学精神现象本身就是'比较'的含义,比较文学指的是多元精神下的世界文学状态研究。在这个意义上,作为方法的比较并不重要,仅仅是我们根据研究对象的需要而选择的一种方法而已"(陈思和,2006:15)。

陈思和的观点与勃洛克的观点相呼应。1969 年,时任美国比较文学学会会长的勃洛克发表《比较文学的新动向》一文,提出:"比较文学主要是一种前景,一种观点,一种坚定的从国际角度从事文学研究的设想。"(勃洛克,1985:196)从本体论的层面来看"比较","比较"就不再是方法,而是世界文学视野和世界文学多元精神现象的呈现。

学术研究,问题是第一位的,方法是第二位的,方法是根据研究对象和研究目标而确定的。是问题来决定研究方法,而不是方法来决定问题。对一门学科而言,就更是如此。是学问的性质来确立学科,而不是特定的方法来确立一门学科的独立性。"比较"不是比较文学学科可以成为文学研究中一个独立学科的学理性理由。

比较文学作为独立学科的学理性,是由其研究对象和研究目标来确立的,其关键是研究的问题具有"比较文学性"。明确了问题的重要性,也就清楚了"比较"在比较文学中的作用。吕迪格(1986:98)说:"对于比较学者说来,关键的是在运用比较方法上的自觉意识。"他举例说:

> 首先利用最小的文学单位(诗歌格式、散文节奏、修辞手段、惯用语、隐喻等)来使分析过程更加细致。此外,很快可以看出,事实上至少在欧洲各国文学之间存在一种内在的联系,这是数百年来通过古代修辞理论和圣经语言建立起来的联系。这就可以证明,按种族特征来说明某个时代的特点是不行的,因为一个作家不管是用德语、法语、意大利语、英语或是俄语来写作,只要他是以浪漫主义时代的精神来写作,他就是一个浪漫主义者。按语言来区分标准,在传统的文学研究中具有决定意义,在比较文学中也并没有被忽略,因为比较文学也是一种比较与语言学的学科;但这种标准也没有被过分强调,而是与各种文学上的标准处于同等的地位。在这里,比较文学的方法与一般文学研究的方法,即与文学理论和诗学非常接近。(吕迪格,1986:98)

从吕迪格所举事例可以看出,"比较"在研究中的作用,是发现深入、细微的问题,并将它们上升到比较文学研究的立意上来,即上升到文学理论问题研究高度上来。吕迪格这里说的"一般文学研究",应该是指"总体文学"研究,所以他才说,"与文学理论和诗学非常接近"。

比较文学的研究对象是文学关系,而文学关系的对象来源于世界文学,是从世界文学的视野来发现诸种文学关系问题加以研究。无论是世界文学视野,还是文学关系问题的发现,都需要超越一国的文学范围,具体研究中要用到比较方法,其意义是考察文学间的异同,加以分析,以此为前提再挖掘更深层次的问题。因此,比较文学中的"比较",表示的是国际文学眼光、世界文学视野和普遍联系的文学意识。如果说"比较"是区别于其他文学研究的本体性特征,那么这个具有本体论意义的特征,指的是跨文化的文学视野,和将世界文学视为一个整体系统的普遍联系思维方式。如果说"比较"是比较文学的基本方法乃至作为"比较文学研究的基础"（布吕奈尔等，1989：4），那么，这里的方法，指的是比较文学研究的出发点，是在世界文学的视域中发现比较文学所应研究问题之方法，这才是比较文学中"比较"之含义和实质性意义。

7.3 互文性理论方法

互文性理论认为，任何一部作品里的符号都与未在作品里出现的其他符号相关联，因而任何文本都与别的文本互相交织，没有任何独立的文本，文本皆"互文"（intertext）。除明显的借用和融化之外，构成文本的任何语言符号皆与文本之外的其他符号形成差异，从而显示自己的特性。

互文性有广狭义之分。狭义的定义以热奈特为代表。他认为：互文性指一个文本与可论证存在于此文本中的其他文本之间的关系。广义的定义以巴尔特和克里斯蒂娃为代表，他们认为："互文性指任何文本与赋予该文本意义的知识、代码和表意实践之总和的关系，而这些知识、代码和表意实践形成了一个潜力无限的网络。"（程锡麟，1996：72）互文性理论不仅注重文本形式之间的相互作用和影响，而且更注重文本内容形成的过程，注重研究那些"无法追溯来源的代码"，无处不在的文化传统的影响（Culler，1981：103-104）。

在卡勒看来，互文性与其说是指一部作品与特定前文本的关系，不如说是指一部作品在一种文化的话语空间之中的参与，一个文本与各种语言或一种文化的表意实践之间的关系，以及这个文本与为它表达出那种文化的种种可能性的那些文本之间的关系。因此，这样的文本研究并非如同传统看法所认为的那样，是对来源和影响的研究；它的网撒得更大，它包括了无名话语的实践，无法追溯来源的代码，这些代码使得后来文本的表意实践成为可能（程锡麟，1996：76-77）。

互文的内容包括文学思想、观念层面，创作主题、方法层面，还有文学语言等层面。互文的形式，可以是有直接的联系和间接的联系，以及无法追踪来源，或者由于社会历史发展进程而不约而同出现的相似性。互文性理论观点揭示和解释了影响来源的复杂性和难以追溯性。运用互文性理论方法进行文学关系研究，就可不再纠结于是属于影响研究还是平行研究，不再为无法考辨的影响来源而停滞不前，而是聚焦问题，以问题为导向展开研究。

互文性研究视角，将影响因素、独创性因素、文学语境因素、作家个人的气质和才能因素，等等，都纳入研究视野，力求具体分析时切合文学创作和发展的实际。采取互文性的研究视角，就是在尽量发掘、辨识、梳理中外文学间发生关系的第一手材料基础上，"把作品的比较与产生作品的文化传统、社会背景、时代心理和作者的个人心理等因素综合起来加以考虑"（张隆溪，1981：137）。

无论是狭义还是广义的互文性概念，都能有效指涉20世纪中外文学复杂的关系。互文性观点将外来的文学影响、民族文学传统以及当下的文化语境的影响等因素纳入研究视野之中，充分考虑文学关系的复杂性。如果我们将20世纪中外文学关系纳入互文性视野，那么各种复杂的文学关系都构成了不同层次的互文关系。

中外文学关系研究中，翻译文学研究占有重要位置，有两个方面的主要原因：第一，翻译文学凝结着中外文学关系最初的性质，并且影响了中外文学关系之后的发展方向；第二，中国作家很多是通过翻译文学来了解外国文学的，而翻译文学性质决定了其不是简单的语言转换，而是在翻译选择、翻译过程、翻译策略、译者对所翻译作品的介绍和评价等，都自觉不自觉地加入了中国的成分，使外国文学本土化。从互文性角度来看翻译文学，翻译文学是外国文学与中国文学建立联系的中心枢纽上，而构成多重的互文关系。翻译文学与外国文学形成互文关系，翻译文学同时又与受其影响的中国文学形成互文关系。翻译文学进入阅读领域，获得读者新的解读和阐释，又产生新的文本意义。一旦译作对创作文学产生了影响，受影响作品与译作和原作间，又构成了新的互文和对话关系。原著 *The Sound and Fury* 翻译成中文，成了《喧哗与骚动》。受《喧哗与骚动》的影响，莫言创作了《红高粱》。原著 *The Catch 22* 翻译成中文，成了《第二十二条军规》。

受《第二十二条军规》影响，刘索拉创作了《你别无选择》。原著 Cien Años de Soledad（或英译本 One Hundred Years of Solitude）翻译成了中文《百年孤独》，受《百年孤独》影响，韩少功、张炜创作了《爸爸爸》和《九月寓言》。实际情形当然不是这样简单的线性生成关系，这只是一个简约化的文本跨文化生成的线路图。从这个线路图中，我们看到，从原著出发，依次构成了衍生性的多重文学关系。以《喧哗与骚动》为例。The Sound and Fury 与《喧哗与骚动》构成互文关系，《喧哗与骚动》与《红高粱》构成互文关系。因此，翻译文学、外国文学、创作文学三者间建立起了相互指涉、彼此对话的互文关系。原作、译作构成互文关系。我们还可以从逆向思维角度，看这种顺向依次衍生的互文关系，同时也生成了一种逆向的互文关系，即受译作影响的作品，反过来，与译作、原作也形成了互文关系，构成正反互动、顺逆相存的多重互文关系，而形成一个以原作为核心的互文系统。《红高粱》也在某种意义上对 The Sound and Fury 构成了影响。试想，如果没有《红高粱》，我们对 The Sound and Fury 的解读，就止于 The Sound and Fury 本身，而有了《红高粱》，在世界文学系统中，我们对 The Sound and Fury 的解读，就多了一个参照，多了一个维度和解读视角，拓展了其文学意义。我们以此观点重新审视世界文学系统，对世界文学间的关系就会有新的认识。我们可以从互文性理论角度将世界文学联系起来，发现作品之间的互文关系。而从文本间实际的跨文化联系角度来看世界文学，则可发现作品之间相互阐释的互动关系。世界文学由此被赋予了动态生存性，是一个生生不息、相互间不断循环阐释的文学生命体。

由此可以看出，文学文本在跨文化场域中，不仅生产了新文本，也是文本意义再生产，以及文学、文化互文关系的再生产。原著、译本以及读者的解读，构成了文本意义不断衍生的动态互文关系。

运用互文性理论方法，就可在多种多样、纷繁复杂的文学关系中建立一个整体观照的平台。这样就跳出了"影响–接受"模式，也不拘泥或纠结于是属于影响研究还是平行研究，通过问题将相关作品联系起来，继而对它们互文关系的意义进行分析和阐释。从互文关系的互观、互识、互释中,既对各自的特质进行分析,又可从中发现共通性的文学因素。

7.4 "世界性因素"研究方法

陈思和提出的"20世纪中国文学中的世界性因素",既是对20世纪中外文学关系研究中的一个命题,同时,也是观察20世纪中外文学关系的一个视角。这个视角包含了三方面的内容。一是世界视野。陈思和(2006:11)认为:"中国在20世纪已经不是一个封闭型的国家,它越来越积极地加入了与世界各国的对话,自然而然成为'世界'的一部分。现在的中国人说出'世界'这个词的时候,已经不再是指一个排除了自身因素的物理空间,而已经包括了自身,即中国本身就成了世界的一个有机的组成部分,中国的问题也就是世界的问题。所以,讨论'20世纪中国文学'时不能不考虑到它的世界性因素,反之,讨论'世界性'的时候也自然包括了中国文学的自身因素。"二是对话性。"世界性因素的理论研究则是把'世界'视为一个广阔的思想平台,不同文化背景和语言形态的现象都在这一平台上呈现出来,构成一种丰富繁复的多声部的对话。"陈思和(2006:12)说:"其实,我想做的就是中国文学如何在'世界性因素'中形成与世界的对话机制,是如何构筑起这样一种对话的平台。"(陈思和,2006:12)三是共同性。"比较文学是以不同文化背景和语言形态下的文学现象为研究对象的,但其理想的境界就是要在人类非常不同的精神现象中揭示根本的和谐性,我把它看成是这个学科的理论基础。"(陈思和,2006:11)

"世界文学因素"既是中外文学对话的平台,也可作为比较文学研究方法。"世界性因素"涵括世界文学和中外文学关系中的很多内容,是一个非常广阔而丰富的"形式库"(repertoire),从中抽出任何一种因素,都可以作为观察世界文学的视角,因此,具有了方法的意义。

陈思和的"世界性因素"概念有两个层面的含义,一是微观层面,涉及具体的作家、作品等,"可以包括作家的世界意识、世界眼界以及世界性的知识结构，也包括了作品的艺术风格、思想内容以及各种来自'世界'的构成因素"（陈思和，2006：11）；二是宏观层面，涉及如何看待中国与世界的关系，具体到文学，就是以什么样的视野和角度去看待中外文学关系。因此，"世界性因素"既可以视为具体的文学要素，也可以作为切入文学现象分析的方法；既可以作为世界文学的视野和意识，也可以作为在世界文学语境中外文学对话的平台，内涵非常丰富，包含了多层次的含义：

一是本国文学与他国文学在文学观念、文学主题、文学创作手法等方面的相互观照与互识。在世界性因素的视域中，构成互文关系。

二是作品所体现的共通性的文学因素，如文学主题方面的命运、爱情、成长、苦难、乡愁，文学母题方面的生离死别、喜怒哀乐、爱恨情仇、恐惧无畏等，精神现象方面的颓废意识、忏悔意识、荒诞意识、现代意识，创作方法方面的现实主义、浪漫主义、现代主义、魔幻现实主义、后现代现实主义等。

三是作品所揭示的人类生活体验的共同经验和人类生存处境的共同问题，以及所表达的世界性主题和人类共同价值。

四是将某种本土的文学现象纳入世界视野中来考察、分析。

五是从一定意义上，世界性因素与洛夫乔伊的单位观念类似，可以将世界性因素作为某个诗学要素或文学理论问题来加以探讨。

因此，"世界性因素"可作为比较文学的理论方法在中外文学关系的不同层面挖掘出问题，加以研究。

7.5　数字人文研究方法

当代信息技术的快速发展，使信息数据的充分搜集、整合和运用成为可能。在信息化时代之前，人文学科学者最重要的素质，就是要具有博闻强记的能力，靠阅读知悉相关文献，靠记忆和摘录卡片来做研究。但即使一个学者再聪慧、再勤奋，他的阅读范围和阅读量也总是有限的。以大数据为依托的数字人文技术，可以搜集和整理海量的信息，根据关键词等设定的程序,可以迅速梳理出所需要的信息。文学研究方面,此前的风格和文体研究,往往只能凭感觉和印象,辅之以少量的典型事例对某位作家的风格进行阐释。其得出的结论,带有很强的主观性和片面性。现在,通过建立某位作家的作品数据库,针对风格特征的相关指标,就可得出作家所喜欢使用的词汇和词频。风格研究建立在客观、真实的数据基础之上,研究的结论,也更科学,更具有说服力和学术价值。

20世纪之前,世界上每年出版的长篇小说就达十几万部。到了网络化时代,每天通过纸质和网络发表的长篇小说就有数万部,更别说不计其数的短篇小说、诗歌、散文等。如此海量的文学作品,一个学者即使穷尽一生,其所阅读的作品也是非常有限的,相对于海量的文学作品,只是沧海一粟而已。那谁能称自己是世界文学研究学者,又如何从如此海量的文学作品中寻找出关于世界文学的问题?莫莱蒂提出"远读"(distant reading)概念,即借助相关文学领域研究专家的成果来进行世界文学研究。但即使运用"远读"方法,也难以解决世界文学的海量阅读问题,因为还有很多文学作品,甚少有人阅读,更少有人做研究。

数字人文、基于语料库的文学研究方兴未艾,为世界文学研究领域和研究方法展现了新的前景。大型的文献数据库的建立,为资料查询、检索提供了前所未有的方便。

如"唐宋文学编年系地信息平台",根据大数据分析,将时间、地点、人物、事件、作品信息整合,得出了较为宏观的唐诗影响力、词频、地理分布等统计信息。有媒体工作者利用新浪文本挖掘工具,对《全唐诗》文本进行了逐字切分式的大数据分析,并从词频、意象、词汇、语义网络、字向量、情绪等维度,分析了唐诗的高频词、典型意象、色彩、双字词、关联字、情感倾向等(严程,2019:76)。芝加哥大学文本光学实验室与上海图书馆合作于2016年开始建设"民国时期期刊语料库检索平台(1918—1949)",将上海图书馆馆藏民国时期期刊以全文电子版的形式呈现出来,建成"Republic China Periodicals Corpus(1918-1949)"的大型期刊语料库平台。对民国时期活跃着的上万名作者的笔名、别名、生辰、籍贯、教育、出版、行踪等元数据(meta data)信息进行

第 7 章　比较文学的研究方法

逐一考辨和编纂工作，同时攻克现代中文文献分词（tokenization）和文学文类自动识别（genre identification）等技术难关（赵薇，2019：72-73）。"通过对逐词检索（CONCORDANCE）、关键词居中检索（KWIC）、词语搭配（COLLOCATION），以及时间序列（TIME SERIES）的综合运用，已经基本可以对民国时期的文学和思想文献实施一种远、近交替的初步观察。"（Stewart et al.，2020：177-178）概念史、观念史研究是近些年的研究热点。概念的译介、传播、演绎、衍生、演化，进而在中国语境中形成带有中国时代和文化语境特征的观念和话语，需要历时性地广泛搜集资料，不仅包括书籍，还包括报纸杂志等。过去靠人工查找、钩沉、辑录、阅读、分类等，都是工作量巨大的工作，并且还难以保证资料搜集的齐全、完备，尤其是报纸上的文章，更是容易被遗漏。有了类似于"民国时期期刊语料库检索平台（1918—1949）"这样的数据库检索平台，概念史、观念史研究的史料搜集、整理的工作量就大大减轻，研究人员可将更多的精力投入资料的分析上。

再如"现代汉译文学编年考录数据库"，这个数据库集汉译文学初刊文献史料专题库、知识库、分类目录索引、编年阅读于一体，以接近文学原生形态的文学史结构方式，对每一译作来龙去脉进行考寻，系统发掘、考辨和整理了汉译文学初刊文献史料，"使相关的史料文献以及研究成果得到一次全面的发掘、考辨、汇聚和整理"（李今，2015：12）。

马修·高尔德（Matthew Gold）认为："数字人文工作的应用模式预示着人文学术性质的重大转变。"（陈后亮，2022b：17）数字人文研究的代表人物之一马修·乔克斯（Matthew Jockers）也认为："现有数据的绝对数量使得传统细读作为一种详尽或确定的证据收集方法站不住脚了。……文学研究者必须采用新的、主要是计算性的收集证据的方法。"（陈后亮，2022b：21）

数字人文将给文学研究带来哪些变化？陈后亮（2022b：20）认为："大数据方法让我们能够提出从未想到过的问题，看到从未被看到的模式，且能够对世界获得各种新的洞见。""借助计算机手段，人文学者能够以更大的规模、更快的速度做一些更精细的研究，如统计单词出现频次、总结规律化的句法结构、探寻单个文本与复杂社会因素的关系等。"

（陈后亮，2022b：25）姚达兑（2021：243）认为，数字人文最明显的优势体现在范围的扩大和观念的更新。他分析了数字人文四个方面的优势：

> 其一，数字人文采用数据建模、分析的方式扩大了文学研究的范围，将许多传统研究中"未读"的、"非经典"的文本纳入研究者的研究体系中。其二，随着数字人文的研究领域不断扩张和呈现多样化的趋势，变得更加具有整合性和扩展性，文学研究逐渐与其他学科有了更为密切的联系，实现跨学科研究，具备了传统人文方法无法企及的优势。其三，数字人文为传统文学研究提供了新的途径，两者应取长补短、相辅相成。当然，借助计算机的海量阅读分析，那些原本在细读中发现不了的、看似毫无关联的作品，有可能会呈现出某种一致性和关联性。其四，利用数字人文进行文本分析，将会触发一些新型的问题和新型的思维方式。尤其是在读图时代，在生长于电子阅读时代的读者成熟之时——因为阅读介质和方式的转化，也给读者/研究者带来了思维的转变。（姚达兑，2021：243）

但人工智能不是万能的，"作为人文学者，我们坚信人文研究最不可替代的价值就是以特殊视野实现对社会的批判性监督。无论是在文本还是现实世界，有关平等、权利、身份、正义、公平和共同体等重要问题的想象将会永远存在，而且永远不会仅仅靠大数据计算来得到答案，因此也永远需要持续的批判性探究"（陈后亮，2022b：24-25）。

从现有的利用数据库和数字人文所做的文学研究结果来看，大部分成果的结论，都是此前文本阅读所得出的结论引入大数据分析的结果。也就是说，所谓大数据的分析成果，实际上只是已有文学研究成果的可视化、图表化转换而已。研究结果还没有超出传统文学阅读和研究方法得出的结论。并且，运用大数据得出的所谓"结论"，很多都是常识，并没有提出令人耳目一新的新观点、新结论。对文学史没有增添新的认知，更没有提出具有文学理论意义的大发现、大问题。

运用大数据应该研究哪些靠个体阅读所无法进行的课题？可发现哪些深潜于世界文学中而更具文学理论价值的问题？这是我们所需要思考

的，也是数字化文学研究研发、引导数字人文文学研究未来发展方向的重要问题。

大数据可以帮助我们暂时悬置定见/成见，隔断主观印象式判断，而以数据直观呈现客观事实。但数据和客观事实并不必然呈现意义。文学事实的意义，需要由问题来催化、激发、点化，需要放回到世界文学中来观照，需要由问题探索的诗学价值目标来蒸馏、提炼、升华。

指出目前数字人文文学研究存在的不足，不是否定数字人文文学研究意义，而是促使我们思考如何更好地运用数字人文，发挥其在文学研究领域更大的作用。运用数字人文技术，就是要研究过去人工阅读所无法进行的问题。如果运用数字人文仅仅是减少了文献搜集和整理的工作量，这还只是数字人文技术的一般化运用，还没充分发挥其优势。运用数字人文研究什么问题，研究什么层次的问题，研究的学术价值和意义如何？这是对人文学者如何运用数字人文问题意识和学术智慧的挑战！

沿着莫莱蒂的"远读"思路，针对某个问题搜集数据，精确化"算法"，是有可能发现对共同文学现象或普遍性的文学问题的认识的。在初步研究结论的基础上，再提炼、阐释，就有可能发展出对世界文学某个具有普遍性问题的理论总结。例如文学主题研究，我们可以借助数字人文分析构成作品主题的因素和辅助因素有哪些。越是优秀、深刻的作品，其内涵越丰富，并会涉及不同的主题。我们常常将某些作品归为某种主题，这样判断的主要标准是什么？大致归为同类主题的作品，有哪些共通性因素？这些因素（"次主题"）又是如何映衬、烘托了我们比较一致认定的作品"主主题"的？它们之间构成了怎样的关系？如《哈姆莱特》《红与黑》《安娜卡列尼娜》《呼啸山庄》……？一些文学主题会在古今中外不同时代出现，成为恒定的、经典化的主题，如人性、命运、爱情、苦难、理智与情感的矛盾，等等。一代代重复性主题的作品为何还为后代读者所阅读、喜爱、接受？

过去的《文学理论》《文学原理》之类的著作，都是作者在自己阅读的基础上，借鉴有限的相关学者的研究成果撰写而成的。其所总结出的理论和原理，是否具有普遍性，是难以检验的。现在，利用数字人文技术，就可以做到。只要设计出具有共同诗学的问题，如钱锺书提出的

"诗可以怨",周珏良提出的长篇小说空间与人物命运发展的潜在结构关系,等等,我们都可以运用数字人文技术,在世界文学范围内加以验证。

数字人文技术的发展,无疑会极大促进比较文学的发展。梵·第根当年反对将总体文学纳入比较文学范围,其中的一个原因,就是一个人的生命有限,不可能研究那么多文学,只能将研究对象限定在两个作家、作品之间。而现在,借助于数字人文技术,是有可能进行总体文学研究的。

运用数字人文、大数据等新手段来研究文学是必然趋势。关键是要增强数字人文文学研究的问题意识,以充分发挥高科技手段的作用,发掘文学研究中潜在的重大问题。问题的学术含量决定了研究的学术价值。

数字人文与比较文学的结合,会为比较文学开拓一个新的充满魅力的学术空间。比较文学和世界文学研究,要向数字人文文学研究提供问题库,以引领数字人文文学研究的方向,如此,则将对共同诗学的探讨,带入一个新的学术境界。

第8章
影响研究如何深化

　　影响研究是比较文学最基本的研究方法，也是比较文学最早、运用最为广泛的比较文学研究范式。早期的法国比较学者认为，比较文学研究就是研究各国文学作品中的"事实的联系"，是国际文学的关系研究。

　　法国学派担心研究的虚浮、空泛，因而提倡"把尽可能多的来源，不同的事实采纳在一起，以便充分地把每一个事实加以解释"，"以便找到尽可能多的种种结果的原因"，使比较"取得一个科学的涵义"（第根，1985：57）。

　　法国学者把影响研究推向极端，力图按照自然科学的模式，以因果关系来解释一切文学现象。把文学关系武断地化约为简单的因果模式，把影响研究简化为实证考据研究，而忽视了审美和哲学的思考。

　　法国学者的影响研究观念和研究模式，在20世纪50年代末遭到美国著名学者韦勒克和雷马克的激烈的抨击。韦勒克（1985a：124）指出："把'比较'局限于研究两国之间的'贸易交往'这一愿望，使比较文学变得仅仅注意研究外部情况，研究二流作家，研究翻译、游记和'媒介物'。一言以蔽之，它使'比较文学'成了只不过是研究国外渊源和作家声誉的附属学科而已。""真正的文学研究关注的不是毫无生气的事实，而是标准和质量。"（韦勒克，1985a：131）雷马克（1986a：2）则讥讽法国学派"似乎忘记了我们这门学科的名称是'比较文学'，不是'影响文学'"。鉴于此，美国学者提出没有事实联系的、更能体现比较文学"文学性"的平行研究主张。他们虽然肯定法国学派的实绩以及对比较文学这门学科的建立和开拓所做的贡献，但认为影响研究的价值意义不及平行研究大。雷马克（1986a：2）认为："影响研究如果主要限于找出证明某种影响的存在，却忽略更重要的艺术理解和评介的问题，那么对于阐明文学作品的实质所做的贡献，就可能不及比较互相并没有影响或重点不在于指出这种影响的各种对作家、作品、文体、倾向性、文学传统等的研究。"钱锺书也认为："比较文学的影响研究不是来源出处的简单考据，而是通过这种研究认识文学作品在内容和形式两方面的特点和创新之处"，而"平行研究……唯其是在不同文化系统的背景上进行，所得出的结论具有普遍意义。"（张隆溪，1981：135）

法国学派追求对渊源、媒介、传播途径的精细与准确的考证，还只是对影响研究进行经验性的描述和实证性的分析，停留在文献学的层面上，没有对受影响的作品的特质作出美学上的探讨。法国学派在研究上存在的缺失，确实如韦勒克等人所提出的，忽视了作品的文学价值和美学分析，过分拘泥于实证，表现出渊源与影响的机械主义观念，只注重出源、媒介、途径的研究，没有从接受的角度研究受影响的一方"保存下来的是些什么，去掉的是些什么？原始材料为什么和怎样被吸收和同化？结果又如何？"（雷马克，1986a：2）。由于受到美国比较文学的批评，影响研究遭受挫折，学术声誉也受到很大影响。之后，影响研究逐渐萎缩，似乎成了过气的研究。但随着 20 世纪 60 年代后接受理论的兴起，"影响"观念得以更新，影响研究也因此获得了创新发展的契机。

8.1 影响观念的更新

8.1.1 影响与文学传统

"影响"是个非常复杂而笼统模糊的概念，有时指的是文学传统，有时指的是对外来因素的借鉴、模仿、借用，很多时候则是指某种文学氛围，或者有利于作家创作的修养和思想资源。

"影响"一词通常表示文学传统在个人创作中所起的作用，涉及作家的成长和文学修养。这是一种广阔而潜在的文学影响。就像歌德所说："人们老是在谈论独创性，但什么才是独创性？我们一生下来，世界就

第 8 章 影响研究如何深化

开始对我们发生影响,而这种影响一直要发生下去,直到我们过完这一生。除了精力、气力和意志之外,还有什么可以叫作我们自己的呢?如果我能算一算我应归功于伟大的前辈和同辈的东西,此外剩下来的东西也就不多了。"(艾克曼,1978:88)他又说:"我们固然生下来就有些能力,但是我们的发展要归功于广大世界千丝万缕的影响,从这些影响中,我们吸收我们能吸收的和对我们有用的那一部分。我有许多东西要归功于古希腊人和法国人,莎士比亚、斯泰恩和哥尔斯密给我的好处更是说不尽的。"(艾克曼,1978:177-178)

T. S. 艾略特(Thomas Sterns Eliot)(1994:3)也强调传统之于作家个人写作的重要意义:"从来没有任何诗人,或从事任何一门艺术的艺术家,他本人就已具备完整的意义。他的重要性,人们对他的评价,也就是对他和已故诗人和艺术家之间关系的评价。你不可能只就他本身来对他作出估价;你必须把他放在已故的人们当中来进行对照和比较。"德国比较文学家科斯提乌斯(Jan Brandt Corstius)(1968:178)也认为:"影响这个术语过去乃至现在所应用于的大量文学现象,实际上属于传统的形式和内容研究范畴。"

文学传统对作家的滋养和影响,不属于比较文学影响研究所指的影响范畴。什么是比较文学意义上的影响?如何判断影响?朗松(Gustave Lanson)说:"真正的影响,是当一国文学中的突变,无法用该国以往的文学传统和各个作家的独创性来加以解释时在该国文学中所显现出来的那种情状。"(大塚幸男,1985:32)约瑟夫·T. 肖(Joseph T. Shaw)(1986:119)也表达了类似的观点:影响是指"一位作家和他的艺术作品,如果显示出某种外来的效果,而这种效果,又是他的本国文学传统和他本人的发展无法解释的,那么,我们可以说这位作家受到了外国作家的影响。"

8.1.2 影响发生的内在原因

影响不是无缘由发生的,也不是任何外国文学都能在译入语文学中发生影响,关键还是本土文学的内因在起作用。约瑟夫·T. 肖以种子和土壤来比喻影响发生的内在原因。他说：

> 文学影响的种子必须落在休耕的土地上。作家与传统必须准备接受、转化这种影响，并作出反应。各种影响的种子都可能降落，然而只有那些落在条件具备的土地上的种子才能够发芽，每一粒种子又将受到它扎根在那里的土壤和气候的影响。（肖，1986：118）

康拉德（1985：275）也认为："影响通常是指一个国家的文学中的某些东西促进了其他国家文学中的某些现象的出现和成长。"

在探讨接受影响发生的文化机制和动因方面，著名学者日尔蒙斯基从社会文化发展过程角度，对影响的发生、接受影响民族的自身原因和接受方式作了这样的论述：

> 影响不是偶然的，来自外部的机械的推动力，不是一个作家或一批作家个人生平所经历过的事实，不是偶尔熟悉一本新书或迷恋一种文学时尚的结果，也不是偶尔存在两种语言的"媒介者"（transmetteur），旅行者或政治流亡者的结果，……任何思想的（其中包括文学的）影响是有规律性和受社会制约的。这种制约性取决于前一时期的民族、社会和文学发展的内在规律。（日尔蒙斯基，1986：106）

8.1.3 影响与接受的关系

影响不是简单的模仿、借用。涅乌波科耶娃（1984：294-295）认为："在任何情况下，都应该完全放弃机械的概念——认为文学影响是把一种文学所取得的'现成的'艺术经验简单地搬进另一种文学中去。"意大利学者梅雷加利（Franco Meregali）（1986：119）认为：

> 如果文学影响是作用于一个被动的接受者，那么研究这种影响是很容易的事。可以不无戏谑地指出，"最科学"的结果（即获得最一目

第8章　影响研究如何深化

了然的结果)就是不太需要文献依据的结果(这也适用于反面的影响)。最有意义的影响和接受是那些不太容易查据的影响和接受。

真正意义上的文学影响,并不是如影随形、如响应声式的机械仿制,影响不等于被动接受。任何有自己追求的作家,都会根据本民族文学、文化情况而对学习、借鉴的东西加以本土化。正如日尔蒙斯基(1985:314)所说:"任何影响或借用必然伴随着被借用模式的创造性改变,以适应所借用文学的传统,适应它的民族的和社会历史的特点,也同样要适应借鉴者个人的创作特点。"

在影响研究中,外来影响应该视为"一种创造性的刺激"(大塚幸男,1986:119),激发和调动了本土文学中相关的潜在因素。卢卡契(Georg Lukács)(1981:450)认为:"一种具有世界影响的作品对别国来说,往往一方面是外来的,一方面又是土生土长的",因为"任何一个真正的深刻重大的影响是不可能由任何一个外国文学作品所造成的,除非在有关国家同时存在着一个极为类似的文学倾向——至少是一种潜在的倾向。这种潜在的倾向促成外国文学影响的成熟。因为真正的影响永远是一种潜力的解放"(卢卡契,1981:452)。韦勒克(1985a:123)也强调:"没有任何一部作品可以完全归于外国的影响,或者只被视为一个仅仅对外国产生影响的辐射中心。"

20世纪60年代接受理论的出现,使影响研究获得了一个转机。接受理论强调读者在文学接受中的主体性作用。接受理论启发了比较文学学者,并运用到影响研究上来。按接受理论,读者并不是被动地阅读文学作品,而是文学作品意义建构的参与者。就影响来说,接受影响的一方并不是被动接受,而是有自己的选择、解读、文化利用、阐释和发挥。因此,比较文学学者对"影响"的内涵,就有了新的认识,开始重视接受方的主体性和创造性。

哈罗德·布鲁姆在其《影响的焦虑》中提出"影响即误读"的观点,更是颠覆了"影响即模仿"的传统影响论。他认为,影响就是创造性的误读,是后辈对前辈有意识的叛逆。(布鲁姆,2006:14)虽然布鲁姆是出自对英美浪漫主义诗歌史上一些强劲有力的诗人接受前辈影响的思考，但就"影响即误读"这种观点所强调影响接受者的创造性而言，同样对深化影响研究富有重要启发意义。

可见，比较文学的影响内涵，并不否认民族文学自身发展的内在机制和内生因素。文学影响和接受的发生不是偶然的，都是与接受主体所处的文化语境和作家自身的审美倾向有很大关系。正是因为这些内在因素的作用，才使得文学影响得以发生，文学接受得以实现。没有接受主体的接受，也就谈不上影响。接受了哪些、舍弃了哪些，接受了什么方面的影响，接受到什么程度等，都是接受主体的先结构及其所处的语境在起作用。所以，真正的影响，并不是简单的模仿和机械的套用，而是指通过作家创造性的吸纳和转化，融入自己的创作中，从而也融入自身文学的发展进程之中。

以上对影响概念新的认识和界说，纠正了原来关于"影响"的狭隘观念，拓展了法国学派影响研究的学术空间。接受研究突出了接受者对外来影响的主动性，接受者总是根据自身的文学文化需求对外来文学进行剔除、选择、消化、改造，将其融入自己的创作之中。

8.1.4 影响与创造性转化

创造性转化，是文学影响理想的结果，也是文学影响真正意义上的文学品质。日尔蒙斯基（1985：314）提出："任何影响或借用必然伴随着被借用模式的创造性改变，以适应所借用文学的传统，适应它的民族的和社会历史的特点，也同样要适应借鉴者个人的创作特点。"

钱锺书认为，影响研究的目的，"不是来源出处的简单考据，而是通过这种研究认识文学作品在内容和形式两方面的特点和创新之处"（张隆溪，1981：135）。法国《拉罗斯百科全书》（1986：78）指出："对于国际交往的分析，不应满足于开列一张跨越国境线作品名称的清单，也不能只是叙述这些作品日后的变化，它应该是对这种接触与渗透的本质作出论断。"大塚幸男（1986：119）提出："影响研究，必须从无可视之处着手而后导致不可视的世界之中，并以发现和把握潜藏于对象深

第8章 影响研究如何深化

处的本质为其目的。"因为真正的影响,不是在文学技巧、题材等外在形式层面,而是在文学观念和精神内涵层面,"较之于题材选择而言,更是一种精神存在。而且,这种真正的影响,与其是靠具体的有形之物的借取,不如是某些国家文学精髓的渗透"(大塚幸男,1985:32),"是一种渗透在艺术作品之中,成为艺术作品有机的组成部分、并通过艺术作品再现出来的东西"(肖,1986:119)。

一国文学之所以能在他国产生影响,有其内在原因,既有日尔蒙斯基所说的"国际性文学流派有规律的类似"和"整个艺术体系的统一的有规律的发展"(日尔蒙斯基,1985:314),也有某种先在的精神上的联系,需要"对这种接触与渗透的本质作出论断"(《拉罗斯百科全书》,1986:78),并"发现和把握潜藏于对象深处的本质"(大塚幸男,1986:119)。

8.2 对"影响－接受"模式的反思

我国比较文学在20世纪70年代末复兴后,重点是梳理中外文学关系,因此,中外文学关系研究成了中国比较文学重要研究领域,而影响研究则是中外文学关系的主要研究范式,出现了大量关于外国文学对中国文学影响的著述。研究中外文学关系,大多采取的是影响研究方法,即考证影响的来源、途径、方式以及对作品的译介和评价。翻译是影响发生的重要途径,因此,影响研究带动了翻译研究。比较文学的翻译研究,即译介学,也成为比较文学领域的重要领域。

中外文学关系研究大多采取"外国作家在中国的译介＋对中国作家影响的例证分析＋简要评价和总结"的模式。久而久之,人们对这样的影响研究产生了困惑。所谓文学影响,很大程度上只是理论上的假设,对于作家来说,读过外国某作家的作品,也并不一定会受其影响。即使受到影响,其吸收和转换也是多方面的,有的化入他的文学修养和知识结构,有的成为他创作的世界文学背景知识,有的则在他创作中进行了创造性转化,不一而足。越是优秀的作家,就越是能将多方面因素有机地融合为一体，化为自己个性化的创造。除了创作方法、技巧、措辞表达等明显的外在形式外，从作品中找出直接影响的证据是相当困难的。即使有些似乎表明事实关系的材料，也并不能证明影响的存在。尤其是进入20世纪后半叶，信息通信技术越来越发达，文学流通的渠道越来越多元，更是难以考证影响的来源。实际上，在20世纪50年代，连法国学派新的代表人物卡雷和基亚对影响研究也产生了深深的怀疑，认为影响研究不可靠，不足以说明一个国家对另一个国家的影响，所以他们转向研究国与国之间相互看法的研究，这就是后来的形象学研究。

影响研究的"影响-接受"实证性、程式化的研究模式和平行研究"X+Y"式的牵强比附，受到学界的诟病。陈思和对"相关译介梳理+对相关作家的影响分析"的影响研究模式提出了质疑。陈思和（2001：11）提出：

> 值得我们注意的是，20世纪中外文学关系研究有一个比较特殊的现象，即构成该研究领域的两个部分的研究并没有必然的因果关系。也就是说，前一部分的资料研究成果，仅能说明外国文学的译介状况，并不说明"关系"本身的状况。而后一部分，由于长期被制约在影响研究的范畴里，仅仅从"影响"的向度来解释"关系"，也不能说明中外文学关系的全部内容。如果我们对影响研究从方式到观念的特点都缺乏清晰的认识，缺乏理论上的探索热情，"影响"本身也是难以得到准确的表述，更不用说对整个20世纪中外文学关系的把握。

陈思和因而提出了"20世纪中国文学的世界性因素"命题，其意就是希望从观念上改变对中外文学关系的认知方式，纠正"影响-接受"模式的偏颇和局限，将文学关系研究提升到世界文学视野中来考察。但真正运用"世界性因素"方法开展中外文学关系研究的优秀成果，现在还不多。

近些年来，影响研究的个案研究数量大为减少，其主要原因，是影响研究在理论上缺乏突破，学者们也不满足于重复过去影响研究的模式，因此转向了其他领域和课题的研究。

这些现象似乎都表明，影响研究方法已经过时，难以再做下去了。

影响研究是否真的已到了穷途末路？如果我们不以证明影响存在为研究目的，不拘囿于法国学派所谓"科学主义"的研究方法，而更多关注影响研究的文学性和美学问题，是否能使影响研究获得新生？毕竟影响研究不是一无是处，做中外文学关系研究，还是回避不了影响与接受问题。能否对法国学派式的影响研究方法进行扬弃，即借鉴其合理之处，同时，对影响研究的范围、方法，对影响的内涵、内在原因作出新的探讨和界说？如迈纳（2000：209）所说："不必完全抛弃'影响'的概念，重新确定它的定义之后，这个概念还可以继续发挥作用。"毕竟，"影响"本身，就是"比较文学中十分关键的一个概念"（韦斯坦因，1987：27）。

8.3 深化影响研究的可能途径

自 19 世纪末法国学者开启影响研究以来，随着对"影响"内涵认识的加深，对"影响研究"文学意义的提升，影响研究走过了几个阶段，呈现出几个学术层次。第一个层次是对影响渊源的考察、分析，即考察影响的发生背景，对影响路线（翻译、传播情况）的追索和梳理。第二个层次是接受研究。对受影响的作家为何又是如何接受影响的进行考察和分析，其中包括作品形式层面的考察和在文学观念、文学思想层面对作家接受的阐发。第三个层次是对影响接受的创造性转化研究，考察作家如何吸收外来的因素，将外来的因素进行个性化的改造，而转化为自己独特的创作风格。同是接受魔幻现实主义的影响，莫言、韩少功、张炜均表现出个性化的接受方式和创造性转化方式。

影响研究增加了接受的维度，关注到接受一方的主体性作用及其创造性转化，确实拓展了影响研究，并且提升了其文学性。影响研究是否可就此止步？或者说，这样的研究模式是否就是影响研究的极致？有无可能在现在的研究基础上再向前走，向深处挖掘，开拓影响研究的新境界？陈思和就曾提出："影响源的考据和接受研究这两种方法常常被并置地运用，既要用大量证据来证明西方文学对中国文学的影响，又要用接受理论来强调中国文学对西方影响有选择的主动权，即中国文学是有自己发展特征和规律的。这个结论可以千篇一律地适用于所有的中西文学关系研究，因为这是一个不言而喻的事实。每个民族运用自己的语言和思维方法从事审美活动，并且是在特定的历史条件下进行文学创作，当然有它自身的发生理由和发展规律。"（陈思和，2011：85）

8.3.1 回返影响与双向阐发

过去的影响研究都是单向度的，即从影响源文本到接受者文本的"影响-接受"向度。是否还有另一种向度，即从接受者到影响源的向度？接受者的创造性转化，其作品是否也能对影响源文本产生某种"回返影响"？

影响研究的逆向研究，基于这样的理论假设：接受者文本对影响源文本提供了一种新的观照途径和阐释视角，从而相互照亮与相互阐释，形成互文和对话关系。影响的双向性理论假设，实际上乐黛云早在20世纪80年代就已提出。她以浪漫主义为例，阐述道："当西方的浪漫主义同中国自《离骚》以来固有的浪漫主义的艺术传统相结合之后，变成了一个新的传统，既不同于西方的，也不同于中国的，可以说是一种新变种。要研究西方浪漫主义，必须研究西方浪漫主义如何在中国发展，要研究中国的浪漫主义，必须研究中国是怎样接受西方浪漫主义的。西方对中国的作用，与中国在接受西方作用之后对西方的作用是同等的，这种影响是双向的。"（王云珍，1988：32）

我们再以《喧哗与骚动》《百年孤独》与莫言文学的关系为例。我们不只是单向度地看福克纳的《喧哗与骚动》、加西亚·马尔克斯的《百年孤独》与莫言的《红高粱系列》《生死疲劳》之间的"影响与接受"关系，还应将莫言的《红高粱系列》《生死疲劳》放置在当代世界文学系统中，看其对《喧哗与骚动》《百年孤独》的影响。我们不仅要考察《喧哗与骚动》《百年孤独》对莫言的影响，也要考察莫言的创作对《喧哗与骚动》《百年孤独》的"回返影响"。这里"回返影响"的含义，不是从文学创作层面上而言的，因为显而易见，福克纳、加西亚·马尔克斯不可能受到莫言的影响。这里所说的"影响"，是指莫言的创作提供了对福克纳、加西亚·马尔克斯解读的一个新视角，并丰富了对他们作品的认知。

  莫言早期的创作，尤其在文学观念和文学境界追求上，受到福克纳、加西亚·马尔克斯的影响和启发。莫言将这种影响和启发融入自己的创作中，琢磨、吃透、融化到自己的创作中，待到运用自如之后，就开始了完全属于自己的独立文学王国的创造。到《生死疲劳》创作时，莫言觉得自己已完全摆脱了对"两座灼热的高炉"的仰视、膜拜，实现了自己从福克纳、加西亚·马尔克斯那里获得的启示而树立的文学创作理想的追求："一、树立一个属于自己的对人生的看法；二、开辟一个属于自己领域的阵地；三、建立一个属于自己的人物体系；四、形成一套属于自己的叙述风格。"（莫言，1986：299）"红高粱系列"，或称"高密东北乡叙事系列"，已当之无愧地是世界文学，在世界文学系统中，构成与《喧哗与骚动》《百年孤独》相互映照的文学作品，它们之间在初始阶段有渊源关系，继而在此基础上发展，形成更为广阔的互文关系。因为有了"红高粱系列"，人们对《喧哗与骚动》《百年孤独》的认知、阐释，就不局限在美国文学和拉美文学系统中，莫言的创作成为一个重要的参照，为《喧哗与骚动》《百年孤独》的解读和意义阐释，提供了新的视角和阐释空间。对《喧哗与骚动》《百年孤独》的阐释，就超越了其原来的本土语境，而有了更为广阔的世界文学语境。这种参照、阐释，对《喧哗与骚动》《百年孤独》来说，是一种文学意义的增殖。不止莫言的创作，中国当代文学也都应作如是观，即受外国文学影响的中国当代文学与外国文学之间，形成了"家族相似性"（family resemblance）意义上的互文关系，它们相互照亮、相互阐释。

8.3.2　影响创造性转化的世界文学意义研究

近年来，中国学者提出了"外国文学中国化"命题。例如刘建军主持的国家社科基金重大项目的成果《百年来欧美文学"中国化"进程研究》（6卷），历时性地考察了1840—2015年中国译介、接受欧美文学，从"中国化"角度看不同时代、不同历史时期对欧美文学的接受取向和创造性转化，详细分析了为何"中国化"和如何"中国化"（刘建军，2020：1-15）。

关于外国文学的中国化，高玉从中国现当代文学角度提出了自己的观点。高玉（2020：126-127）认为：

> 与"影响研究"目的相一致，中国现当代文学本位观中的外国文学研究有自己的对象选择，它不追求完整性和历史逻辑性，也不研究汉译的复杂情况以及翻译的优劣情况，而是根据其对中国现当代作家的实际影响构筑自己的对象体系。在这种体系中，有些世界文学史上贡献大、地位高的作家反而没有位置，如英国诗人约翰·多恩、威廉·布莱克，美国小说家赫尔曼·梅尔维尔、弗拉纳里·奥康纳等，都是世界文学史上非常有名的作家，虽然他们的作品也有翻译成中文的，但对中国现当代作家影响很小，所以进不了这个体系，这些名字对于从事中国现当代文学研究的学者来说都比较陌生。相反，有些在世界文学史上地位不高的作家及其作品在这个体系中却占有很重要的位置，如奥斯特洛夫斯基的《钢铁是怎样炼成的》、车尔尼雪夫斯基的《怎么办》、大仲马的《三个火枪手》等，对中国作家产生的影响非常大，因而地位突出。在文学现象上，欧洲中世纪文学非常重要，但在这个体系中没有地位；东欧弱小民族的文学地位不高，但在这个体系中却非常显著；近代林纾翻译的小说大多不忠实于原著，很多都是改写，但在这个体系中却基本上都是经典。世界文学浩如烟海，中国翻译家选择一部分进行翻译，这构成了一种外国文学体系；中国作家又对翻译文学进行选择，这又构成了一种外国文学体系，中国现当代文学视角的外国文学研究就是研究后一种体系。

第8章　影响研究如何深化

"外国文学中国化"命题的意义，不仅在于中国文学、文化对外国文学的选择、吸纳和扬弃，还在于创造和创新。我们可以将外国文学"中国化"后的种种结果，即借鉴、吸纳、消化了外国文学后的中国文学，再放置到世界文学系统中进行考察和分析，从世界文学视野中进一步阐释外国文学"中国化"的意义。"外国文学的中国化"，可视为"影响－接受"研究在中外文学关系研究中的新命题和新课题。在世界文学视野中对"外国文学中国化"命题进一步思考，就通向了另一个重要课题"中国文学'世界性'与世界文学意义研究"。我们还可进一步思考：外国文学的本土化，应该是世界文学中的普遍现象。20世纪外国文学的"中国化"进程中，哪些属于文学翻译和文学国际传播的共同特征，又有哪些属于中国的独特性内容？这为翻译文学研究和比较文学研究提供了新的研究课题。

陈思和对影响研究提出了一个更高的目标。他说："作为比较文学的影响研究的目的，并不是要获得这样一个显而易见的结论，而是要在几种语言之间考察文学因素的传播和接受的复杂过程，以寻找文学交流的可能性及其背后的人性的规律。"（陈思和，2011：85）那么，如何"寻找文学交流的可能性及其背后的人性的规律"？陈思和（2011：85）也认为，"这是一个难度很大的研究工作，至少需要对西方文学与中国文学的相关对象都有比较深入的了解，才可能作出准确的判断"。"寻找文学交流的可能性及其背后的人性的规律"，这句话的内涵非常丰富，就是通过对中外文学交流史、文学关系史的广泛考察和研究，找到中外文学交流中带有规律性的问题。"文学是人学"，每个民族文学都蕴含着其民族文化的特质、民族性特点和人性内容，只有在更深的层面思考文学关系的根本性问题，才可为文学交流的规律和合适的途径提供思想成果。就具体研究而言，仅仅"对西方文学与中国文学的相关对象都有比较深入的了解"，也许还不能寻找到文学交流的可能性，发现其背后的人性规律，还需要将这个大的目标分解、细化为具体的研究问题，并为研究这些问题提出新的理论和方法。

总之，与平行研究一样，影响研究也应与比较文学的本体研究和所追求的目标相切合。比较文学的目标是对共同诗学的探寻，因此，共同诗学问题意识,是突破影响研究的关键,也是突破中外文学关系研究的关键。中外文学关系研究和影响研究到现在这个阶段,需要有更高的立意,将文学本体论方面问题作为研究目标。具体而言,就是从对象中挖掘出某个文学理论问题,从这个文学理论问题出发,展开影响研究,才能突破瓶颈,深化影响研究,提高影响研究的学术立意和境界,以新的成果来增强比较文学的学术意义。

第 9 章
平行研究如何深化

平行研究与影响研究都是比较文学最基本的研究范式。影响研究虽然存在文学性、审美性方面的缺失，遭到诟病，但毕竟在文学关系事实材料层面上的钩沉整理、文学关系史层面上的梳理和描述等方面，取得了大量基础性的成果。与影响研究的成果相比，平行研究的成果则乏善可陈。

平行研究的症结何在？如何深化平行研究，以提升其在比较文学应有的学术价值？本章对此进行探讨。

9.1 平行研究的症结

韦勒克 1958 年在第二届国际比较文学大会上的发言中，批评法国学派过分注重"来源和影响、原因和结果"，而忽视了审美性和比较文学的文学性（Wellek，1963：282，290）。如果说，韦勒克的这个发言是以"破"为目的，那么，其被美国比较文学学者誉为"我们这门学科的一座金矿"（雷马克，1984：314）的《比较文学的名称与性质》（1968）一文，则是"立"——对比较文学的性质、研究对象、范式和方法提出了自己的观点。韦勒克认为，比较文学是从国际的角度来研究一切文学的文学研究。在研究范式上，比较文学不能局限于研究文学史和实际的历史联系，而排斥评论和当代文学；不能局限于单一的比较法，而必须同时使用描绘、阐释、刻画、解说等方法（Wellek，1970：1–36）。

韦勒克对比较文学"文学性"的强调和维护,如此深入人心,以至于每每比较文学出现危机,都要重温一下韦勒克关于比较文学性质和方法的论述。2004年苏源熙的报告中提出重返"文学性研究",自然又令人回想起40多年前韦勒克对"文学性"的强调。

但我们从美国学派平行研究的实践及其以后暴露出的危机来看,韦勒克当年对比较文学研究方法和平行研究范式的阐述,似嫌比较笼统,也不够全面和具体。韦勒克认为比较文学学科"处于不稳定的状态"(the precarious state),其最严重的症候,就是"一直未能确定明确的研究内容和具体的研究方法"(Wellek,1963:282)。韦勒克提出的"描绘、阐释、刻画、解说等"方法以及雷马克提出的民族文学研究方法(雷马克,1982:7),是否就是他们所认为的比较文学应有的"具体研究方法"(specific methodology)?韦勒克提出的比较文学研究方法,属于一般的文学批评方法。比较文学作为一种文学研究,自然会用到一般的文学批评方法。但是,比较文学因其研究性质、研究对象和目的,仅按一般的文学批评方法,还不能够解决跨越性文学研究所遇到的所有问题。韦勒克说比较文学研究不能局限于单一的比较法,这是对的。但不局限于,不等于不要比较法。比较法如何操作?韦勒克和雷马克都没有作比较深入、透彻的阐述。他们提出的平行研究范式,涉及可比性问题。平行研究的学术价值和意义,取决于是否寻找到了一个富有学术性、审美性和文学理论价值的切入点,否则就容易沦为肤浅的比较和牵强附会的比附。法国学派也正是担心这种研究容易导致虚浮空泛,而强调以事实依据为基础的实证研究。虽然20世纪60年代美国学派提出了平行研究,但其中坚人物韦勒克和雷马克,对平行研究展开的最重要的"可比性"问题,却未作深入细致的理论探讨。"比什么,怎么比?"成了美国比较文学界一直感到焦虑和困惑的问题。直到1995年,乔纳森·卡勒还郑重地提出,需要探讨可比性问题,因为"可比性"是"这门学科发生重大转变的内在原因"(Culler,1995:268–270;查明建,1997:133–136)。

雷马克(Remak,1971:1)在《比较文学的定义与功能》一文中提出了平行研究的理念:

第 9 章　平行研究如何深化

比较文学是超出一国（country）范围之外的文学研究，并且研究文学与其他知识和信仰领域之间的关系，包括艺术（如绘画、雕刻、建筑、音乐）、哲学、历史、社会科学（如政治、经济、社会学）、自然科学、宗教等。总而言之，比较文学是一国文学与另一国文学或多国文学的比较，是文学与人类其他表现领域的比较。

但比较什么？怎么比？比较的目的和目标是什么？雷马克都没有作明确的阐述。雷马克（1986a：12）说："比较文学研究不必在每一页，甚至不必在每一章里都作比较，但总的目的、重点和处理都必须是比较性的。目的、重点和处理的验证既需要客观的判断，也需要主观的判断。因此，在这些标准之外就不可能也不应该再制定什么刻板的规则。"雷马克（2000：28）后来还说："比较文学中的比较绝非一个偶然的现象，它是比较文学的精髓。"雷马克说比较文学"总的目的、重点和处理都必须是比较性的"，也就是把平行研究的目的和目标定位在比较，始于比较而终于比较。难道这就是比较文学的学术目的和意义？

同影响研究一样，平行研究也一度是中国比较文学热门的研究领域。20世纪八九十年代，平行研究方面的成果非常可观，大凡中外知名作家或作品，都有诸多对比研究。因当时对平行研究的认识还比较浮浅，因此大部分此类的研究都着眼于作品在主题、人物形象、创作方法、文学风格等方面的相似点，研究的基本模式是：①作家生活的时代背景、创作经历的比较；②主题、情节、人物、意象、文学风格、创作方法等方面的比较；③在中外文化的宏大背景上，对异同原因进行阐发，作为个案研究的结论。这种模式很快就形成了平行研究的定式，被学界概括为"X+Y"模式。

学界将牵强附会的平行研究概括为"X+Y"模式，表达对此类研究的不满。"X+Y"模式的根本问题，是只满足于表面上的相似，而未能发掘有深度的问题。例如，有人把托尔斯泰《安娜·卡列尼娜》中的安娜与曹禺《雷雨》中的繁漪进行比较，认为她们都有以下相似之处：都有一个富裕、有地位的家庭；她们的婚姻都缺乏爱情；都有冲破家庭、追求爱情的渴望。有人将李贺与济慈，或者李贺与兰波进行比较，其立论的前提是，二者都是早逝的英才，他们诗歌中都有奇特的比喻与意象。有人比较王熙凤与郝思嘉形象，理由是：①她们都有美丽的外表；②她们都有男子的气质；③做事干练、果断；四、追求金钱。还有人将鲁迅、高尔基、普列姆昌德三位作家进行比较，比较的理由是：①这三位作家都是20世纪著名作家；②他们都在1936年逝世。

为了提高学术价值，"X+Y"式的文章在结论部分，往往将二者的异同上升到中外文化异同层面上进行阐释，结论都大同小异：由于人类文化总体上的一致性，所以两位作家或作品在某方面出现了类似；又由于不同民族文化的差异，导致了两位作家或两部作品在某方面的差异。这样的所谓结论，是基本常识，不做所谓的平行研究也能得到这样的结论。类似这样常识性的研究结论，充斥于平行研究之中。

平行研究的立论基础和展开前提，如果是建基在表面现象的某些相似上，而不能挖掘出一个有价值的文学问题，则必然沦为为比较而比较，牵强附会，似是而非地论述一番。研究结论部分，不是从本个案研究发现某个具有文学理论意义的问题，而是归结到中外文化异同层面上来为相与比较的两位作家或作品的异同作个大而无当的阐释，导致了平行研究结论几乎千篇一律，了无新意。

因为这类平行研究既没从比较中发现新的问题，提出新的观点，也没有对相与比较的作品提出新的见解，只不过将关于作家、作品的基本常识在平行研究的模式下作了重新编排和解说，"造成比较文学的简单化、庸俗化与非学术化倾向"（王向远，2009：55）。"X+Y"平行研究模式在研究思路上的程式化、结论上的空泛化和模式化，遭到学界的诟病。

巴登斯贝格（1985：33）早在1921年《比较文学：名称与实质》一文中就指出："仅仅对两个不同的对象同时看上一眼就作比较，仅仅靠记忆和印象的拼凑，靠一些主观臆想把可能游移不定的东西扯在一起来找点类似点，这样的比较绝不可能产生论证的明晰性。"法国《拉罗斯百科全书》（1985：419）指出："如果仅把相似的东西排列在一起，

第9章　平行研究如何深化

就有可能造成任性的、虚构的、多此一举的对比，这只不过是修辞学方面的练习，而不是从文学作品本身去寻求它的发展过程与发展规律；这样的话，索性叫它为不同语言或不同文化的几种文学间的研究还更贴切些。"钱锺书早在20世纪80年代初就提醒："我们必须把作为一门人文学科的比较文学与纯属臆断、东拉西扯的牵强比附区别开来。由于没有明确的比较文学的概念，有人抽取一些表面上有某种相似之处的中外文学作品加以比较，既无理论的阐发，又没有什么深入的结论，为比较而比较，这种文学比较是没有什么意义的。"（张隆溪，1981：137）

大家都对这类平行研究感到不满，但又没找到新的研究思路和突破口，平行研究到了20世纪90年代中后期就出现了停滞，即使有少量相关成果出现，也未有大的创新性突破。

平行研究遭到诟病，其症结在于平行研究的研究内容和研究目标的模糊。当年，雷马克提倡开展文学间没有事实联系的平行研究，但对平行研究的目标以及如何开展平行研究，都没有做细致的理论阐述，更没有提出具体的研究方法。研究者只能根据自己的学术经验进行平行研究实践。从二者的相似性着手，也是情理之中。

平行研究是否再无研究的价值？大凡一个研究领域，做到一定的时候，就会出现瓶颈期。要突破瓶颈，就需要寻找新的材料或者新的理论和研究方法。要重新焕发平行研究的生机和学术活力，就需找到新的思路和方法。

平行研究现在问题的症结，在于缺乏研究目标意识。目标迷失，就不能从切合比较文学目标的问题出发，而只是看到了两位作家或作品的相似点就率尔操觚强行比较，其研究层次就自然仅停留在比较对象的异同层面。要突破平行研究的瓶颈，就需要重返比较文学目标。研究目标明确了，以契合研究目标的问题为导向，提升平行研究的学术立意，增强平行研究的问题意识，才有可能重新调整研究思路，创新研究范式。

9.2 平行研究的学术立意与问题意识

比较文学不是为了比较而比较。比较只是论述问题的手段，通过比较能够更深刻地认识不同民族文学、文化的特质。但认识不同民族文学、文化的特质，并不是比较文学的最终目标，而是在追求目标过程中的一个自然成果。

平行研究之难，难在研究的学术立意和出发点，即重点不是研究什么对象，而是对象中的问题和研究旨归，即通过对此问题的研究，可通向什么文学理论问题，研究的结果可能具有怎样的文学理论意义。

比较文学的目标就是探寻人类文学、文化的共同性、可通约性，"帮助我们认识总体文学乃至人类文化的基本规律"（张隆溪，1981：135）。有了这样的立意，在进行平行研究之前，就会首先思考研究什么问题，以及此问题研究的比较文学意义。

平行研究的问题意识与学术立意是密切相关的。因此，平行研究的关键点在于问题的文学理论价值，而不是平行研究对象的作家、作品相似性的多少。具体的作家、作品在论述中只是作为论述的依据，研究的目标是对此理论问题的解答。这是平行研究个案研究的比较文学立意和理想境界。

树立了平行研究的立意，接下来的关键是问题意识。马克思·韦伯（Weber，1949：68）提出：社会科学研究"不是'事物'的'实际的'相互联系，而是决定不同科学范畴的问题在概念上的相互联系。以一种新方法探索新问题，'新的科学'就在这里诞生"。问题意识和比较文学的学术立意，是创新平行研究模式、深化平行研究深度、提升平行研究学术价值的突破口。

平行研究的问题意识，体现在对研究对象所能发掘出的问题的思考。思考此问题有何比较文学价值，预期的研究结论是什么？此结论有何比较文学意义？因此，平行研究的出发点，或者说可比性的前提，应是一个问题，一个具有文学理论意义的问题，对此问题的探讨所得出的结论，与比较文学的目的相关。平行研究探讨什么问题，决定了平行研究的学术立意和学术追求的境界。

第 9 章 平行研究如何深化

开始平行研究课题之前,需要思考:此问题有什么学术价值?价值意义有多大?这些问题,都是平行研究学术立意在具体研究课题上的体现。而学术立意又直接启发和提醒研究者,不能将平行研究简单化、肤浅化,要体现平行研究应有的学术目标,从平行研究角度体现比较文学的学术价值。所以,平行研究的问题意识与学术立意相辅相成,问题意识反映了学术立意,学术立意促使研究者不仅从问题出发,而且还要思考问题的学术意义,即个案研究具有较高的理论价值,能切实呈现比较文学的价值意义。

需要注意的是,不是每一个个案研究都要与总体文学或者人类文化的基本规律直接联系起来。平行研究可将总体文学和人类文化基本规律的追求作为研究的立意——虽然是个案研究,所研究的是单个的、具体的问题,不可能仅凭此个案研究就能得出关于总体文学和人类文化基本规律认识的宏大结论,但研究旨归是通向总体文学和人类文化基本规律认知的,是借助此个案研究作为一个细小的角度,对世界文学的某个理论问题提供一得之见,如万千涓涓细流奔向大海一般。我以为,这就是平行研究个案研究的学术立意。

从这个立意来看,虽然过去出现了很多平行研究个案研究,但能贡献一个"具有文学理论意义的问题",且研究结论"与比较文学的目的相关"的研究成果,则寥寥无几。因此说,平行研究不是做得太多了,而是做得还不够,表现在"既无理论的阐发,又没有什么深入的结论"(张隆溪,1981:137)。如果增强了问题意识和对有理论价值的"深入结论"的追求,很多已做过的课题,还可以旧题新作,以新的问题意识和问题意义意识,重新思考、挖掘一遍,挖出更富有比较文学学术意义的问题来。

9.3 可比性与问题意义意识

只有比较,而没有问题,就背离了比较文学的学术立意。法国比较文学家卡雷(1986:42)提出:"比较文学不是文学比较。问题并不在于将高乃依与拉辛、伏尔泰与卢梭等人的旧辞藻之间的平行现象简单地搬到外国文学的领域中去。我们不大喜欢不厌其烦地探讨丁尼生与缪塞、狄更斯与都德等之间有什么相似与相异之处。"张隆溪（1984：17）也提出："比较文学有一个易犯的毛病，就是仅仅找出不同民族和语言的两部或多部作品的某些相似之处，指出其相同或不同来，却不作任何理论上有价值的结论，结果必然流于肤浅甚至牵强。要避免此病，唯一办法是加强理论修养，从一定理论高度看问题，才能得出深入的结论，避免貌合神离的比附。""从一定理论高度看问题"，就是从文学文本的事实中提炼出具有理论价值的问题。

平行研究的问题意识，不仅要回答将两部作品作比较研究的学术逻辑前提是什么，还要回答这样的研究会提出什么样的具有文学理论价值的问题，有何学术意义。这就对平行研究的学术立意，提出了更高的要求。只有明确了深层次的学术问题，平行研究才可能找到准确的问题切入点。这就涉及可比性问题。

陈惇（2000：53）提出："可比性就是比较研究对象中存在的一种可资研究文学规律的内在价值，是提供比较研究的可能并保证比较研究得以有效进行的前提。""可资研究文学规律的内含价值"的问题，一定是涉及文学本质的问题，这类问题必然是理论问题，而不是作品内容或创作风格之类的文本层面的问题。

平行研究的一个首要问题，就是可比性问题。陈寅恪（1981：223）早就提醒：

> 西晋之世，僧徒有竺法雅者，取内典外书以相拟配，名曰"格义"，实为赤县神州附会中西学说之初祖，即以今日中国文学系之中外文学比较一类课程，亦只能就白乐天等在中国及日本之文学上，或佛教故事在印度及中国文学上之影响及演变等问题，互相比较研究，方符真谛。盖此种比较研究方法，必须具有历史演变及系统异同之观念，否则古今中外，人天龙鬼，无一不可取以相与比较。荷马可比屈原，孔子可比歌德，穿凿附会，怪诞百出，莫不追诘，更无谓研究言。

关于可比性，钱锺书（1987：6）说过一段意味深长的话：

第 9 章　平行研究如何深化

> 在某一意义上，一切事物都是可以引合而相与比较的；在另一意义上，每一事物都是个别而无可比拟的。按照前者，希腊的马其顿（Macedon）可比英国的蒙墨斯（Monmouth），因为两地都有一条河海。但是，按照后者，同一河流里的每一个水波都自别于其他水波。

这就强调了平行研究要有问题意义意识，不是任何作家、作品的比较都有比较文学意义。

平行研究对象的可比性问题，关系到研究的学术价值和意义。我们在开始平行研究课题之前，需要思考：把中外两部作品或两个作家放在一起进行比较研究，想探讨什么文学问题？此问题的学术意义在哪里？乔纳森·卡勒（Culler, 1995: 268）提出：

> 如果我们要想对比较文学的性质作一理论上的探讨，那么我们就必须弄清楚，文学研究中比较的前提是什么，亦即可比性的本质是什么。虽然对可比性这个问题的争论常常没有一个明确的结论，但可比性却是这门学科发生重大转变的内在原因。

可比性既是比较文学个案研究的前提，也是促使研究者将研究聚焦在问题上，围绕着问题来展开，而不是围绕着相似点来展开；不是停留在异同的分析层面，而是对此问题的挖掘和阐述。对平行研究来说，"可比性"就是问题的代名词。对可比性的思考，就是对准备研究什么问题的思考，是从文学表面现象和形式进入文学理论／诗学本质问题探究的途径。

相似性不等于可比性。作品内容或形式上的相似点不必然包含有深度的问题。如果文章的立论和展开，完全建基在表面现象的某些相似点上，而没有深度的问题，就容易沦为肤浅的比较，缺乏学术价值。这不是对相似性的否定，因为相似性确实可以作为发现问题的先导。从相似性中发掘深层次的问题，才是可比性的逻辑前提。课题能否确立，是否具有平行研究的价值，需要看从相似性中能否发掘出有价值的问题；由相似点进一步思考里面是否可挖掘出有价值的问题；问题是否有价值，需要研究者判断；判断的标准，就是该问题属于什么学术层次，问题意义有多大。根据以上对平行研究目标的阐述，如果所研究的问题涉及比较普遍的文学现象，研究的结果可上升到文学理论层面，此问题的比较文学意义就比较大。

优秀的平行研究个案，是要分析出一般的国别文学研究中所看不出的问题，其研究结果，能加深对中外文学特质的认识，甚至触及某个文学理论问题，为此理论问题的深入探讨提供一个具体的案例。

需要从两部作品的平行观照中找到一个问题，这个问题既是进入两部作品比较研究的切入点，又是通向更深层次理论问题探讨的向导。乔纳森·卡勒倾向采取奥尔巴赫"出发点"的观点，认为这可能是解决可比性的一个有效途径：

> 一个明确的出发点，不把它看成是具有支配力的外在地位，而是作为一个"操作杆"，或者把它作为批评家将各种不同文化作品放在一起加以比较的优势点。……理想的出发点有两个特点：一是具体性和明确性；二是具有离心辐射功能。这个好的出发点可能是一个主题，一个比喻，一个细节，一个结构问题，或者是一个界定明确的文化功能。（Culler, 1995：270）

方平用化学方程式的形式，认为旧有的平行比较模式是"A：B=A+B"，他提出"A：B→C"，认为这才是平行研究的宗旨。"因为比较文学不是自身存在的理由，而是一种有效的手段，为的是通过比较，促使产生新的化合、新的反应C。""C代表了比较文学研究所取得的不同层次的深度。它是一种进行创造性的分析、演绎、归纳后所取得的成果。它为不同文化背景的民族文学描绘出一条运动的规律，或者对某一种文艺现象进行新的探讨，提出新的论断，或者对于被比较的作品、作家的重新认识，甚至只是一个有启发性的问题的提出。C才是'平行研究'所追求的目标。"（方平，1987：363）

王向远将"A：B→C"模式中的两项式比较，进一步修正为多项式平行比较，由此提出了"$X_1：X_2：X_3：X_4：X_5……→Y$"的公式。其中，X_1、X_2、X_3、X_4、X_5……表示不同民族、不同语言、不

第 9 章　平行研究如何深化

同文化背景中的多项同类材料，Y 则表示研究者的新见解，认为这是比较文学平行研究的最高层次（王向远，2003：96）。王向远的观点，接近总体文学研究，即从超出两个以上的跨文化文学作品中找出共同的问题，基于作品对此问题类展开研究，可得出具有普遍诗学意义的结论。

邓晓芒的《文学冲突的四大主题》一文，似乎比较接近王向远所理想的多项式平行研究。邓晓芒以中外文学中的"冲突"为研究视点，以荷马史诗、陶渊明诗、《红楼梦》《九三年》《安娜·卡列尼娜》《审判》等作品为例，考察中外文学中冲突主题的发展、演进。他发现："纵观世界文学，我们可以看到有一种宏观的大趋势，这就是文学主题从表现'一般世界情况'开始，逐渐凝聚于某种'情境'，继而致力于表现各种'人物性格'，终于进入个别人物的内心，向灵魂的深处掘进。这种大趋势所体现的正是人性的日益深化。"（邓晓芒，2015：64）他将不同层次的冲突归纳为四大主题：①现实与现实的冲突，凡现实主义作品均以此类冲突为主题，主要以情节取胜；②心灵与现实的冲突，将主观感受带入情节和题材中，一方面反映现实，一方面抒发情感；③心灵与心灵的冲突，主要表达精神的复杂关系，常见于心理现实主义作品；④心灵与自身的冲突，主要表达心灵的内部矛盾，个人主义的精神困境，常见于现代派作家。他发现，"四个层次有时可以混合、互补，但总的来看呈现出一种历史趋向，即从第一主题越来越走向第四主题，而第四主题也可以反过来成为揭示前三种主题的隐秘动机的视角"（邓晓芒，2015：64）。他以中外文学经典为例，对这四种冲突主题进行分析和阐发，最后得出结论：

> 当我们立足于现代文学的主题来看待整个文学史，我们会突然有种彻悟，我们会看出，心灵内在的自我冲突其实正是一切文学的本质。只是数千年来，这一本质还没有被作家们自觉地意识到，而是一再地采取了现实与现实的冲突、现实与心灵的冲突和心灵与其他心灵的冲突的形式表现出来，而那隐藏在作家内心的契机，无一不是心灵与自身的冲突。

只有当文学进入现当代，当个体独立意识成为时尚，当作家和读者们除了关心外部现实和他人想法的同时，更将最主要的心思放在自己个人内心的精神生活上，当人类已比较能够支配自己的命运，而上帝和鬼神已远离了人们对自己生活的筹划——只有在这个时候，一个人的个体心灵的自我冲突才会成为文学的主题，也才有可能成为读者关注的焦点。（邓晓芒，2015：72-73）

邓晓芒的平行研究，从一个核心问题出发，将中外相关的作品联系起来，按不同的问题层次进行阐释，既有具体的作品分析，又有理论上的阐发，最后得出富有学术新意的结论。如果以他的研究结论再去观照更多中外"冲突"主题的作品，并作系统化的理论探讨，就可建构起中外文学的"冲突"诗学。

9.4　平行研究范例：从问题出发

方平的比较文学研究很有特点。他从来不是为比较而比较，而是有很强的问题意识，总是从问题出发来做个案研究。他做的两个平行研究案例，一个表面上有相似性，另一个则完全没有相似性，都很有启发意义。

上文说过，相似性并不一定能作为平行研究成立的基础，相似性只是一个寻找问题的契机，从相似点出发，不断深入思考，挖掘出一个富有比较文学研究价值的问题，以此作为比较展开的核心视点。这样研究的结果，很可能富有较高的理论价值。方平的《〈促织〉与〈变形记〉之比较》一文就是这样的范例。

蒲松龄的《促织》和卡夫卡的《变形记》两篇小说都有人变成了虫的情节，但方平不是停留在这个情节层面，而是从人变成了虫出发，思考更深层的问题。方平（1986：98）的研究思路是：

如果我们能开放性地研究《促织》，跨越语种的界限，和奥地利作家卡夫卡的《变形记》联系起来，从资本主义社会中人的"异化"这

第 9 章　平行研究如何深化

一文学主题去发掘"人变蟋蟀"的潜在的悲剧意义，我们的研究就获得了一种穿透力，仿佛掌握了一把钥匙，作品的思想意识的多层次结构在我们面前打开了，于是有可能提出和前人不同的新的理解来。

方平认为，这两篇小说的可比性"存在于不同的历史阶段给类似的文学主题带来了不同容量的艺术表达方式"（方平，1982：132）。他通过研究得出结论："人与人之间不平等的关系，主要是通过人与物之间不正常的关系表现出来的。"（方平，1982：128）这篇文章的比较文学意义在于："人的'异化'，这一需要特殊表现手法，在文学发展史上出现得比较晚的文学主题，前人隐约接触到了，后人借触目惊心的怪诞，强烈地表现了出来。通过比较，那一现代作品有如'提供了钥匙'般，使我们豁然开朗，'发现'了这一古典作品有更深层次的问题。"（方平，1982：133）

方平的《王熙凤和福斯塔夫——谈"美"的个性和"道德化的思考"》则提供了另一个范例，即表面上没有相似之处的研究对象，不一定不具有可比性和研究价值。关键是要找到一个富有文学理论价值的问题，找到了这样的问题，即可作为平行研究的切入点，并贯穿整个研究。这样的平行研究，所得出的结论，往往令人耳目一新。

王熙凤和福斯塔夫这两个人物毫无相似之处，方平将他们进行比较，是要探讨"美即善，善即美"这样一个普遍流行的观念。"凡善皆美，凡美皆善"也成了人物形象评价的标准。王熙凤和福斯塔夫这两个人物，从伦理道德上评价，都是不"善"的，却是"美"的艺术形象。这就提出了一个问题："应该怎样准确看待'美'和'善'的关系呢？当高度道德化的思考在美学的领域内，湮没了'美'的感受和个性，究竟是好事呢还是坏事？"通过对这两个"美"的艺术形象的细致分析，方平提出了这样的观点："由于事物总是有两面性的，有时候，'美'可以从不同于'善'的角度，去看到同一事物的另一个方面；在这时候，'美'就显示出了她自己的个性和相对的独立性。""如果把'凡善皆美'这个概念带进文学艺术的领域内，作为一种具有普遍意义的原则时，容易导致用善还是不善去决定美还是不美。"（方平，1982：124）

"'美'并非必然依赖'善'而存在。她有自己的相对独立性。"(方平,1982:125)

方平借助王熙凤和福斯塔夫这两个毫不相干的人物形象,"探讨了表现在文艺作品中的'美'和'善'的关系"(方平,1986:100)。这篇平行研究文章之所以成功,是因为方平从这两个看似没有可比性的人物形象身上,发现了文学艺术中"美"与"善"的矛盾之处,他从"在王熙凤式、福斯塔夫式人物身上所呈现的文学'异象'"中,发现了"观察'美'的个性和相对独立性的一个最好的机会;因为在那一瞬间,'美'从世俗道德观念中解放出来了"(方平,1982:126)。

方平的这篇平行研究文章,触及了中外文论史上一个根深蒂固的观念,提出了创新性的观点,具有较大的文艺理论价值。

方平平行研究的学术魅力在于,他所比较的对象,看起来不相干,但"在分析、比较的过程中,发现原来二者存在着可以联系起来的共同性。这内在的共同性如果推而广之,能把一系列不相干的对象都串联起来,成为或近于文艺理论上的一条规律"(方平,1986:100)。即使不能发现文艺理论的某个规律,"如果通过互相比较,只是提高了对于'二者中的一个'的认识,似乎也可以看作发挥了比较文学研究的认识作用了"(方平,1986:100)。

周珏良的《河、海、园——〈红楼梦〉〈莫比·迪克〉和〈哈克贝里·芬〉的比较研究》,也是平行研究的典范之作。《红楼梦》《莫比·迪克》《哈克贝里·芬》这三部小说表面上没有相似之处,周珏良找到这三部小说的一个共同问题,而为它们建立了"可比性"。河、海、园分别是这三部小说人物活动的空间,也是人物性格形成、发展的环境。周珏良(1983:3)分析:

> 园、海、河在这三本书中起的作用最重要的是在全书结构上。它们都提供了一个和外界开放世界相对的封闭世界。有了这个世界,书中的主要情节才合乎或然律成为可信的。这两个世界又不能截然分开,那一开放的世界常要影响乃至浸入封闭世界,这时候就要发生冲突,造成戏剧性的场面。这是三本书结构上的重要问题,也是它们最主要

第 9 章 平行研究如何深化

的共同点。每本书中的主角（贾宝玉、哈克贝里·芬、埃哈伯）都选择了一个封闭的世界而背弃了那开放的世界，以追求自己认为最有价值的东西。追求的结果是成功还是失败决定了主角的命运，也决定了作品的特殊效果是悲剧性的还是喜剧性的。

周珏良认为，这三部小说所潜藏着的这样一个共同的结构原则，可能具有普遍性。虽然仅仅这个个案研究"还不能得出进一步更具有一般性的结论，因为分析的作品还不够。但有一点我们几乎可以肯定，就是在这国家不同，时代不同，文化背景不同的三本名著中竟能明显地体现出一个共同的结构原则，那么经过对不同国家不同时代的作品的更多的归纳研究应当能发现更多共同的艺术结构原则，甚至达到建立某种普遍性的有实用价值的诗学都将不是不可能的事了"（周珏良，1983：7）。

周珏良这篇平行研究文章的典范意义在于，它是对一个具有共同诗学问题的探讨，虽然单个的个案研究还不能得出普遍的结论，但正如周珏良所说，如果有更多聚焦此问题的个案研究，则有可能构建关于小说空间与人物命运关系的普遍诗学。这篇文章也说明了，一个富有理论意义的问题如何成就了平行研究个案的学术价值。

艾田伯在《比较不是理由：比较文学的危机》中提出，比较文学的旨归是"比较诗学"（共同诗学）："历史的探寻和批判的或美学的沉思，这两种方法以为它们自己是势不两立的对头，而事实上，它们必须互相补充；如果能将二者结合起来，比较文学便会不可违拗地被导向比较诗学。"（艾田伯，1985：116）"历史的探寻"指的是法国学派注重实证的研究方法，"批判的或美学的沉思"指的则是美国学派强调的审美研究。他紧接着提出："这种美学不再是从形而上的原理中演绎出来，而将从具体文学的细致研究中归纳出来，要么是研究文学类型的历史演进，要么是研究不同的文化中创造出来的与文学类型相当的每一种形式的性质和结构；因此，与一切教条主义水火不容，它能成为真正具有实用价值的美学。"（艾田伯，1985：116）

艾田伯所讲的"比较诗学"不是我们现在所用的比较诗学概念。他的"比较诗学"概念，是指"从具体文学的细致研究中归纳出来"的诗学意义上的东西。如果平行研究的目标是归纳某种诗学因素,那么,平行研究从具体文学作品中探讨共同诗学,比抽象的文学理论演绎或者中西文论的比较所得出的结论,就"能成为真正具有使用价值的美学",即可对文学现象背后深层次的问题提供认知的视角,还可用来观照具体的文学现象,对具体文学作品进行解读。

历史学家阎步克(2015:6)说:"历史学特别关注那些独一无二、不可重复的东西。'天底下没有两片一模一样的树叶'。然而千姿百态的纷纷树叶,也是可以类型化的。……样本越多,'大数定律'的意义越大。……所谓'中外历史的会通',所涉样本至少在两个以上,超越个性的深层法则,就开始重要起来了。"历史研究对历史现象共同性的探索以及对"超越个性的深层法则"的重视,给我们以启发:平行研究亦应如此。扎实的平行研究个案研究成果越多,我们对文学"大数定律"的认识,也就越来越清晰。

总之,作为比较文学重要的研究类型,平行研究的学术价值和学术目标不能脱离比较文学的目标。比较文学的目标是对共同诗学的探寻,因此,共同诗学问题意识,是突破平行研究瓶颈的关键。无论是影响研究还是平行研究,其出发点都应是某个理论问题。重返比较文学的目标,提高研究的学术立意,强化问题意识和问题意义意识,才能深化平行研究,使平行研究焕发新的学术活力。

第10章
世界文学研究

2003年，大卫·达姆罗什出版《什么是世界文学》(*What Is World Literature?*)，以此为标志，对世界文学的讨论进入一个新的阶段。帕斯卡尔·卡萨诺瓦（Pascale Casanova）的 *The World Republic of Letters*（《文学的世界共和国》，2004），弗兰科·莫莱蒂的 *Graphs, Maps, Trees: Abstract Models for a Literary History*（《图表、地图、树：文学史的抽象模式》，2005）、达姆罗什的 *How to Read World Literature*（《怎样阅读世界文学》，2009）、卡迪尔（Kadir）等主编的 *The Routledge Companion to World Literature*（《劳特里奇世界文学伴读》，2012）、达姆罗什主编的 *World Literature in Theory*（《世界文学理论》，2014）等著作的相继出版，以及比较文学界对世界文学的热议，有力地推动了世界文学的探讨走向深入。

世界文学虽然一直是比较文学关注的议题，但像现在这样，受关注度之广，参与学者之众，持续时间之久，讨论议题之广泛，观点之新颖，都是前所未有的。

当代世界文学的讨论，不仅超越了过去世界文学的议题范围，并取得了丰硕的成果，而且为比较文学回归文学本位，加强比较文学本体研究，起到了很大的推动作用。

10.1 世界文学观念的新拓展

自1827年歌德提出"世界文学"概念以来，世界文学观念，伴随着比较文学学科的形成和发展，在不同民族文学中旅行，获得了多样性的解读。近两个世纪以来，众多学者对世界文学的概念、形态、内涵、性质等，提出了自己的见解，众说纷纭，莫衷一是，至今"没有一个定义或研究能够获得广泛的认同"（达姆罗什，2012：35）。"世界文学依然像当年之于歌德一样，具有同样的地位：依然是个无限开放性的让人反思和争论的概念。"（Prendergast，2004：xiii）

近两个世纪对歌德"世界文学"概念的解读和阐述，构成了一套丰富的世界文学话语。20世纪前，学界主要关注的是歌德"世界文学"的内涵、世界文学可能的文本形态以及其中的民族文学成分。从21世纪开始，学界立足于全球化语境来探讨世界文学的实践形态、性质及其研究方法，从多角度、多层面来解读世界文学。达姆罗什（2012：35）提出：

> 世界文学必须在多重意义上予以理解。世界文学肯定有一个可定义的边界，但这些边界不能在单一层面上用单一标准来界定。毋宁说，世界文学存在于多维空间中，它与以下四个参照系相关：全球的、区域的、民族的、个人的。而且这些参照系会随着时间而不停地变迁，如此，时间便成为第五个维度。在时间的维度中，世界文学不断地被赋形，并不断地变形。

当下的世界文学讨论，超越了传统的世界文学是各民族文学总和的观念，而更注重全球化语境下世界文学的整体性、动态性、变化性、非均衡性、不平等性和多元性。

世界文学的讨论，离不开所处的现实语境。随着全球化进程的发展，科技的日新月异，世界真正变成了地球村，文学间的交流、互动变得日益便捷，各国文学已处在共时性的世界文学语境下。"全球化的迅速发展为世界文学研究注入了全新的动力。当代作家可以面向全球市场写作，早期作家也可以出现在新的、有时甚至难以置信的全球语境；世界文本涌入本土市场的时候，作家在本国也会发现自己加入了意想不到的行列。"（达姆罗什，2013：6）因此，当代学者对世界文学的讨论，更加重视歌德世界文学概念中的文学间交流、互鉴和互动含义，也

第 10 章 世界文学研究

自觉从全球化角度来看待世界文学,强调其整体性、全球性、动态生成性。

全球化语境的深刻发展,是世界文学成为新世纪比较文学界和文学理论界前沿问题的重要因素。文学研究者开始从全球化角度来看待世界文学的诸多问题。希利斯·米勒(2010:8)强调:"世界文学是当前全球化的伴生物。""目前的语境与历史上其他时期的语境——比如说两个世纪之前歌德倡议阅读世界文学的那个时期——具有很大差异,我们今天面临的最大的语境便是全球化。"陈跃红(2011:1)也认为:"如果不是在把握当下多元文化世界特征的基础上,去重新认识世界文学的观念和存在形态,仅仅依靠经典扩容、文学史加料、外国文学课程中非西方章节的添加,以及类似的学科框架改良,注定不可能是真正的世界文学。"

过去学界对世界文学的探讨,依循对歌德世界文学概念的理解,比较关注世界文学的经典性及其民族文学特质是否保留问题。按传统的观念,世界文学就是指世界范围的文学经典。这一观点仍为很多学者所认同,如苏源熙(2011:211)就认为:"世界文学这一观念指的是一套在世界范围内都被认可的经典性天才作品。每一个有文化的人都会对这些经典心怀敬仰,作家或作品都应该从中汲取灵感。这样一种关于世界文学的观念是对诸如诺贝尔奖、学校所开列的阅读书目以及文选之类机制的一种回应。"世界文学,除了其经典性外,正如达姆罗什所说,还可以甚至必须从多重意义上来理解。

达姆罗什等学者对世界文学的探讨,超越了世界文学的文学品质层面,而将关注点投射到民族文学间的动态关系,强调世界文学的生成性、动态性和变异性。在达姆罗什的世界文学理念里,世界文学并不是具体形态的文本,而是文学作品通过翻译,进入新的文化空间的实践形态。他从翻译、流通、阅读角度,对世界文学作了重新界定,认为世界文学不是指一套经典文本,而是指一种阅读的模式。世界文学是民族文学间的椭圆形折射(Damrosch, 2003a:281)。他提出:

> 世界文学不是一套无边无际、让人不可捉摸的经典,而是一种传播和阅读的模式,这个模式既适用于单个作品,又可适用于文学整体,

既存在于固有经典的阅读中,也存在于新发现的经典阅读中。……从来没有独此一套、被普遍公认的世界文学经典,也没有仅此一种的阅读方式,可以适用于所有文本或不同时代中的同一个文本。变异性是世界文学作品的基本构成特征之一。(Damrosch,2003a:5)

如果我们仔细分析歌德关于世界文学的论说,可以发现,歌德所说的"世界文学",实际上并不是在文本层面,他也没有强调能成为世界文学之作品的经典品质。歌德提出"世界文学"概念,本是有感于民族间文学交流的日趋频繁,而对民族文学间互识、互鉴、互动前景的展望。在他看来,世界文学是一个民族文学交流、对话、沟通的场所。达姆罗什等人强调世界文学的跨文化流通和阅读,关注民族文学间交流沟通和交互影响的动态关系,从深层意义上接续了歌德的世界文学思想,是对歌德世界文学核心观念的承继和发展。

在达姆罗什看来,世界文学是一种动态的文学关系,这个关系构成的"文学场"(literary field),就是世界文学产生的空间。达姆罗什用"椭圆形折射"(elliptical refraction)来比喻这个世界文学场域:"译入语文化与译出语文化分别作为两个焦点,建构起一个完整的椭圆,其中即为世界文学。它虽与两种文化相关联,但不受制于任何一方。"(Damrosh,2003b:514)可见,这个文学场域充斥了不同文化的磁力,因此,文学场也是文化磁力场。"世界文学作品在一个充满张力的场中相互作用。"(Damrosh,2003b:530)在此张力场中的作品受到两种文化相互作用的制约,其存在方式和形态,是两种文化共同交织作用的结果。因此,此间的文学作品在内容和形态上已发生了变化,其已不完全是原初文学作品,而是既有原初民族文学的特质,又带有译入语民族文学的色彩。作品性质如此,作品阅读亦是如此。"我们并不是在其源语文化中阅读作品,而是身处椭圆区域之中,要受到其他许多作品的影响,而它们可能来自截然不同的文化与时代。这种椭圆关系以我们对外国民族传统的体验为特征,但是由于椭圆数增加以及折射角加大的缘故,这种体验程度可能迥异。"(Damrosch,2003b:530)

达姆罗什从文学作品的流通角度更新了世界文学观念。实际上,不

第 10 章　世界文学研究

同时代、不同文化语境都有不同的世界文学观念。约翰·皮泽（Pizer，2000：225）对世界文学观念的流变作了以下简要归纳：

> 世界文学范式自19世纪20年代发端以来，经历了诸多嬗变。最初是拿破仑战争之后，民族交流、贸易和媒体网络日益增加，歌德以此来彰显跨民族文化交流的意义。20世纪前七十多年里，世界文学与西方学者认定的永恒杰作和为本科生设计的"名著"课程和教科书相关联。20世纪八九十年代，歌德的概念被学者们用来挑战经典传统，尽管这个术语起源于欧洲中心主义思想。今天，当民族文学之"民族"含义遭到质疑之时，"世界文学"作为一种话语方式，仍具有创造和启发作用。

什么是世界文学？不同时代、不同文化语境的研究者都会有自己不同的见解。"有多少种民族和本土的视角，就有多少种世界文学。"（Saussy，2006：11）这些不同的世界文学观念、谱系，构成了一个大的世界文学多元系统。不同时代、不同民族世界文学观念之间的比较，既是世界文学研究的课题，同时也是比较文学的新议题。

对世界文学的新认识带来了世界文学研究方法的新探索。达姆罗什的专著虽然书名为《什么是世界文学？》，但"并不是探讨什么是世界文学，而是探讨如何进行世界文学研究。他真正关心的是研究方法，即怎样才能最好地进行文学研究"（Kerajewski，2005：235）。

当下世界文学的探讨，极大丰富了世界文学视域，拓展了世界文学研究的空间，促进了世界文学研究范式的多元化。达姆罗什从作品的翻译、流传、阅读着手，来考察世界文学形成中动态的文学关系。达姆罗什（Damrosch，2003b：519）指出："一种文化的规范和需求深刻决定了世界文学的选择，影响了进入该文化中文学作品的翻译、销售和阅读方式。"确乎如此。刘洪涛（2010：10-18；2021：148-167）关于世界文学观念在20世纪中国的发展、演变和实践的阐述，充分说明，"世界文学是一个变化的、偶然的概念，在不同的民族文化语境中呈现出迥然不同的面貌"（Damrosch，2003b：520）。即使在一个国家内，也"绝对没有单一的世界文学这么一回事"（苏源熙，2011：211）。

与达姆罗什不同，莫莱蒂是从诗学问题角度，思考什么是世界文学、如何进行世界文学研究。他认为，世界文学浩如烟海，无论如何勤奋阅读，也只是世界文学很小的一部分。因此，不能把世界文学看成是文学，而应看成是更大的东西。"世界文学不是对象，而是问题。"（Moretti，2000：55）所以，世界文学研究应超越具体的文本层面，而进入文学理论问题层面。如何发现问题？是否通过阅读更多的作品就能发现问题？莫莱蒂（Moretti，2000：55）认为这不可行，"还没有人仅仅通过多读作品找到了方法"。他提出，可以通过"远读"方法来发现问题，提出理论假设。

莫莱蒂的问题观体现了世界文学的整体意识。他运用达尔文的进化论和沃伦斯坦的世界体系理论（World-System Theory），观照世界文学的历时性发展与多样性衍变。他认为，世界文学如同国际资本主义，是一种体系。它们在变动不居的关系中联结在一起，是由互相关联的文学组成的世界文学体系。它们同为一体。但这个体系有中心、边缘和中间地带之分，三者之间并不平等。处于不同位置的世界文学受制于它们在整个体系中的位置（Moretti，2000：55-56）。莫莱蒂引起较大反响的专著《图表、地图、树：文学史的抽象模式》，就是其世界文学观念在世界文学研究实践上的重要成果。他研究欧洲以外小说的起源与多样性发展，提出了"现代小说最初的兴起，都不是自身发展的自然过程，而是西方形式影响与本土内容相妥协的结果"（Moretti，2000：58）这样一个理论假设。他发现并总结了近代小说形态发展的两个重要特征：树状分叉衍生和波浪式播散。莫莱蒂关于"世界文学不是对象，而是问题"的观点，对深化世界文学研究有很大的启迪意义。

10.2　多元化的世界文学观和研究主题

"世界文学"一词伴随着比较文学学科的形成和发展，在不同民族文学间旅行，获得了多样性的解读，构成了一套丰富多元的世界文学话语系统。

第 10 章　世界文学研究

21世纪之前，对世界文学的界定，大致有以下三种：①各民族文学的总和；②各民族文学的杰作；③经过时间淘洗而为不同时代和民族读者所喜爱的世界文学经典。世界文学研究主要有两种模式或取向：一是聚焦于歌德的世界文学概念，探讨世界文学概念的含义、歌德式世界文学的可能形态；二是世界文学经典研究，包括经典认定的标准、经典建构、解构和重构及其文学和非文学的原因。

近些年来的世界文学探讨，不再关注如何界定世界文学，而是将世界文学作为问题和方法，来探讨全球化时代的文学问题和人文问题。学者们提出了一系列新的观点，例如：①世界文学是一种传播和阅读的模式；②世界文学是了解世界的窗口；③世界文学是文学共同体；④世界文学是由不同文学关系构成的文学体系或文学网络；⑤世界文学是关于世界的文学；⑥世界文学是想象世界的方法；⑦作为关系的世界文学；⑧作为方法的世界文学；⑨作为文学理论的世界文学；等等。对世界文学的新认识，同时也打开了不同维度、不同层面的研究空间。

当代中外学者关于世界文学的讨论，主要集中在以下这些议题：歌德世界文学概念的当代阐释，世界文学观念在不同国家的发展与嬗变，全球化时代世界文学的实践形态与问题，世界文学的统一性与多样性，全球化时代世界文学研究范式，世界文学与翻译，以翻译为核心的文学关系动态生成，世界文学与比较文学关系，世界文学里的话语霸权，世界文学史编撰，等等，体现了世界文学研究的多重视野和多个层面，预示着世界文学研究广阔的学术空间。

当代世界文学研究跳出了传统的思维和研究模式，体现了两个特点：一是在研究方法上，超越了单个文本/经典层面的研究，体现了很强的世界文学的整体意识和互文关系意识，将世界文学看成是经由各种方式联系起来的文学共同体；二是将世界文学的探讨纳入全球化语境之中，从全球化的不断演进中，看世界文学的生成性、动态性和变异性。

世界文学讨论，既是全球化时代对世界文学的新认识，同时也是对世界文学与比较文学关系的重新思考。世界文学讨论形成了一套当代世界文学的话语。世界文学观念的更新、研究范式的拓展，体现了比较文学意识和研究方法，其研究成果体现了比较文学性质，世界文学研究呈现了比较文学化的趋势。世界文学研究新进展体现出的文学本体意识和共同诗学问题意识，则对比较文学的深化与发展，具有较大的启迪意义。

10.3 世界文学研究新范式中的比较文学因素

国际学术界对世界文学的探讨，既是全球化时代对世界文学的新认识，同时也是世界文学与比较文学的对话。从整体角度研究世界文学，无论是对普遍诗学问题的阐述，还是探讨文学间的互动关系，本身就属于比较文学内容。

比较文学的世界文学整体观和比较意识，对世界文学史的编写、世界文学文集的编选具有重要意义。从比较文学观点看世界文学，世界文学就不再是彼此孤立、国别区域文学作品的集合，而是具有某些共同的特质、彼此间有着内在或外在联系的文学共同体。正如乐黛云（2012：177）所说，比较文学"有助于世界文学的凝聚和变异，没有作为认识论（互动认知）和方法论（互识、互证、互补）的比较文学，世界文学很难发展，甚至只能是无意义的材料堆积或散沙一盘。"世界文学史编写思路的确立、世界文学文集遴选的标准，都需要借助比较文学的方法和研究成果。

文学作品的翻译、跨文化传播，文学间的内外在联系，共同诗学的发掘等，一直是比较文学的研究课题。当下世界文学研究中提出的诸多议题，原本就属于比较文学的范畴，而达姆罗什、莫莱蒂等学者的世界文学研究方法，也正是比较文学的方法。因此，新型世界文学的研究视角和所提出的问题，如比较阅读、世界文学与翻译的关系等问题，也是比较文学的课题。

达姆罗什（2012：35）认为："即使在本国已经具有经典地位的作品，当它传到国外时也会获得新维度。把莎士比亚的作品与索福克勒斯、布莱希特的作品放在一起阅读，跟把他的作品与他的同胞像马洛、琼森的作品放在一起阅读，是有所不同的。"这里提出的跨文化比较阅读问题，与巴斯奈特的观点相通。巴斯奈特针对比较文学的危机，提出未来比较文学发展之道，"在于摒弃那些限定研究对象的任何规定性方法，具有最开放的文学观，认识到文学流传所必然带来的相互联系"。其具体途径就是"凸显读者的作用，在阅读过程中进行比较，而不是预先设限，只选择特定的文本来阅读"。建议"不要对术语和定义作毫无意义的争辩，更加有效地对文本本身进行研究，描绘跨文化、跨时空的书写史和阅读史"（Bassnett，2006：1-2）。

达姆罗什强调翻译在世界文学建构中的关键作用，认为世界文学就是"从翻译中获益"（gains in translation）的文学。他提出："所有作品一经翻译，就不再是其原初文化的独特产物，而都变成了仅仅'始自'其母语的作品。"（Damrosch，2003a：22）"一部作品一旦进入世界文学，它就获得了一种新的生命，要想理解这个新生命，我们需要仔细考察作品在译文及新的文化语境中如何被重构。"（Damrosch，2003a：24）实际上，面向译入语（target-culture-oriented）的西方当代翻译理论以及中国当代比较文学中的译介学，早已表达过类似观点，即关注文学作品进入一种新的文化语境中，从翻译选择、翻译过程、翻译策略到译本的流通、作品的评价以及译作对译入语文学的影响等问题。

10.4　世界文学研究新进展对比较文学的启迪

世界文学的讨论，进一步密切了世界文学与比较文学的关系，世界文学研究也越来越比较文学化，而呈融合之趋势。世界文学是比较文学的研究对象。作为比较文学对象的世界文学，不是从文本层面意义上而言的，而是指世界文学共同体中的文学间性和文学性间性关系。传统的世界文学研究含义，是不同国别文学或作家作品研究的汇集，需要不同国别文学研究学者共同完成。达姆罗什、莫莱蒂的世界文学研究，超越了具体文本研究层面，强调研究的整体性、跨文化性和共同诗学问题，这就将世界文学研究上升到了比较文学层面。这样的世界文学研究，与比较文学已难分彼此，甚至可以说，就是比较文学研究。

参与世界文学讨论的，大多是比较文学学者，他们自觉地运用比较文学方法来研究世界文学，其研究成果具有比较文学性质，本是自然而然之事。这里之所以分析新型世界文学研究中的比较文学因素，一是为了继续探讨世界文学与比较文学的关系，二是借此反观和反思当代比较文学的现状，思考世界文学研究新进展对深化比较文学研究的借鉴意义。

比较文学的产生，得益于世界文学观念的形成，而成为比较文学学科建立的理论基础；而比较文学的发展，又对世界文学研究的发展和深化提供了理论视角和研究方法。世界文学观念和研究范式的新拓展，又对处于迷惘状态的比较文学给予了深刻的启迪。世界文学探讨所提出的世界文学研究新范式，将研究焦点集中在文学上，是对过去比较文学研究领域里的"理论热"、文化研究的反拨。世界文学研究新进展体现出来的文学本体意识以及诗学问题意识，对比较文学来说，既是启迪，更是提醒：研究视野可以宏阔，研究对象可以多样，研究方法可以多元，但不能忘却了自己的学术初衷，模糊了自己的总体目标，消解了自己之所以存在的学术理由。

第 11 章
"世界性因素"命题的理论意义

"20世纪中国文学的世界性因素"是二十多年前陈思和提出的命题。随着时间的推移,此命题的学术意义,已超出其原初所针对的中外文学关系范畴,而具有了更为广泛的比较文学理论价值。无论是对深化影响研究、平行研究,还是世界文学研究,都有深刻的学术启迪意义和运用价值。

11.1 "世界性因素"命题的提出与发展

陈思和对"20世纪中国文学的世界性因素"命题的思考,经过了一个思想雏形、逐渐深入、扩展延伸、不断严密的过程。

"世界性因素"最初是陈思和针对20世纪中外文学关系研究提出的理论设想。当时的影响研究片面强调中国文学对外国文学的借鉴、吸收,陈思和的"世界性因素"突出了中国文学的主体性和中国作家的创造性。他提出:"深深陷于世界文化和文学信息旋风中的当代中国文学创作,它的独创性并不是以其是否接受过外来影响为评判标准的,而是以这种影响的背后生长出巨大的创造力为标志。我把中国作家在创作中表现出来的这种创造力称作为当代文学创作中的世界性因素。"(陈思和,1997:38)这里的世界性因素,突出的是中国作家在世界文学中的创造力。

陈思和(1997:38)以韩少功的《马桥词典》为例,为中国文学的创造性声辩:

在这项小说试验中,中国作家与外国作家至少建立起一种类似同谋者的对应结构,以往影响研究中"先生与学生"的传统结构被消解,被影响者只是有意或无意地被吸引到这个世界性的游戏中去,但作为中国的参加者,他为这个游戏也提供了新的规则和内容。模仿说在这儿是不攻自破了,如果世界文学中确认了"词典小说"这个品种,《马桥词典》与《哈扎尔辞典》应该是享有同等地位和代表性的。正如我一向认为我们探讨"散文诗"这一现代文学体裁时,屠格涅夫、波德莱尔和鲁迅的作品,是享有同等的代表资格。如果这个世界把华文写作排除在它的原创领域外,仅仅把它视为西方文学的接受者和派生物,那只能说明这个世界文学本身的不完整与不合法。

2001年,陈思和(2001:16)对"世界性因素"概念作了修订,提出:世界性因素就是"在20世纪中外文学关系中,以中国文学史上可供置于世界文学背景下考察、比较、分析的因素为对象的研究"。陈思和(2001:16)举例说:"如果我们讨论中国文学中的浪漫主义或者女性意识,尽管二者都是世界性的现象,但这样的研究不属于比较文学,也就无所谓'世界性因素',只有当研究者把研究视野扩大到世界的范围,例如探讨中国的浪漫主义与欧洲各国浪漫主义的关系或异同,中国女性意识在世界女权运动中的地位,等等,把话题置放在'浪漫主义'或者'女性主义'的世界背景下进行考察与比较研究,才可能构成'世界性因素'。"因此,世界性"不反映对象的品质,只反映讨论方法的视野"。

陈思和(2001:16)将"世界性因素"定位为研究的视野和方法,其背后体现的是这样的思想认识:

一是因为中国在20世纪被纳入世界格局,它的发展不能不受到世界性思潮的影响,在文学领域,世界文学思潮也同样成为中国的外部世界而不断刺激、影响中国文学的发展进程,形成了"世界/中国"(也即"影响者/接受者")的二元对立的文化结构;二是既然中国文学的发展已经被纳入世界格局,那它与世界的关系就不可能完全是被动接受,它已经成为世界体系的一个单元。在其自身的运动(其中也包含

第 11 章 "世界性因素"命题的理论意义

了世界的影响）中形成某些特有的审美意识，不管与外来文化的影响是否有直接关系，都是以自身的独特面貌加入世界文学行列，并丰富了世界文学的内容。（陈思和，2001：16）

到了 2004 年，陈思和将"世界性因素"表述得更为具体：世界性因素"是指 20 世纪以来中国与世界交往与沟通的过程中，中国作家与世界各国的作家共同面对了世界上的一切问题与现象，他们站在各自不同的立场上对相似的世界现象表达自己的看法，由此构成一系列的世界性的平等对话"（陈思和，2004：6-7）。陈思和将问题讨论的视域，从中国文学内部拉开，扩大到世界文学的语境，在世界文学的语境中来看作家所讨论的问题和现象，强调的是"作家如何在一种世界性的生存环境下思考和表达，并且如何构成与世界对话"（陈思和，2004：6-7）。

2006 年，陈思和基于此前的思考，对"20 世纪中国文学中的世界性因素"的表述更为深入，认为世界性因素"是 20 世纪中国文学中的一个基本特点，由这一特点沟通了中国文学与世界的'关系'。它可以包括作家的世界意识、世界眼界以及世界性的知识结构，也包括了作品的艺术风格、思想内容以及各种来自'世界'的构成因素"（陈思和，2006：10-11）。如果说，此前陈思和对世界性因素的思考，无论是作家的独创力，还是对 20 世纪中外文学关系的思考，都还是从文学的角度来阐述和论证此命题，他在 2006 年发表的《我对 20 世纪中国文学的世界性因素的思考与探索》一文中对"世界性因素"所作论证的逻辑基础，则是 20 世纪中国与世界的关系。他提出：

> 更为重要的是，中国在 20 世纪已经不是一个封闭型的国家，它越来越积极地加入了与世界各国的对话，自然而然成为"世界"的一部分。现在的中国人说出"世界"这个词的时候，已经不再是指一个排除了自身因素的物理空间，而已经包括了自身，即中国本身就成了世界的一个有机的组成部分，中国的问题也就是世界的问题。所以，讨论"20 世纪中国文学"时不能不考虑到它的世界性因素，反之，讨论"世界性"的时候也自然包括了中国文学的自身因素。（陈思和，2006：10-11）

陈思和强调"世界性因素"的"平台"意义和解构二元对立思维模式的"多声部"性、平等对话性:"世界性因素的理论研究则是把'世界'视为一个广阔的思想平台,不同文化背景和语言形态的现象都在这一平台上呈现出来,构成一种丰富繁复的多声部的对话。"(陈思和,2006:11)

陈思和以"启蒙"为例,说明"世界性因素"在中外文学关系研究中的研究视角以及研究展开的思路:

> "启蒙"可以成为一种世界性的因素,有针对性地考察西方启蒙问题的历史流变,重点突出西方启蒙思想与西方文学的双向演进的轨迹,并同时呈现中国启蒙思想运动与新文学运行的双向演进轨迹,考察二者之间的相交点和不同点,揭示中国知识分子启蒙话语下如何形成自己的"传统":包括启蒙思潮与中国文学古今演变的转型、与中国文学语言的"重写"、与民间本土文化之间的复杂关系,以及与不同政治力量的国家想象,等等,都是这一课题研究必不可少的程序。通过这样一种"呈现"来展示20世纪的中国如何在世界格局下接受现代性的"启蒙",并且在尝试和推行现代性的目标下又如何从自己的问题出发进行实践,能够总结出什么样的经验和教训。(陈思和,2006:14)

从陈思和对中国文学中"启蒙"世界性因素的研究中可以看出,"世界性因素"在具体研究中已不仅是研究方法,更是与世界对话的一个契合点和思想平台。

世界性作为中国与世界对话的平台,是陈思和对"世界性因素"命题反复思考的思想结晶,也可视为"世界性因素"命题的旨归。他说:"其实,我想做的就是中国文学如何在'世界性因素'中形成与世界的对话机制,是如何构筑起这样一种对话的平台。"(陈思和,2006:12)到2011年,陈思和在《对中西文学关系的思考》一文中,再次表达了世界性即对话平台的观点:"'世界性'是一种人类相关联的同一体,即我们同在一个地球上生活,'世界性'就是这个地球上人类相沟通的对话平台。"(陈思和,2011:87)

第 11 章 "世界性因素"命题的理论意义

从为中国文学创造力的声辩,到中国与世界文学的共同议题,到中外文学关系研究的视野和方法,再到世界性的思想平台,陈思和对"世界性因素"的思考,思想视野不断扩大,论述不断深入,研究对象和范围也更为明晰。至此,基本完成了对"世界性因素"命题比较完整的理论表述。

11.2 "世界性因素"的学术创新意义

"20世纪中国文学的世界性因素"命题的学术创新意义是多方面的。

第一,突破了中外文学关系研究中的"影响－接受"模式。"世界性因素"破除了比较文学长期固守的二元对立思维和"影响－接受"研究模式,陈思和(2001:16)提出:

> 既然中国文学的发展已经被纳入世界格局,那它与世界的关系就不可能完全是被动接受,它已经成为世界体系的一个单元。在其自身的运动(其中也包含了世界的影响)中形成某些特有的审美意识,不管与外来文化的影响是否有直接关系,都是以自身的独特面貌加入世界文学行列,并丰富了世界文学的内容。……世界/中国的二元对立结构不再重要,中国与其他国家的文学在对等的地位上共同建构起"世界"文学的复杂模式。

"世界性因素"为中外文学关系研究提供了一个新的思路,将中外文学关系研究从"影响－接受"模式中解放了出来。

> 以往的中西文学关系研究中,影响理论和接受理论制约了研究的基本模式,但是从世界性因素的角度来考察中西文学关系,原先的"影响源—传播过程—接受场"的单向性公式被打破,世界性因素是世界各国共有的因素,或者说是人类共同面对的问题,它主要考察和研究中国与西方国家的文学在面对人类某些共同现象时,将会有什么样的审美反应。(陈思和,2011:87)

从世界性因素观点出发,"影响与接受"关系就不再是影响与被影响、主动与被动的关系,而转化为中国文学与世界文学、中国与世界的对话关系,由此开拓了中外文学关系研究的新空间,提升了中外文学关系研究的学术立意和学术境界。

第二,为比较文学发掘了一个新的学术生长点。"世界性因素"之于比较文学的学术意义,不仅为译介学、比较诗学、形象学、主题学等领域的研究提供了"世界性因素"理论方法和研究视角,更在于破除了二元对立的思维模式,不再把世界文学作为中国文学现代性发展历程的背景,而是将世界文学看成是已经内化为中国文学的内在语境和内在驱动力。中国文学与世界文学不再是二元对立的关系,也不是主从关系,而是一体化的关系。中国文学不是在世界文学之外,而就在世界文学之中。在这个动态的世界文学语境中,中国文学与世界文学是文学、文化、思想的对话关系。这种思想所体现的世界文学语境意识和与世界的对话意识,对比较文学开发创新意义的课题,提供了新的眼光和思路。

第三,对影响研究和平行研究的启示。消解中心主义、破除二元对立思维模式,是后现代主义的立场和批评视角。"世界性因素"命题的提出,其思考的出发点和世界文学对话平台概念,也可看成是全球化和后现代语境对更新中外文学关系研究的思维模式和研究模式的启发。"世界性因素"不再拘泥于影响研究或平行研究的模式,而是将研究的对象和问题,从影响关系或相似关系提升到世界文学视野中的"同一体"关系,"通过影响的传播或者通过独立的表达,各国文化的独特性与各国文化之间所表现出来的相似性构成了一个丰富的同一体"(陈思和,2011:87)。从同一体的角度再来观照影响研究和平行研究的对象和问题,就不再是具体研究对象的具体联系或相似性的辨析,而是从具体联系和相似性的辨析中,提炼出世界性的问题。对具体的世界性问题的探讨,就有可能发掘出具有普遍性意义的文学问题,其研究成果可贡献于共同诗学的建构。

第11章 "世界性因素"命题的理论意义

11.3 对民族性与世界性关系的重新认识

世界性因素的命题,促发了对民族性与世界性关系的重新思考。

民族性与世界性的关系是个老问题,也是个常议常新的问题。随着殖民主义的解构,冷战的结束,互联网、信息技术的飞速发展,世界进入全球化时代,各国文学都处在共时性的世界文学语境之中,作家的写作已不仅仅是在自己民族文学的空间和民族文化的语境中进行,而是有了"世界"的共时性和"世界文学"的在场感。作家创作的潜在读者,也许主观上还是本土读者,但客观上已向世界读者敞开。全球化时代,每个作家都既置身于本土文学系统中,又处于世界文学语境中,其创作的意义,因而有了双重考察的视角:民族文学意义和世界文学意义。

20世纪80年代开始的中国新时期文学,从一定意义上说,就是民族文学与世界文学、民族性与世界性的互动关系的文学实践。中国文学从追求"走向世界"到意识到已在世界文学之中;从挖掘"中国文学的世界性",到探讨"作为世界文学的中国文学",其间的变化,既征示了中国当代文学的世界文学实践的进程,也表征了对民族性与世界性关系的重新认知。

2010年,中国文学界提出了"中国经验"概念。[1]"中国经验"作为对新时期以来中国文学观察、反思和总结的视角和方法,就不是仅仅从中国当代文学发展角度来回顾、反思中国当代文学历程,而是体现了强烈的世界文学意识。

"中国经验"概念的提出,征示了中国文学的世界文学语境意识和与世界文学对话意识。正如张清华(2011a:52)所言:"在世界视野出现之前,也不存在一个中国经验的问题。""正是在中国作家逐渐获得国际性视野的时候,他们的本土意识才逐渐增强起来,在表达本土经验方面才有了一些起色和成功;反过来,也正是他们渐渐学会表达本土经验

---

[1] 2010年12月17日至20日,中国社会科学院《文学评论》编辑部和湖南省社会科学院文学研究所共同主办的"本土经验与中国现当代文学的世界性"学术研讨会在长沙召开。中国文学评论界提出了"中国经验"概念。

的时候,才获得了一些国际性的关注和承认。"(张清华,2016:52)陈晓明也指出:

> 恰恰是在与西方现代小说的强烈对话语境中,汉语小说表达的中国经验才更具有时代感,更具有当下中国的深刻性。中国经验并不是简单地重复传统,也不是在固定的符号和风格的体制中来维持,而是在世界性语境下的碰撞、沟通与交融等变革活动中,在思想文化和艺术表现方法两方面,才真正有新的当下性的中国经验产生。(陈晓明、舒晋瑜,2017:176)

"中国经验"既是对中国当代文学民族性特质的概括,同时也是对其世界性的阐发。

中国当代文学的世界性主要体现在以下两个方面:

一是对"人"的关注。"文革"结束后,中国文艺界重申"文学是人学"命题,引发了普遍而强烈的共鸣。在当时的社会文化语境中,对"文学是人学"命题的重新阐发,蕴含着对人道主义的张扬,是对文学的文学性和人性的呼唤。多年后,莫言在接受记者采访时说:"真正世界性的文学作品必须表现普遍的人性,才能引起世界各地读者的共鸣"(赵勇,2012:78)。比较文学研究者和中外文学关系研究者往往特别关注福克纳和加西亚·马尔克斯在创作方法上对莫言的影响,以及莫言对这些创作方法的借鉴和创造性转化。但莫言却认为,他从福克纳和加西亚·马尔克斯那里得到的最重要的经验,不是文学创作技巧、现代派手法和叙事模式,而是观察生活的方式和对社会、人生、人性的认识。他从《百年孤独》借鉴的,"是加西亚·马尔克斯的哲学思想,是他独特的认识世界、认识人类的方式"(莫言,1986:298)。"要感动不同国家的读者,最终还依赖文学自身所具备的本质,也就是关于人的本质。"(许钧、莫言,2015:614)贾平凹也强调:"写作内容要表现一些人类相通的东西。"(韦建国,2005:55)"达到最高的人类相通的境界中去。"(贾平凹,2006:58)

可以看出,"文学是人学"已深刻地铭刻在新时期作家的创作理念中,成为他们创作的追求。人性的普遍性和人类情感的共同性,是世界

第 11 章 "世界性因素"命题的理论意义

文学经典的共性特征，如周青（2011：78）所说："文学史上的那些伟大作家，无论他们采取怎样的视角，最终总是能够把自己的作品和人类的那些具有普遍意义的情感、欲望、思想、况味联系在一起；而世界各地各民族的人民，也正是基于人类相类似的生活情况和情感体验，才能够读懂其他民族的诗歌、小说。""真正优秀的文学作品，总是积淀着人类情感和心理的普遍形式，总是离不开人性内涵的拓展与发掘。文学的特质，归根到底是人类性的。"

二是对世界文学最高境界的追求。"境界"是贾平凹对世界性认知的关键词。他认为："越有民族性地方性就越有世界性，这话说对了一半。"因为"中西文化在最高境界上是相通的，云层之上都是阳光"。民族性中是否有世界性的品质，"就看这个民族性是否有大的境界，否则就难以走向世界"。他说："我近年写小说，主要想借鉴西方文学的境界。"（孙见喜，2001b：299）"那些现代派大家的作品，除了各自的民族文化不同、思维角度不同外，更重要的是那些大家的作品蕴有大的境界和力度，有着对人生的丰富体验和很深的哲学美学内涵。"（孙见喜，2001a：418）

这个"境界"的具体内涵是什么？在贾平凹看来，无论古今中外，对作家来说，文学的境界不是写作技巧，而是对人生的阐释，是对人生的阐释的高度和力度："文学或多或少，或大或小，都要阐述人生的一种境界，这个最高境界反倒是我们应该借鉴的，无论古人与洋人。"（贾平凹，2006：17）孙立盎（2015：56）解释说："所谓的大境界，一是在内容上要表现人类相通的意识；二是在价值取向和审美取向上，要真实再现符合人类历史发展大趋势的进步意识和现代意识，弘扬美和善。"

正是在这两点上，中国当代文学超越了本土的经验和本土的意义，而与当代世界文学相通，形成了自己的世界文学品质。

中国当代文学的世界文学实践，形成了对民族性与世界性辩证关系的新认识。不再是把世界性作为一个遥不可及的、外在的抽象标准，也不再把民族性与世界性视为二元对立的关系，而是将它们看成相互容纳和互动共生关系。

追求文学的至高境界，并不是脱离本土的凭虚蹈空，而是深深地扎根在自己生活的热土。贾平凹看待本土性与世界性的关系比较辩证。他所追求的，就是以世界文学的境界为立意而立足于本民族的土壤："在境界上借鉴西方的东西，在具体写法上，形式上，我尽量表现出中国人的气派、做派，中国人的味。"（孙见喜，2001b：277）"就是马尔克斯和那个川端先生，他们成功，直指大境界，追逐全世界的先进的趋向而浪花飞扬，河床却坚实地建凿在本民族的土地上。"（贾平凹，1992：398）这也正如陈思和所提出的，立足于本土文化的世界性，才是真正的世界性。"只有当作家以本土文化经验和独特表达方式回答了人类共同的问题并被世界所认同和接受，才真正具有世界性。它不属于某个国家，而属于整个世界。"（陈思和，2013）

20世纪80年代后中国当代文学的发展，深刻地体现了文学民族性与世界性的辩证关系。世界性，即普遍性，体现了世界文学的共同特征。民族性与世界性不是二元对立的关系，而是相辅相成、互观互释的关系。

民族性与世界性互为表里、相互转化。没有世界性因素的激发，民族性就只停留在民族文学的范围之内，世界性激活了民族性，同时也丰富了世界性。缺乏世界性观照的民族性，是抽象的民族性；缺乏民族性吸收的世界性，也是空洞的世界性。任何世界性因素，都是民族性内容的跨文化传播和接受，才成为世界性的。任何世界性因素，只有得到更多民族文学的吸纳和接受，转化为其民族性，世界性的内涵才会丰富起来，在跨文化语境中更具有生命力。以现代主义为例，现代主义是20世纪世界文学的主流，20世纪80年代，中国大量译介了西方现代主义文学作品，促使了中国的现代主义文学发展，而逐渐形成了中国式现代主义。陈思和分析了其中的世界性与民族性的关系。他提出：

> 西方现代主义文学的译介仅仅是这些具有现代主义倾向的文学作品产生的一个外在因素，只有当外来影响与本土文化和作家主体内在表达需要相契合时，外来影响才可能促使本土作家相应地在创作中产生出世界性的因素，即既与世界文化现象相关或同步、又具有自身生存环境特点的文学意象。这些意象不是对西方文学的简单借鉴与模仿，

而是以民族自身的血肉经验加入世界格局下的文学，以此形成丰富、多元的世界性文学对话。(陈思和，1999：262)

由此可以看出，世界性也是对民族性的激发和唤醒，使其以自身的民族姿态，进入这种世界性之中。任何民族性内容都具有或蕴含着世界性的成分，或者潜含着可以发展为世界性的质素，但需要在世界文学语境中得以激扬，并在世界性的观照中对其世界性意义进行阐发。

11.4 对达姆罗什世界文学观的深化

分析世界性因素与世界文学关系，首先需要厘清世界文学的不同含义。自从达姆罗什提出新的世界文学观后，世界文学就有了两种基本认知模式，一是作为世界文学经典的世界文学，二是获得了跨文化传播的世界文学。

作为世界文学经典的世界文学，就是在世界文学的范围内，从文学品质、内涵和人文价值意义等方面来评判作品的经典性。作为文学经典的世界文学，其世界性因素可以通过人类价值、人性内涵、思想性、艺术性等方面来作分析，如《诗经》《红楼梦》《阿Q正传》《生死疲劳》《荷马史诗》《俄狄浦斯王》《堂吉诃德》《哈姆莱特》《麦克白斯》《浮士德》《悲惨世界》《包法利夫人》《约翰·克利斯朵夫》《复活》《罪与罚》《变形记》《百年孤独》等。这种意义上的世界文学，即世界文学经典的代名词，它们不仅具有恒久的艺术魅力，更蕴含了人类某种共同的价值和深邃的人文思想，融人文性、思想性于艺术性之中。

作为跨文化传播意义上的世界文学，其判断标准就是看其是否获得了超出本国文学范围的译介、传播和阅读。达姆罗什对世界文学的这种界定，不是传统意义上对世界文学经典性的评判标准。作品凡是获得了超出本国范围的传播，即为世界文学。这是个比较外在的评判标准，不涉及作品的文学性品质和人文、思想内涵。凡是被视为世界文学经典的，一定是通过介绍、翻译、文学史、文学作品选、文学评论、影视改编等多媒介方式，超出了本国文学范围而被其他国家所传播和阅读。就是说，这种性质的世界文学一定能够满足达姆罗什意义上"世界文学"的条件。但获得跨文化传播的"世界文学",则未必具有作为文学经典的文学品质。

达姆罗什的世界文学观只关注了文化空间上的跨越,而没有关注文学作品之所以能够跨越民族文学界限而得以传播的内在原因。我们会问:一部作品获得了跨文化传播即被视为"世界文学",那么,这种意义上的"世界文学"的世界文学意义及其世界性因素,又体现在哪里?

达姆罗什的世界文学观有很强的两种文化张力意识。他提出:"世界文学总是既与主体文化的价值取向和需求相关,又与作品的源文化相关,因而是一个双重折射的过程。""译入语文化与译出语文化分别作为两个焦点,建构起一个完整的椭圆,其中即为世界文学。它虽与两种文化相关联,但不受制于任何一方。"(Damrosch, 2003a: 281)由翻译或其他途径建立起的世界文学,是译入语和译出语两种文化张力达至平衡的结果。阅读亦是如此,"我们并不是在其源语文化中阅读作品,而是身处椭圆区域之中,要受到其他许多作品的影响,而它们可能来自截然不同的文化与时代"(Damrosch, 2003b: 530)。那我们可以继续思考:是什么因素吸引了一个文学对另一个文学的译介、传播和阅读?这种因素在跨文化译介、传播和阅读过程中,会发生怎样的变异?为什么会发生变异?这样的变异对于世界文学有什么意义?等等。对这些问题,达姆罗什没有做进一步探讨。

陈思和的世界性因素理论视角可作为深化达姆罗什世界文学研究的方法。我们可以作这样的推论、分析:一部作品之所以被其他文化所译介、传播、阅读、接受,说明此作品或作品中的某些因素,是可为其他文化所共享的。其共享成分,也许是大部分内容,也许是少部分内容,有时可能只是从主题、题材和创作方法方面所获得的启发和借鉴。这些因素,都是"可供置于世界文学背景下考察、比较、分析的因素"(陈思和,2010: 297-298)。

促使民族文学得以跨文化传播的,就是具有某种可以共享的世界性因素。如果缺乏这种世界性因素,作品就很难获得被另一种文学译介的

第 11 章 "世界性因素"命题的理论意义

机会。即使被翻译,也只是作为聊备一格的异域文学样品而存在,而不会被欣赏和借鉴。我们以世界性因素理论来观照达姆罗什意义上的世界文学,从中分析、提炼出世界性因素加以研究,以深化世界文学研究。

11.5 世界性因素与共同诗学

世界性因素还可进一步提升到共同诗学意义上来研究。对具体的个案研究来说,探寻文学共同规律或共同诗学的目标过于宏大,而易于导致个案研究结论上的浮泛和空疏。世界性因素,不一定指向文学规律,而可以看成文学上的某个单位观念。众多具有单位观念性质的世界性因素研究结果,汇集、提炼出来,可作为构建共同诗学的学术资源。

运用互文性理论方法,可扩大世界性因素诗学研究的意义,即以世界性因素为核心视点,发现中外文学之间的各种互文关系。从互文关系中发掘、提炼出富有共同诗学 / 文学理论价值的问题,作为世界性因素讨论的课题。以这些问题研究的结论,再去观照更多类似的文学现象。这样,由某个世界性因素意义的单位观念作为问题探讨的切入点,而联系起更多相关的世界性因素,则构成了一个不断扩展的问题域。一方面,将特定探讨的某个问题置于问题域中来考察、分析、阐述,加深对此问题思考和研究的深度;另一方面,由此问题扩大出的问题域,将具有内在关联性的世界性因素联系起来,形成相关世界性因素的家族谱系,从中再概括、提炼出一个更大范围的单位观念,对此诗学家族谱系性质的单位观念进行探讨,则具有更大的共同诗学意义。

罗兰·巴特(Roland Barthes)(1988:31-32)说:"要说真正的独特性,它既不在对方身上,也不体现在我身上,而在于我们之间的关系,应该把握的是关系的独特性。"罗兰·巴特所说的"关系的独特性",我们按世界性因素观点来理解,就是某种世界性因素在不同民族文学中有不同的表现形式，如"现代主义"在中外文学中的不同样式，中外现代主义文学构成一种互文关系，它们构成互文的因素就是现代主义因素，各自以独特的内容和面貌丰富了世界现代主义文学的内涵。中国文学语境中的现代主义因素是西方现代主义文学中所没有的，但又与它产生联系，各自显示出在不同文化语境中的独特性。

第12章
中外文学关系研究如何深化

中国比较文学复兴以来,中外文学关系研究一直是中国比较文学非常重要的研究领域,也是成果最为丰硕、成绩最大的研究领域。

"影响-接受"范式,是中外文学关系研究的一个很大的进展。但范式一旦固化,则容易程式化,将具体、复杂的研究对象都纳入既定的认知模式和研究框架之中,问题意识停滞,思想性衰减,滞碍了学术发展。因此,如果固守"影响-接受"模式,把具体、生动、鲜活的文学关系封闭在"影响-接受"的认知范式里,就很难进一步推进中外文学关系的研究。

中外文学关系研究是否还有新的开拓空间?在现有中外文学关系研究成果基础上如何深化?有哪些理论和思想资源可以供深化中外文学关系的研究?进行深化研究的途径和方法有哪些?本章拟对这些问题进行探讨。

12.1 对中外文学关系研究的反思

比较文学从广义上说,就是文学关系研究。在比较文学的研究范式中,文学关系研究是最早的一个范式。这一范式是梵·第根(1985:57)在他的《比较文学论》中提出的,简言之,就是实证方法,而不必作美学上的阐发,希望以此来保证比较文学作为"历史学科的特质"。比较文学最初的研究范式建立后,人们就有了研究文学关系的框架和途径。在此范式框架之下,所要做的就是收集相关书籍和史料进行细致的分析和阐释，因为这个研究范式的目标是限定的，就是"把尽可能多的来源不同的事实采纳在一起，以便找到尽可能多的种种结果的原因"。研究内容就是史料的收集、整理、考辨、分析与阐释，以及在此基础上的编年史式史述。后人所努力的方向，就是爬梳、挖掘更细致的史料，做更详细的史述，对影响关系的存在认定再认定，阐释再阐释。后来随着接受理论的兴起，影响研究拓展了其研究范围，开始关注对影响的接受与变异的研究。现在的文学关系研究，已从过去仅仅聚焦于影响流传路线考察、在文本中的表现的研究模式，转变为影响与接受研究模式，即不仅关注影响的路径，还注重从接受者角度来考察影响接受的发生原因以及接受了哪些影响。这是对过去影响研究的拓展，也是对其文学性和审美性的提升。论影响必谈接受，已成为文学关系研究广为运用的方法和模式。

中国比较文学复兴初期，钱锺书提醒："从历史上看，各国发展比较文学最先完成的工作之一，都是清理本国文学与外国文学的相互关系，研究本国作家与外国作家的相互影响。""要发展我们自己的比较文学研究，重要任务之一就是清理一下中国文学与外国文学的相互关系。"（张隆溪，1981：132）

中外文学关系研究一直是我国比较文学非常重要的研究领域，持续时间最长，成果也最为丰硕。20世纪八九十年代是中外文学关系研究发展最为兴盛的时期。一开始的研究模式是"译介－影响"，即梳理外国作家、作品在中国的介绍、翻译、评价以及对中国作家的影响，后来开始比较重视接受问题，将"影响与接受"融为一体，因此研究模式变为"译介－接受"。经过几十年来众多学者的努力，大凡外国主要作家，尤其是俄苏、美国、英国、法国、德国、日本等国著名作家作品在20世纪中国的译介和接受情况，都有大量的论文和论著，基本上完成了外国作家在20世纪中国的翻译和接受情况的梳理，形成了非常丰富的研究成果。

随着中外文学关系研究的进展，大家对中外文学关系研究的模式和研究深度感到不满足，而提出了新的要求。最早对中外文学关系研究模式提出质疑的，是陈思和教授。大多数中外文学关系研究都是以

第12章　中外文学关系研究如何深化

"中国文学是在外国文学影响下发展起来的"作为预设的前提，在很大程度上，也同时作为研究的结论。陈思和感到这个预设性前提存在很大问题，因而提出了"20世纪中国文学世界性因素"的命题。在对此命题的阐述中，陈思和也对"译介叙述＋影响接受分析"模式提出了质疑。

中外文学关系研究注重对外国文学译介的梳理和叙述，作为对中国作家影响分析的基础。这种研究模式隐含的预设前提就是：凡有译介，必有影响。陈思和（2001：11）认为：

> 构成该研究领域的两个部分的研究并没有必然的因果关系。也就是说，前一部分的资料研究成果，仅能说明外国文学的译介状况，并不说明"关系"本身的状况。而后一部分，由于长期被制约在影响研究的范畴里，仅仅从"影响"的向度来解释"关系"，也不能说明中外文学关系的全部内容。

影响与接受，需要就具体作家具体分析。即使接受，也是因人而异，接受的取向、接受的程度也各有不同。

20世纪80年代学者做了大量中外文学关系研究，但研究深度不够。高玉也表达了对中外文学关系研究的不满，认为中外文学关系研究并没有揭示外国文学如何参与了中国现代文学的发生与发展。高玉（2020：123）指出：

> 中国的比较文学研究同样不以现代文学为旨归，也不以现代文学为本位，而更多的是"同"与"异"的比较，在比较中突显中国现代文学的民族特色、现代性品格，而不是对中国现代文学进行发生与发展的外来因素分析与研究。80年代中西文学关系研究的这一缺憾至今都没有很好地解决。

缺乏"对中国现代文学进行发生与发展的外来因素分析与研究"，没有深入探讨中国文学对外国文学是如何接受的，接受了哪些，舍弃了哪些，取舍背后有哪些深层次的原因，文学关系研究停留在译介梳理和文本层面寻章摘句式的接受验证层次上，接受研究似乎是在为影响作

证。高玉分析中外文学关系研究之所以存在缺失,是因为研究视点放在了外国文学而不是中国文学上。他认为:

> 倒是中国现当代文学视角中的外国文学研究具有自己的特色。与外语学科、中文学科作为"学科方向"的外国文学研究不同,中国现当代文学视角中的外国文学研究最大的特点就是,它是中国现当代文学研究的方法而不是组成部分,其研究目的不是外国文学本身,即对外国文学进行评价和定位,也不是研究外国文学传播到中国以及汉译的过程,比如翻译是否忠实于原文等,而是为了解释中国现当代文学的发生与发展,也即外国文学是如何影响中国现当代文学的。中国现代小说家是否接受了外国文学?是如何接受的?在接受的基础上是否有创新?中国传统文学以及中国语境如何影响中国作家对外国文学的接受?这些才是中国现当代文学的外国文学研究需要加以详细研究而予以证实的。(高玉,2020:126)

中外文学关系研究如何深化?除了"译介－影响－接受"这个模式外,是否还有横向拓展和纵向深化的可能性?例如,是否应该加强对中外文学关系实质的研究?是利用、借鉴的关系,还是仅仅作为文学交流、扩大文学视野的目的?关系的发生,是由于文学的需要还是出于非文学的意图?这种文学关系对当时和之后产生了怎样的结果和影响?从中外文学关系中可以抽象、提炼出哪些具有普遍意义的理论问题?

12.2　复杂性思维与中外文学关系研究的深化

文学关系是复杂的,仅仅用"影响－接受"这样一个范式来处理文学关系,就会把实际发生的文学关系简单化了。这种简化的认知模式,既忽略了文学关系发生、发展更为复杂的情况,也会导致研究模式的程式化,将关系研究停留在接受层面,缺乏对文学理论问题的进一步探讨。人们常常说要透过现象看本质,但有的时候我们只看到本质,忽略了现象,而往往现象本身就包含了很多值得研究的问题。

第 12 章　中外文学关系研究如何深化

如何突破"影响-接受"的研究范式？复杂性思维理论方法给予了启示。

自然科学研究的目标是追求和遵循简单性原则。"近代以来的自然科学一直遵循简单性原则并取得了巨大成就，其最直接的表现就是把复杂的宏观世界以某些最为直观明了的公理、规律和法则表达出来。""简单性思想成为一种基本的科学信念和指导性原则，贯注在科学活动的各个方面、各种层次和各个领域，也必然影响到对人文社会现象的研究和探索。"（欧阳康，2003：23）但人文学科与自然科学不同。人文学科要更加复杂，因为它关涉人的精神、思想、文化、心理等各个方面。

埃德加·莫兰（Edgar Morin）认为，自然科学的伟大成果，揭示了自然界背后的统一性，如牛顿规律揭示的事物的力学统一性、相对论揭示的质量和能量的统一性，以及遗传学密码揭示的生物的统一性等，"但是这些统一性不足以概括现象的极端多样性和世界的随即变化，从而复杂的认识使得有可能更加深入具体和实际的现象。人们常常说科学是以简单的不可见的东西解释复杂的可见的东西。但是它完全化解了复杂的可见的东西，而后者也是我们需要认真对待的东西"（莫兰，2001：150-151）。

复杂性思维反对封闭、僵化、独断和简单化，只有这样，我们才有可能面对真实、生动、鲜活的文学实际。而如果只用简单化的范式去框定鲜活的文学现象，用确定化、概念化、还原论去硬性规定文学体裁特征的做法，就会出现强制阐释，将鲜活的文学现象纳入结论已预设的研究框架中。莫兰（2001：151）强调：

> 复杂性的方法要求我们在思维时永远不要使概念封闭起来，要粉碎封闭的疆界，在被分割的东西之间重建联系，努力掌握多方面性，考虑到特殊性、地点、时间，又永不忘记起整合作用的总体。它是趋向总体认识的张力，但是同时又意识到矛盾性，如同阿多诺说的："总体是非真理。"总体同时是真理和非真理，而这正是复杂性——联结相互斗争的概念。

就文学关系研究来说，复杂性思维将我们带回到文学发生的现场,让我们发现更多值得探讨的问题。所以,复杂性思维对文学关系研究的启发,就是超越固有认知模式,把文学关系想象得更复杂些。从理论上把握中外文学关系研究的"林"与"树"、总体目标与个案研究的关系,在具体研究上,回到文学关系发生的具体语境和文学关系事件的现场,重新发掘过去被"影响-接受"模式所忽略的线索和细节,以世界性、现代性为问题导向,运用世界性因素方法,再挖掘、再探讨。

12.3 "思想结构"与"跨文化空间"理论

要突破中外文学关系研究模式,需要有新的理论框架,否则只能是在研究方法上做一些微调,而不能对中外文学关系研究有整体上的学术提升。

中外文学关系或中外文学交流,如果不满足于资料铺排、史实的梳理、事件的叙述,那么就需要在史实的背后发掘更深次的问题,从问题中提炼出思想线索,赋予文学关系或文学交流史以思想的灵魂。鉴于此,钱林森、周宁提出了"思想结构"的概念。他们认为,文学交流史需要有一种"思想的结构","在史料研究基础上形成不同专题的文学交流史的'观念',并以此为尺度规划中外文学交流史的'问题域',在'问题域'中思考文学交流史的整体的'叙事'框架"(钱林森、周宁,2006:138)。

钱林森、周宁提出的中外文学交流史的"思想结构"问题,很具启发性。有了"思想结构",才能提升中外文学关系研究的思想维度,加强研究的深度,提高研究的学术价值。那么,就中外文学交流史而言,其"思想结构"的核心是什么?钱林森、周宁基于中外文学交流史的中国立场,提出中外文学交流史的思想结构在于中国文学的世界性与现代性,认为这是"中国立场的中外文学关系研究的理论指归",也"决定中外文学交流史的意义"(钱林森、周宁,2006:141)。他们提出,中外文学交流史"思想结构"的探讨有两个视角,或者说是两个意义层次:

第12章　中外文学关系研究如何深化

一是中国在历史上是如何启发、创造外国文学的；二是外国文学如何构筑中国文学的世界性与现代性的（钱林森、周宁，2006：141）。

钱林森、周宁提出的世界性与现代性问题给人以启发。如果我们不仅将世界性与现代性作为提升中外文学交流史意义的维度，而是将世界性与现代性作为整体观照20世纪中外文学关系的理论框架和视角，即在世界性与现代性的维度中，考察中外文学关系的发生、发展，这样，中外文学关系个案研究就有了更高的学术立意。此外，我们不仅要考察"外国文学如何构筑中国文学的世界性与现代性的"，还要将世界性和现代性作为中外文学的一个共同焦点，将20世纪中外文学关系作为中外以文学为中心搭建的平台，考察它们如何在此平台上展开了关于世界性和现代性的对话。这样的话，我们就会发掘出更多具有思想深度的问题，以横向拓展中外文学关系研究的空间，纵向深化研究的深度，从而从整体上提升中外文学关系研究的思想层次，而开拓中外文学关系研究的新境界。

钱林森、周宁还基于他们对中外文学关系的思考，提出了中外文学关系"跨文学空间"概念："假设世界文学是一个多元发展、相互作用的系统进程，形成于跨文化跨语种'文学之际'的'公共领域'或'公共空间'中。"就中外文学交流来说，这个"公共领域"或"公共空间"就是"跨文化空间"。在此跨文化空间中，各种文学是平等对话关系，而"不存在任何一种国家地区语种文学的普世性霸权"（钱林森、周宁，2006：141）。"不仅西方文学塑造中国现代文学，中国文学也在某种程度上参与构建塑造西方现代文学。尽管不同国家民族地区的文学交流存在着'不平等'的现实，但任何国别民族地区文学都以自身独特的立场参与世界文学，而世界文学不可能成为任何一个国家、民族或语种文学扩张的结果。"（钱林森、周宁，2006：143）

钱林森、周宁也将"跨文化空间"称为世界文学格局或者视为世界文学，这让我们自然联想到达姆罗什的世界文学概念。达姆罗什的世界文学也是指文学的跨文化传播、阅读的空间，在此空间中源语文化与译入语文化对所传播、阅读的作品共同发生作用，仿佛"椭圆形折射"，形成一个文化交织的磁力场。但达姆罗什的世界文学是单向度的文学交流,而钱林森、周宁的"跨文学空间"则强调双向、互动。在这个跨文化空间中,文学相互作用、彼此建构而各自发展,从而形成一个多元互动的文学系统,或者称之为一种新型的世界文学。

无论是钱林森、周宁的"跨文化空间",还是达姆罗什的世界文学,我们都可以将它们视为文学关系发生和发展的多元互动文化场域,在此文化场域中,既可考察外国文学如何塑造中国文学,也可考察中国文学如何以自己本土化的方式"参与构建塑造西方现代文学"。

钱林森、周宁由"跨文化空间"理论,提出了"中国文学也在某种程度上参与构建塑造西方现代文学",是个富有学术启发性的命题,值得通过若干典型个案研究,好好开发、丰富和深化此命题,并加以理论化,作为深化中外文学关系研究的新方法。我们可以假设这种参与的可能方式:一是中国文学在文学实际联系层面上"构建塑造西方现代文学";二是在互文性的层面上,中国文学对西方文学提供了一个参照的维度,因而也是一个跨文化的阐释维度,而使西方文学获得了意义阐释上的增殖。

钱林森主编的丛书《中外文学交流史》,规模宏大,皇皇 17 卷,涵盖中国与欧洲、亚洲、美洲、大洋洲主要国家的文学交流史,涉及英国、法国、德国、俄苏、意大利、西班牙语诸国、葡萄牙、北欧、中东欧、希腊、以色列、美国、加拿大、日本、印度、阿拉伯、东南亚、朝韩等国家和地区。这套丛书可以视为钱林森、周宁中外文学关系理论的一次大规模创新实践。

钱林森(2020:357-358)对这套丛书的学术宗旨作了如下阐述:

> 丛书立足于世界文学与世界文化的宏观视野,展现中外文学与文化的双向多层次交流的历程,在跨文化对话、全球一体化与文化多元化发展的背景中,把握中外文学相互碰撞与交融的精神实质。一、外国作家如何接受中国文学,中国文学如何对外国作家产生冲击与影响?具体涉及外国作家对中国文学的收纳与评说,外国作家眼中的中国形象及其误读、误释,中国文学在外国的流布与影响,外国作家笔下的中国题材与异国情调等。二、与此相对的是,中国作家如何接受

第12章 中外文学关系研究如何深化

外国文学，对中国作家接纳外来影响时的重整和创造，进行双向的考察和审视。三、在不同文化语境中，展示出中外文学家在相关的思想命题所进行的同步思考及其所作的不同观照，可以结合中外作品参照考析，互识、互证、互补，从而在深层次上探讨出中外文学的各自特质。四、从外国作家作品在中国文化语境（尤其是20世纪）中的传播与接受着眼，试图勾勒出中国读者（包括评论家）眼中的外国形象，探析中国读者借鉴外国文学时，在多大程度上、何种层面上受制于本土文化的制约，及其外国文学在中国文化范式中的改塑和重整。五、论从史出，关注问题意识。在丰富的史料基础上提炼出展示文学交流实质与规律的重要问题，以问题剪裁史料，构建各国别语种文学交流史的阐释框架。在"传播学""接受学""发生学""形象学""符号学""阐释学"和"叙事学"等的层面上，试图更加接近文学交流的事实真相并呈现文学交流的内在生命力的鲜活场面。六、依托于人类文明交流基点上的中外文学交流史课题，必须进行哲学层面的审视，审视的中心问题还包括中国儒释道文化精神对外国作家的浸染和影响，以及外国哲学文化精神对中国作家的启迪和冲击。

其中的第三点、第六点很富有新意，是创新当下中外文学关系研究模式的新视角、新思路。

该丛书中的"中国-法国卷"就体现了中外文学关系研究新追求的努力。钱林森将"中国-法国卷"的研究路径与学理追求概括为五个方面：

> 第一，从根本上来说，依托于人类文明交流互补基点上的中法文化、文学关系课题是中法哲学观、价值观交流互补的问题，是另一种形式与层面的哲学课题，研究中国文化、文学对法国作家、法国文学的影响就是研究中国思想、中国哲学精神对他们的影响，必须作哲学层面的审视。第二，中法文学交流研究的核心论题，多半确立在中国文化作为他者的基本理论及其应用上，都出于启蒙思想和政治理论的假设及其应用。第三，考察两者的相互接受和影响关系时，必须从原创性材料和事实、史实出发，不但要考察法国作家对中国文化精神的追寻，努力捕捉他们受中国文化（思想）滋养而在其创造中呈现的文

学景观，还要审察作为这种文学景观"新构体"的他乡作品，又怎样反转过来向中国文学施予新的思想、文化、文学反馈。第四，类似的研究课题不仅涉及两者在"事实上"接受和怎样接受对方影响的实证研究，还应当探讨两者如何在各自的创作中构想和重塑新的精神形象，这就涉及互看、互识、互鉴、误读、变形等一系列跨文化理论的实践和运用。第五，中法文学和文化关系的研究课题，应当遵循"平等对话"的原则。对研究者来说，对话不只是具体操作的方法论，也是研究者一种坚定的立场和世界观，一种学术信仰，其研究实践既是研究者与研究对象跨时空跨文化的对话，也是研究者与潜在的读者共时性的对话。我们应该通过多层面、多角度的个案考察与双向互动的观照、对话，进一步激活文化精魂，提升和丰富研究的层次。（张叉、钱林森，2022）

与同类的中外文学关系研究著述相比，这套丛书有以下几个方面的创新之处：一是论述的重心不再是外来影响对中国的作用，而是着力凸显中国是如何基于本土经验，对外来影响主动判断、选择和创造性转换。二是注重中国文学、哲学、思想等对外国文学的影响。三是破除欧洲中心主义，以世界文学的交流性体系为前提，在平等的基础上，进行中外双向阐发。四是考察中外作家对相关的思想命题在各自不同文化语境中"所进行的同步思考及其所作的不同观照"，进而"结合中外作品参照考析，互识、互证、互补，从而在深层次上探讨出中外文学的各自特质"。五是突破了中外文学关系研究局限于文学的范围模式，将文学关系同时置于思想史的维度中来考察、分析，"研究中国文化、文学对法国作家、法国文学的影响就是研究中国思想、中国哲学精神对他们的影响"（张叉、钱林森，2022）。

12.4　中外文学关系里的"社会学"

由于文学关系的发生有多种原因，其形成途径和形式也是多种多样的。文学关系的发生有可能不仅仅是文学方面的，还有社会、思想或哲

第 12 章　中外文学关系研究如何深化

学方面的原因。文学关系发生有不同的意图,不同意图会导致不同的发展走向。这都是我们需要考虑进去的因素。如"五四"时期因不同的意图而导致的对《玩偶之家》不同的接受取向,就是很典型的事例。

张春田(2008:104-105)提出:"娜拉之所以能迅速成为文化偶像,是与彼时中国知识者整体性的问题意识分不开的,也是与中国女权运动的现实需要分不开的。"《玩偶之家》提出了很多反思现代性的思想命题,如"男人和女人的隔膜,爱情与法律的冲突,选择与承担的关系,'公''私'领域的分化,对宗教的怀疑",易卜生通过《玩偶之家》,"揭示出家庭生活的复杂困境乃至资本主义的整体性危机"。但是在中国,由于思想启蒙和社会改革的话语需要,"五四"知识界对《玩偶之家》作了有意的误读和阐释,"把自己的命运投射入娜拉的故事中,《玩偶之家》于是延伸出它在挪威语境中并不负载的诸多问题——尤其是'青年向何处去'的问题"(张春田,2008:105)。将娜拉的选择"化身为一种普遍真理,化身为女性解放的道路启示",(张春田,2008:105)甚至把《玩偶之家》作为启蒙话语的装置,将对娜拉出走的讨论作为一种启蒙话语策略,将中国社会诸多问题和"系统的社会转变工程,包括反抗礼教、重估传统、伦理重建、社会流动、自由恋爱、现代日常生活等相互关联的议题,甚至包括对于新的国家政治图景的想象"等,都纳入了对《玩偶之家》的解读之中。"无疑,'五四'时期《玩偶之家》的译介,是面对旧时代全面的'批判的武器',知识者们希望借此推广启蒙话语实践,引导更多青年'共证自由之真谛'。"(张春田,2008:105)"在'五四'启蒙的主导话语中,《玩偶之家》中反思现代性的面相,被对现代性的渴望与设计所遮蔽并且替代了。"经过这样的解读、阐释,"'五四'的'娜拉'阐释以及'娜拉型'文学作品中,出现了吊诡的错位和变异:摆脱诈伪的锋芒,被改写为反抗压迫的斗志;走出现代核心家庭,被替换为背叛封建家庭;'处在旧日的虔诚与'新的真理'两个必然之间'的'无所适从',被个人自决的浪漫主义信条所取代;作为'精神的再生'的'解放',被引导为政治层面的'解放'和民族国家的合理化规划。"张春田(2008:105)提出:"这些在历史'限度'中的'误读',与伴随'误读'的种种争辩和质疑一起,构成了转型时代中国对西方文化吸收/改写的独特风景，也深刻地影响了中国现代思想的走向。"

12.5　以文学关系作为共同诗学探讨的方法

陈思和的世界性因素"把'世界'视为一个广阔的思想平台，不同文化背景和语言形态的现象都在这一平台上呈现出来，构成一种丰富繁复的多声部的对话。多种元素共同呈现在一个平台上不可能没有相互间的影响，而且这种影响在彼此渗透的状态下呈现，构成了很深刻的关系，但是这种关系仍然是多种元素相互间影响之前或者之后各自的面貌的呈现。"（陈思和，2006：10–11）

循着陈思和世界性因素的思路，我们可以将文学关系作为中外文学对话的平台，从中发掘某个理论问题。吴梦宇对魔幻现实主义与寻根文学关系的研究，就体现了这一努力。

拉美魔幻现实主义与新时期寻根文学的关系是当代中外文学关系的典型案例。很多研究都是从"影响与接受"角度来探讨魔幻现实主义对寻根文学的影响。吴梦宇没有因循这种研究模式，而是力图开拓新的研究思路。她的研究从这样的问题出发：寻根文学为什么要借鉴魔幻现实主义，其内在原因是什么？文学形式是否仅仅是为内容服务？文学形式对现实认知起到什么作用？由此，她将研究的主题确定为"文学形式的认知功能"。

吴梦宇认为，形式的讨论始终脱离不了"内容与形式"的二元传统范畴，形式一直为内容或意义或情感服务，成为一种约定俗成的理解。如何还其以真正的意味，需跳出二元对立思维，以形式为主体，探讨形式本身在文学中和在文学关系中的特殊作用，既有别于又超于内容的作用。吴梦宇由此提出了"文学形式与现实之间是一种认知反应的关系"（吴梦宇，2018：Ⅲ）的观点。

吴梦宇（2019a：60–61）提出：

第12章　中外文学关系研究如何深化

文学形式与社会现实是一种认知反应关系，而不是一种单纯的反映关系。当社会发生变化了，过去的文学形式所承载的体验或认知方式，不再适用于新的社会形势，这时需要重新组织和编排文学材料和现实材料，一来脱离过去文学形式和文学表达的方式，二来构建理解当下现实的认知方式。这种文学形式上的调整呈现了创作者对现实的认识和理解，不同的文学形式呈现的是对现实的不同认知和理解，能够产生不同的审美效应和目的。文学能够介入生活并发生实际的作用也有赖于文学形式的认知功能。创作者对现实的认知和态度会以形式的方式传达给读者，影响读者对于现实的认知乃至体验，并以此达到介入现实的作用。最后，在文学的跨民族流传中，文学关系触发影响和得以承续的往往是文学形式，更准确地说是文学形式内在的认知方式，而得以承续的也是对文学材料的处理方式和对社会现实的认知方式。

莫莱蒂（Moretti，1996：350）认为，很多文学流派的代表作其实正是以一种文学形式的姿态得以流传着。如意识流，真正得以传播和流传的不是《尤利西斯》，而是意识流这种文学形式。吴梦宇（2019b：112）据此观点继续发挥，提出：

> 在中国真正得以深入传播的并不是《百年孤独》，而是魔幻现实主义这种文学形式，更准确地，是这种文学形式承载的认识现实的方式。寻根文学对《百年孤独》的接受，其实就是利用魔幻现实主义的认知模式来反观中国的文化和社会现实。寻根文学接受魔幻现实主义的原因，确实有着走向世界、与世界对话的强烈欲望，有着《百年孤独》获得诺贝尔奖带来的鼓舞，也有着同样作为第三世界的身份亲近感，但这些都是外因。在自主发展的基础上，寻根文学接受的不仅仅是一个走向世界的成功范本，或是一种文学或文化上的策略，更重要的是一种认知社会现实的方式。运用魔幻现实主义这种文学形式的认知模式来解读和理解当下的现实，认知与现实的契合，让这样一种外来的影响在本土的文学机制中有机地成长，从而成为独树一帜的寻根文学。

吴梦宇（2019a：59）总结说："在文学关系或文学作品的流传中，往往得以流传的也是文学形式及其对现实的认知，以《百年孤独》为代表的魔幻现实主义，能对寻根文学产生重要的影响，归根结底是这种文学形式为中国受众提供了一个理解现实的认知方式，提供了一个解决传统与现代、民族与世界以及过去与当下对立冲突的写作范式。"

吴梦宇的研究，也解释了古今中外很多重复性主题的作品之所以具有鲜活性和文学生命力，原因就在于文学形式的创新。她提出：

> 文学的主题是相对有限的，并且反反复复地贯穿于文学史的各个阶段，但承载着文学主题和意义的文学形式却处于不断变动之中，不断刷新我们对于现实和文学主题的认知。文学形式用其常新的认知方式，不断撬动着人们对变化着的社会现实的认知，也部分地承载和驱动着文学史的演化和文学关系的构造。（吴梦宇，2018：Ⅲ）

吴梦宇的研究超越了"影响与接受"模式，而是从"影响与接受"的文学关系中发掘具有文学理论意义的问题，从"影响-接受"层面进入共同诗学的研究层面，从文学间性研究进入文学性间性研究层次。这样的研究，基于文学关系而又超越了文学关系，发现世界文学的共同诗学因素，为深化中外文学关系研究提供了一个富有学术启发性的途径。

以上三个中外文学关系研究事例，提供了深化中外文学关系研究的可能途径。①超越单向度的外国文学对中国文学影响与接受的模式，还要反观中国文学、文化对外国文学和文化的影响，达到中外文学的互观与互释。②不局限于文学的维度，还需要从政治/国际政治、社会学、思想史视角，考察社会、政治、哲学、文化等因素对文学关系形成及发展走向的影响。③不停留在文学关系现象层面的研究，而是从中发掘文学关系发生的深层次、文学性问题，从而从文学关系研究走向共同诗学的探讨。概括地说，就是中外文学关系研究需要增加中外互观视角、社会学视角、思想史视角和文学理论视角。

从研究内容和研究深度来说，中外文学关系可划分出以下几个层次：

第 12 章　中外文学关系研究如何深化

第一，文学事实关系研究。主要是对文学间的接触、交往、传播等方面，通过大量第一手材料的搜集，对文学关系的形成和发展轨迹进行详细的考察，属于文学关系的实证性研究。法国学派的影响研究就是如此。

第二，文本关系研究。主要是通过作品与作品间的关系，考察一作品与另一作品的联系与变异，对影响、接受、创造性转化等文学间性问题进行分析和探讨。

第三，世界性因素关系研究。从不同文学间发现共同的文学现象和共通的文学问题加以研究。

第四，文学性间性关系研究。从不同文学中提炼出具有共同的文学理论问题或命题加以研究，从理论问题或命题出发，上升到对某个共同诗学问题的阐发。

第一、二个是传统的文学关系研究层面，主要是文学事实关系的研究和阐发；第三、四个主要是具有普遍性意义的文学理论问题或者说共同诗学问题的探讨，类似于总体文学研究，是在现有中外文学关系研究的基础上，进一步深化的途径，可以作为中外文学关系研究新的学术追求。

综上，文学关系的探讨主要不在于文学关系事实的梳理和评述，而是通过文学关系的梳理，发现中国文学之所以是如此发展的走向。明确了这个问题，反过来，对中外文学关系的本质和意义，也有了洞察的视角和研究的思路。

文学关系，在文学联系、交流层面上，指的是文学的传播、影响、接受、对话、互动等关系；在深层的文学理论意义上，则是文学的互参、互识、互文、互动，以文学间的联系为切入点，发掘更深层次的诗学共同性。

第 13 章
翻译文学研究

翻译研究在人文社科领域中,很长时间都处在比较边缘的地位。这与人们对翻译以及对翻译研究的认识有关。翻译过去被认为只是交流的工具,而翻译研究,也长期停留在"如何译""如何译得好"这样的语言转化研究层面上。20 世纪 70 年代开始,翻译研究出现了"文化转向",拓展了传统翻译研究的空间。人文社科学者也发现了翻译所蕴含的思想、文化等方面的研究价值,而出现了人文社科领域的"翻译研究转向"。不同学科领域对翻译的重视,以及翻译研究的"文化转向",里应外合,多元共生,相激相荡,形成了当代翻译研究丰富而多元的繁盛局面。

在当代翻译研究中,比较文学翻译研究是其重要的研究范式之一。比较文学翻译研究是比较文学范围内的翻译研究,因此,其研究对象、研究目标都应体现比较文学的性质和要求。翻译文学是文学关系的物化形态,蕴含了文学关系发生的性质和内容,因此成为比较文学翻译研究的对象。翻译文学研究如何深化?如何突破目前翻译文学史研究的模式?还有哪些可资借鉴的翻译理论资源?本章对这些问题进行探讨。

13.1 比较文学视域中的翻译研究

文学的跨民族、跨文化传播,是比较文学产生的必要条件之一。而文学的跨文化传播,很大程度上依赖翻译。歌德世界文学概念的提出,就是由翻译而触发。歌德发表关于世界文学谈话之前,他的作品已在法国、英国等国翻译发表,并且他的《浮士德》《塔索》也刚刚在巴黎上演。而歌德提出"世界文学"的主张更为直接的思想触发点,则是他读到了中国作品的译本。歌德看到,随着文学、文化交流的日益频繁,各民族文学可能汇合的一种趋势,进而提出"世界文学"概念,后来成为比较文学学科建立的理论滥觞。从这个意义上说,翻译催生了比较文学。

梅雷加利(1985:409)提出:"翻译无疑是不同语种间的文学交流中最重要、最富特征的媒介,应当是比较文学的优先研究对象。"巴斯奈特(Bassnett,2006:3-11)也强调:"翻译带来了新的观念、新的文类、新的文学样式,是促进文学史中信息流形成的关键方法,因此,任何比较文学的研究都需要把翻译史置于中心位置。"但早期的比较文学,只是把翻译作为考察文学传播和影响考据的线索。至于将翻译作为专门的研究对象,并对研究内容和研究目标提出比较明确的要求,则要到20世纪30年代。

梵·第根在《比较文学》(1931)的第七章"媒介"中,讨论了"译本和译者"问题,对如何研究译本和译者提出了富有启迪性的意见。他认为,译本研究有两个方面:第一,将译文与原作比较,看是否有增删,以"看出译本所给予的原文之思想和作风的面貌,是逼真到什么程度,……他所给予的(故意的或非故意的)作者的印象是什么";第二,将同一作品不同时代译本进行比较,以"逐代地研究趣味之变化,以及同一位作家对于各时代发生的影响之不同"。关于译者研究,他最早提出了应注意译本的序言,因为它提供了"关于每个译者的个人思想以及他所采用(或自以为采用)的翻译体系"等"最可宝贵材料"(第根,1937:78)。

梵·第根提出的"译本和译者"研究,开启了比较文学领域翻译研究的先河。其他比较文学家,如法国的基亚、布吕奈尔、毕修瓦(Claude Pichois)和卢梭(André–Marie Rousseau),德国的吕迪格,罗马尼亚的迪马(Al Dima),斯洛伐克的杜里申,日本的大塚幸男等,也都强调了文学翻译研究的重要性。比较文学论著几乎都有专门的章节来论述翻译问题。

第 13 章　翻译文学研究

例如，大塚幸男在《比较文学原理》(1977)的第八章"译者与翻译"中，提出了比较文学翻译研究内容的七个方面的问题：①翻译的创造性叛逆问题；②翻译创造的文体问题；③直译与转译问题；④自由翻译、窜改及改编问题；⑤同一作品的不同译本比较问题；⑥译者序言及解释问题；⑦初译本的评价问题（大塚幸男，1985：100–112）。巴斯奈特的《比较文学批评导论》第七章"从比较文学到翻译研究"，专门论述比较文学中的翻译问题，她认为，翻译研究吸收了语言学、文学研究、历史、人类学、心理学、社会学和民族学等理论，体现了很强的跨学科特征，是一个对比较文学未来发展具有深刻意义的研究领域。她甚至提出："应当将翻译研究视为一门主要的学科，而把比较文学看作一个有价值但是辅助性的研究领域。"（Bassnett，1993：161）

早期的比较文学注重文学传播的路径及媒介，有专门的"媒介学"（mediology）研究领域。翻译和译本是文学传播最重要、最有效的途径和媒介，因而受到特别的关注，后来成为比较文学独立的研究领域。随着学界对翻译性质认识的加深，当代比较文学逐渐用"翻译研究"概念来取代"媒介学"，即将原来的媒介学研究内容，都纳入了翻译研究的范畴。

13.2　翻译文学：比较文学翻译研究的对象与研究目标

从梵·第根在《比较文学论》中提出的翻译问题，我们可以看到，比较文学从一开始，在对翻译的认识和研究思路上，就与传统的翻译研究有很大不同。比较文学，即使是译文与原文的对比，也不是对翻译的优劣作出评判，更不是为了建立某种翻译标准，而是希望通过对比，"看出译本所给予的原文之思想和作风的面貌，是逼真到什么程度"，并由此分析译本所塑造的作者形象。更重要的是，通过同一作品不同时代译本的比较，考察文学观念、文学风尚的变化，以及不同时代、不同的译本对译入语作家的影响。

比较文学翻译研究，虽然也涉及通常翻译研究上的翻译问题，但旨归不在翻译，而在文学。因此，比较文学把译本作为文学作品来看待，而不论其是否忠实、是否译得好。约瑟夫·T.肖（1982：36）指出："现代翻译家往往完全忠实于原著的形式和内容，尽量用新的语言再现原作的风貌，也许正是因为这个缘故，翻译作品没有被看作本身就是文学作品而得到足够的研究。"在比较文学看来，译本无论好坏，都有文学研究价值，因为"水平最差的译者也能反映一个集团或一个时代的审美观，最忠实的译者则可能为人们了解外国文化的情况作出贡献。而那些真正的创造者则在移植和改写他们认为需要的作品"（基亚，1983：20）。比较文学关注翻译的选择与译者的关系，关注翻译的时代性、可接受性及其文学影响。"每一个翻译者多多少少都在使他的译作符合自己时代的口味，使他所翻译的过去时代的作品现代化。""译者对原作有一种'选择性共鸣'（elective affinity），即使他的译文不能尽原文之妙，他选择哪一部作品进行翻译，至少可以反映出他对这部作品的共鸣。"（肖，1982：36）

这里需要指出，比较文学不是主张，更不是推崇不忠实的翻译，而是看到不同文学有不同的文学传统和阅读审美方式，要达到文学传播和接受的目的，"外国作品的形式和内容往往要经过更改和翻译，对本国文学才能发挥最大的影响，因为只有这种形式才能被文学传统所直接吸收"（肖，1982：36）。因此，即使是不忠实的译本，比较文学也不是简单地加以否定、摒弃，而是注意考察其在译入语文学系统中是否发挥过文学影响作用，有无文学和文化价值。

通常的翻译研究，往往关注对翻译过程、翻译策略等译文层面上的研究。比较文学翻译研究，重点不在译文层面，而是关注文学翻译的前后两个阶段上发生的问题，即翻译选择和译本出版后在译入语文学的影响与接受，即考察"哪些因素被吸收了，哪些被转化了，哪些被排斥了"，尤其是"借用或受影响的作家将他所吸收的东西做了什么，对所完成的作品产生了什么效果"（肖，1982：42）。

比较文学从文学、文化角度来研究文学翻译，其前提是比较文学立场、目标，体现比较文学意识，也就是说，研究的出发点、目标、研究内容，都应体现比较文学性质。如果离开了比较文学立场，比较文学翻译研究就会趋同于一般意义上的翻译研究，而不能实现比较文学翻译研究的目的及其独特的学术价值。因此，比较文学翻译研究的目的，是通过翻译研究，分析两种文学、文化的相互关系及其特质，分析文化对话、沟通、文学关系建构的复杂性，探讨文化间的可通约性以及文学的共同性，即钱锺书所说的共同的"诗心"与"文心"。因此，非文学翻译研究不在其研究范围。一般的文学翻译问题，如果不是以文学关系为研究出发点，不是探讨具有比较文学性质的问题，也不属于比较文学翻译研究范畴。

简言之，比较文学翻译研究就是翻译文学研究。

翻译文学不仅是中外文学、文化交流的主要中介，同时也参与了译入语文学的生产，丰富和拓展了译入语文学的表意和阅读空间。其突出的表现，就是翻译文学对作家的影响。人们在谈论外国文学对20世纪中国文学的影响时，往往忽视这样的事实，即大多数作家对外国文学的借鉴，并不是直接地阅读原著，而是借助于译本。也就是说，影响文本的不是原作，而是译作。文学翻译的选择倾向、翻译的种类，很大程度上影响了作家的世界文学视野；译者的阐释，直接影响了作家对外国文学作品的认识；译文的语言特征、语言风格，则影响了作家对作品形式特征的感知和把握。因此莫言说："我不知道英语的福克纳和西班牙语的加西亚·马尔克斯是什么感觉，我只知道翻译成汉语的福克纳和加西亚·马尔克斯是什么感觉，所以从某种意义上说，我受到的其实是翻译家的影响。"（莫言，1997：237）约瑟夫·T. 肖（1982：40）认为：

> 即使有了一个能够阅读外国作品原著的读者群，或者一个通过媒介语言能够阅读原著的读者群，一部作品在被翻译之前，仍不真正属于这个民族的传统。作品经过了翻译，经常会有一些人为的更动，也会有一些释义，然而，在吸收和传递文学影响方面，译作却有着特殊的作用。直接影响往往产生于译作而不是原作。

达姆罗什关于世界文学新观念及其世界文学研究方法，对翻译文学研究给予了启示。达姆罗什特别强调翻译在世界文学形成中的作用，他提出："世界文学是从翻译中获益（gains in translation）的文学。"（Damrosch，2003a：281）翻译是文学传播、流通的最主要媒介，没有翻译，也就不会有世界文学。翻译，连接起两种文化，并促成了它们的对话与协商。达姆罗什从"世界文学是从翻译中获益的文学"观点出发，探讨作品如何经由翻译进入两种文化交织的空间，而成为世界文学。

达姆罗什（Damrosch，2003b：514）用"椭圆形折射"的比喻来形容这个世界文学场域："译入语文化与译出语文化分别作为两个焦点，建构起一个完整的椭圆，其中即为世界文学。它既与两种文化彼此相连，但又不仅仅受制于某一方。"他提出："所有作品一经翻译，就不再是其原初文化的独特产物；它们都变成了仅仅'始自'其母语的作品。"（Damrosch，2003a：22）"当一个作品进入世界文学，它就获得了一种新的生命，要想理解这个新生命，我们需要仔细考察作品在译文及新的文化语境中如何被重构。"（Damrosch，2003a：24）

达姆罗什的"椭圆形折射"理论，凸显了跨文化场域中文本的双重文化特性以及潜含其中的文化对话和权力关系。因此，以译作形式存在的世界文学，就不仅是新的文学作品，同时，也是两种文化冲突、交流、协商的结果，包含了作品的跨文化生成、文化对话达成、文学关系建立的丰富信息。

在比较文学视野中，翻译不仅生产了新文本，同时也是在跨文化时空中的文本意义的再生产，以及文学、文化互文关系的跨文化再生产。译本不仅是原作简单的生命延续和跨文化意义上的文学新生命，也是文学性和作品所隐含的文化意蕴的辐射和播散。

如果说，翻译的选择和翻译的过程是一种跨文化对话意义的生产，那么译本进入了流通领域，就会扩大跨文化对话的范围，并会增加文化对话新内涵，产生新话语，因此也是跨文化对话意义的再生产。

可见，比较文学翻译研究的思路，是紧扣比较文学的研究目标，体现了比较文学的学理要求与研究目的，也由此决定了比较文学翻译研究的研究性质，即它既属于翻译研究，同时也属于文学研究。理想的比较文学翻译研究成果，应该既对翻译研究，同时也对译入语文学研究、文学关系研究、世界文学研究，都有学术价值。

13.3　多元系统论对翻译研究的开拓意义

在翻译研究文化转向之前，比较文学翻译研究就已关注译入语文化对翻译的影响，只是缺乏比较系统的理论方法。

法国比较文学家毕修瓦和卢梭提出，"翻译理论问题"是"当前比较文学的中心问题"（基亚，1983：20）。如前文所述，从20世纪30年代开始，比较文学就特别关注翻译，并对翻译研究提出过一些富有开创性、启迪性的观点。但这些观点比较零散，没有进一步上升到理论层面进行系统的阐述。当代西方翻译研究的发展，尤其是文化转向后出现的翻译理论，如多元系统理论、操纵理论、改写理论等，对比较文学翻译研究理论方法的构建，提供了有效的理论资源。

20世纪70年代末，西方翻译研究出现"文化转向"，改变了关于"翻译"和"翻译研究"的传统观念，研究视点从"原文为中心"转向"译本为中心"，研究内容从"如何译"转向"为何译""为何如此译"等方面上来，注重译入语文化对翻译的操纵。其中，多元系统论对革新传统翻译观念、开拓翻译研究新空间、建立翻译研究新范式，起到了开拓性的作用。传统的翻译研究是以语言学为导向，专注于"如何译"和翻译标准等问题，以原文为中心，不甚关注外部政治对翻译选择、翻译过程和翻译策略等方面的影响。多元系统论"将翻译研究直接置于更为广阔的文化活动领域"，"将翻译与更为广泛的社会文化实践和过程结合起来，使之成为更激动人心的研究对象"（Hermans，1999：110）。

20世纪70年代，伊塔玛·埃文–佐哈（Itamar Even-Zohar）提出了"多元系统论"（polysystem theory）。他认为各种社会符号（如语言、文学、经济、政治、意识形态）都应视为有某种内在联系的多元系统。这些系统互相交叉，部分重叠，各有不同的行为，却又互相依存，并作为一个有组织的整体而运作。这些系统的地位并不平等,有的处于中心,有的处于边缘,因而相互之间处在永无止境的争夺中心位置的斗争中(张南峰,2001:61-69)。

多元系统论虽然不是为翻译研究而创立,只是一种文化理论,但埃文-佐哈早期的研究主要是以文学和翻译为中心。他对文学系统的运作模式以及翻译文学地位的种种假说,扩大了翻译研究的视野,打破了传统的以原文为中心、以"忠实"为目标的应用翻译研究成规。

多元系统论的一个核心观念,就是将文学看成社会历史文化架构的一个组成部分(Munday,2001:109)。翻译文学同样也属于这个历史架构的组成部分。以此观点来重新审视文学翻译,就改变了原来以原著为中心、仅从文本层面来研究翻译的研究模式,而将翻译纳入其所发挥作用的文化、文学系统中来考察。翻译文学是文学多元系统的一个系统。基于这种认识,埃文-佐哈提出了翻译文学在文学多元系统中的地位、运作模式及翻译规范等诸多理论假说。多元系统论初始的影响,是埃文-佐哈1976年发表的《翻译文学在文学多元系统中的地位》。埃文-佐哈后来对此文作了修订,1990年在《当代诗学》上重新发表。埃文-佐哈提出,当翻译文学处于文化多元系统中心时,它往往参与创造一级模式,不惜打破本国的传统规范;处于边缘时,则常常套用本国文学中现成的二级模式(Even-Zohar,1990b:50-51)。

埃文-佐哈的同事吉迪恩·图里(Gideon Toury)沿着多元系统论的思路,发展出面向译入语(target-oriented)的描述翻译学(descriptive translation studies)。他扩展了翻译规范(translational norms)概念,将其作为描述研究的工具。图里区分了多种翻译规范,并指出了寻找这些规范的途径。"在图里看来,翻译规范制约了翻译过程中的决定,因此也就决定了源文与译文之间的对等方式。"(Hermans,1996:25)

多元系统论更新了对翻译研究的认识,拓展了当代翻译研究的视野。多元系统论在理论和研究方法上对翻译研究的开拓性意义是显而易见的。传统的翻译研究是以原文为中心,专注于"如何译""如何忠实于原文""如何对等"以及翻译标准等问题,不甚关注"外部政治"(external politics)对翻译选择、翻译过程和翻译策略等方面的影响。

第13章　翻译文学研究

从多元系统角度重新观照文学翻译现象，就会认识到，文学翻译是与译入语文化系统诸多因素有着复杂关联的文化行为。翻译文学的并存系统（co-systems），如政治、意识形态、文学、经济等，制约着翻译文本的选择，影响了翻译规范和翻译文学文库的形成，决定了翻译文学系统在文化多元系统中的运作方式、地位和作用。这样就将翻译现象纳入翻译作品生产的文化语境中，考察"文学与语言、社会、经济、政治、意识形态等有何关系这个复杂的问题"（Even-Zohar，1990a：23）。这种研究模式"不局限于文本，对文本的具体分析也没脱离其文化语境"，"将（翻译）这门学科从先前理论的局限性中解放了出来"（Gentzler，2001：123）。

多元系统论"将翻译研究直接置于更为广阔的文化活动领域"，"将翻译与更为广泛的社会文化实践和过程结合起来，使之成为更激动人心的研究对象，并促进了后来人们所说的翻译研究的'文化转向'（cultural turn）"（Hermans，1999：110）。多元系统论不仅"为翻译研究学者开拓了不少道路"（Bassnett，1997：11），更为重要的是，它"改变了翻译分析的性质，扩大了后来被称之为翻译研究的领域"（Bassnett，1996：13），提高了翻译学的学术地位。

"从经验或历史角度研究翻译的大量著作，特别是研究文学翻译的著作，都直接或间接地受益于多元系统论。"（Hermans，1999：102）在多元系统理论的启发下，研究者对翻译的性质有了新的认识。赫曼斯（Hermans，1985：11）认为："所有的翻译都是出于某种目的而对源文某种程度上的操纵。"巴斯奈特和勒菲弗尔（Bassnett & Lefevere，1992：vii）认为："翻译当然是对原文的改写。无论出于什么意图，所有的改写都反映了某种意识形态和诗学以及在特定的社会以特定的方式对文学的操纵。改写就是操纵，为权力服务，就其积极方面来说，有助于文学和社会的变革。""操纵"（manipulation）和"改写"（rewriting），显豁了翻译的文化性质，由此也加深了对翻译研究的认识，即不应局限在语言转换层面，而应上升到文化层面来探讨。

埃文–佐哈的多元系统论为面向译入语的翻译研究"提供了一个全面而又雄心勃勃的框架，研究者可据此对实际行为作出解释或分析其背景"（Hermans，1999：102）。不仅如此，多元系统理论的一些关键概念[如"形式库"（repertoire）、"经典化形式库"（canonized repertoire）、"经典"（canon）、"动态经典"（dynamic canon）等]，以及关于翻译文学的运作状态、嬗变方式及其在文学多元系统中的地位与作用等理论假说，都可以作为考察和分析具体翻译现象的理论视点。

需要指出的是，多元系统论在理论构架上还不够严密、系统。埃文-佐哈和图里都热心于找出普遍性的规律和准则，因此往往有了大胆的假设就急切地推至为普遍规律。由于他的理论缺乏充分的个案研究成果的支持，在理论推演中又存在非历史化的倾向，因此，他对一些"规律"的假说，有简单化、抽象化、绝对化的倾向（Gentzler，2001：121-124；Hermans，1999：110-118）。赫曼斯认为，埃文-佐哈在《文学干预的规律》和《翻译文学在文学多元系统中的地位》中提出的关于文学发展规律以及翻译文学在多元系统中的位置及其运作模式的假说，"不是因不证自明而流于琐碎，就是问题重重"（Hermans，1999：111）。

多元系统论在对多元系统运作的理论推演上也存在一些断带，如翻译文学系统与多元系统中哪些系统关系最为密切？它们之间又是如何运作从而影响了翻译文学系统在多元系统中的地位、翻译规范的形成以及翻译文学文库和经典形式库的嬗变的，等等。这些问题，埃文-佐哈没有作详细阐述。埃文-佐哈的多元系统论虽然要求将每一个文化活动都纳入文化多元系统中考察，但他本人的研究却很少将文本与文本产生的具体文化语境联系起来，而只有抽象的推导和假说（Gentzler，2001：121）。"在实际研究中，往往对文学或文化（包括翻译）发展的动因不作探究，忽视实际的政治和社会权力关系……只关注模式和形式库，依然完全停留在文本层面。"（Hermans，1999：118）尽管埃文-佐哈的很多假说具有较高的可验证性，但由于理论推演的抽象化、简单化，再加上术语太少而定义太广（Hermans，1994：140），因此在具体运用上，缺乏可操作性。图里的个案研究也基本上局限在语言和文学层面，没能提供比较全面的实践多元系统论的研究范式。

第13章 翻译文学研究

埃文-佐哈为了增强其假说的普遍规律性，在对多元文化系统运作模式作理论假说时，基本上只是从现象层面作归纳，因此，如果按埃文-佐哈的假说在不同的文化多元系统中寻找"规律"，或用埃文-佐哈的假说来框套翻译现象，就很有可能会忽视翻译现象背后复杂的社会文化原因。

除理论假说上存在简单化、绝对化倾向，多元系统论在具体运用上也存在困难。

埃文-佐哈的理论与实践相脱节，"没有充分运用多元系统论，并以此探讨语言或文学系统与其他系统（尤其是政治和意识形态）多元系统的关联"（Chang, 2000: 111）。而图里从20世纪70年代末至今，"所做的研究工作主要是寻找一个作品、一类体裁、一个时期的译本用了什么翻译规范，看看这些译本处于充分性和可接受性两极之间的哪一个位置，并略为探究这些规范背后的原因"（张南峰，2000: ix-xiii）。其研究视点也基本上局限在语言和文学层面，没能提供比较全面的运用多元系统论的研究范式。此外，多元系统论的术语太少而定义太广（Hermans, 1994: 140），这样也造成具体运用上缺乏可操作性。尤其是埃文-佐哈为了把多元系统论提升为更具普遍意义的文化理论，在《多元系统论》修订版（1997）中，"把提到文学或翻译的地方几乎全部删去"，并"省掉了诸如政治、意识形态、经济、文学、语言等多元系统的分类"（张南峰，2001: 174, 176）。这样，在具体运用上就更减低了可操作性。

多元系统论虽然在理论上存在缺陷，在具体运用上缺乏可操作性，但对翻译研究来说，仍有很高的理论启发性和运用价值。尽管有的学者认为多元系统论"作为全面的理论和研究方法已不合适，不能够涵括社会和意识形态对翻译的嵌入和影响"（Hermans, 1996: 42），但他们的研究思路还是明显受到多元系统论的启发，可以将他们的理论研究成果加以整合，以弥补多元系统论的不足。

13.4 多元系统论的发展与整合

在多元系统论的启发下，安德烈·勒菲弗尔、朗贝尔（José Lambert）、西奥·赫曼斯、苏姗·巴斯奈特等被称之为"翻译研究学派"（translation studies school）的学者，在翻译研究中克服了埃文-佐哈、图里只关注语言和文学的规范的倾向，吸收了文化研究模式，将赞助、社会状况、经济、体制操纵等文学之外的因素与文学系统内翻译的选择与功能联系起来，从而真正实践了多元系统论的思想，发挥了多元系统论作为翻译研究的理论视角和阐释的作用。

赫曼斯的主要贡献是对图里的规范概念作了拓展。图里的规范研究主要是寻找哪些因素影响了翻译的决定，由此归纳出翻译的规范。但他的规范研究只集中在语言和文学层面，对语言、文学之外的社会文化因素甚少涉及。赫曼斯扩大了规范考察的社会文化维度，试图以规范为中心，设计出"一个全面的理论和方法论框架，以涵盖翻译与社会、意识形态的相互关系"（Hermans，1996：41）。他归纳出支配翻译的规范的三个层次："一是社群的文化和意识形态规范，二是源自一般的可译性和跨语再现概念的翻译规范，三是特定的顾客系统中流行的文本规范及其他规范。"（张南峰，2001：174）不过这样的归纳还是太笼统，实际运用中难以操作。

操纵学派学者中，勒菲弗尔的理论贡献最大，其影响也最为广泛。勒菲弗尔有意避免使用多元系统论术语，而提出意识形态、诗学和赞助人"三因素"（triad of poetics, ideology and patronage）论，认为这三个因素是操纵文学翻译的主要力量。勒菲弗尔认为，控制文学系统的因素有两个：一个在文学系统之内，主要指"专业人士"（the professionals），包括评论家、教师和译者等；另一个是在文学系统之外的"赞助人"，即"足以促进或阻碍文学的阅读、书写或重写的力量"。"赞助人"可以是个人，也可能是宗教组织、政党、阶级、官廷、出版社、大众传播机构等。勒菲弗尔（Lefevere，1992：41）认为："翻译建立了怎样的文学作品形象，主要取决于两个因素：一是译者的意识形态。这种意识形态有时是译者本身认同的，有时是'赞助人'强加的；二是当

第 13 章　翻译文学研究

时译入语文学里占支配地位的'诗学'。译者采取何种翻译策略，直接受到意识形态的支配。"

以往的文学翻译研究，也或多或少涉及勒菲弗尔所提出的"意识形态""诗学"和"赞助人"方面的问题，但只是在介绍翻译现象发生的背景时偶有提及，并没有将其作为分析翻译现象的理论视点。勒菲弗尔的"三因素"论将翻译现象与其出现的文化语境联系起来，不仅彰显了翻译的"改写""操纵"性质，也具有较强的可操作性。除了运用的术语不同之外，勒菲弗尔的"三因素"论与埃文－佐哈的多元系统论的主要区别在于，"勒菲弗尔更为关注系统与环境之间的交互关系，以及系统的内部组织和控制机制"（Hermans，1999：125）。这就在一定程度上弥补了埃文－佐哈、图里研究方法上的缺失。勒菲弗尔有意不用多元系统论术语，但并没有摒弃系统论思想，他的"三因素"也许可以看成从多元系统论化解过来的："意识形态"本是多元系统论题中应有之意（尽管埃文－佐哈本人没有明确阐述），"诗学"概念（literary poetics 和 translation poetics）是对埃文－佐哈的"形式库"概念和图里的"规范"概念的化合，而"赞助人"概念则是抽取了埃文－佐哈的"建制"（institution）概念中的某些因素重新组合命名。

尽管"三因素"合在一起缺乏严密的理论逻辑，但如果将每一个因素作为理论视点，仍有其运用价值。例如，当译入语意识形态系统出现多元化，经济系统内多种经济成分并存，赞助系统处于分散的（differentiated）情况下，运用"赞助"观点来解释翻译的多元化现象，解释力就很强。

与勒菲弗尔不同，张南峰直接继承了多元系统论的基本理论框架。他认为："翻译研究的文化转向，不一定要同时离开多元系统论。多元系统论已为研究翻译或其他任何文化系统的'外部政治'提供了理论基础，只要对这套理论作一些补充、修订，应能设计一个较复杂的、可操作性较强的框架。"（张南峰，2001：177）为此，他设计了一个多元系统论"精细版"（"大多元系统论"）（张南峰，2001：177-181），其目的就是拯救多元系统论的理论价值，提高多元系统论的可操作性。张南峰（2001：177-178）认为，社会文化中与翻译有关的因素纵然很多，但最主要的因素是政治、意识形态、经济、语言、文学、翻译，它们是"支配翻译决定的规范的主要来源"。这六个方面的因素构成了翻译系统的并存系统，它们都在一定程度上制约、影响翻译。

"大多元系统论"具有很强的整合性质，既紧守了多元系统的立场和翻译研究的文化研究性质，又接续了图里、赫曼斯尔关于规范的研究思路，即在埃文-佐哈1990年版多元系统论的框架内，细化了赫曼斯未作明确划分的社会文化规范（social-cultural norms），同时吸收了勒菲弗尔"三因素"论的优点，将其"诗学"内涵分别化入文学和翻译系统，将"赞助系统"中的经济因素抽出，作为与翻译并存的多元系统。"大多元系统论"可以明晰地标示出文化多元系统中制约翻译的主要力量，与尼兰加纳（Tejawini Nilanjana）的"翻译多元决定论"（notion of the overdetermination of translation）观点相契合。

以上学者的理论探索，都是在埃文-佐哈多元系统论的启发下，针对埃文-佐哈和图里研究上的缺失而提出的，它们的共同特点，都是从译入语文化角度，考察译入语文化中制约翻译的因素。它们的理论范式各有其特定的理论解释力和适用性。我们在翻译研究中，可以将埃文-佐哈、图里的理论结合进来。因此，埃文-佐哈的多元系统论的某些术语（如形式库、静态经典、动态经典）仍有运用的价值；赫曼斯的"规范"理论并不能完全取代图里对规范的阐说；勒菲弗尔关于意识形态、诗学、赞助人的阐说，对张南峰的"大多元系统论"也有补益作用。我们在研究过程中，可以将它们视为一个多元互补的系统理论话语系统：埃文-佐哈关于多元系统运作的观点（结合张南峰的"大多元系统论"），勒菲弗尔的"改写"、赫曼斯的"操纵"的概念，可以构建面向译入语翻译研究的认识论系统，有助于我们从整体上观照翻译现象，从译入语文化角度把握翻译的性质、文化功能；埃文-佐哈、图里的"多元系统""形式库""经典""规范"等术语，勒菲弗尔关于"意识形态""诗学""赞助"的"三因素"论，张南峰阐述的六个主要系统规范，可以构建翻译研究的实践论系统，即将他们理论中的关键词作为考察具体文学翻译现象的理论视点，从政治、意识形态、文学、经济等角度来探讨译入语多元系统对文学翻译的操纵和制约，阐述这种制约和操纵的文化意图。这样不

第13章 翻译文学研究

但避免了多元系统理论的简单化、抽象化的缺点,而且可提高其可操作性。

13.5 系统理论之于翻译文学研究的意义

整合后的系统理论(systems theories),特别有助于研究翻译文学史,或者某个时期的文学翻译现象。多元系统要求将文学翻译纳入译入语多元系统中来考察,通过系统内各系统的相互关系和运作情况,可以看出,多元系统内的多种因素(文学翻译的并存系统)对翻译规范和翻译文学形成的影响,由此可以探讨翻译文学系统在文化多元系统中的运作方式,以及翻译文学的地位及其文化功能。

以系统理论为研究视点,就要求研究者深入翻译文学生产的具体文化语境中去考察翻译文学生产现象,去探讨为何译,翻译的意图是什么,想达到什么目的,这种意图如何渗透在翻译策略和副文本当中,译作的阅读和接受效果如何,读者是如何接受该译作的,翻译文学是在什么层面上对译入语文学产生了影响,影响的效度如何,在创作文学中是如何体现或转化的等问题。这些问题,只有在翻译文学生产和传播的具体语境中才能发掘出来。因此,对翻译文学和翻译文学史的考察,不能就译本而译本,而应将翻译文学现象纳入译入语时代语境中来考察。将翻译文学看成译入语文学多元系统中的一元,考察与翻译相关的其他多元系统对翻译的制约和影响。这些研究思路,与比较文学翻译研究相一致。比较文学翻译研究从文学关系角度出发,特别强调翻译研究的语境意识,即将翻译文学作品放置到其产生的时代文化语境中,回到翻译文学生产的"历史现场",深入翻译现象背后,考察特定时代的文学观念、政治、意识形态等因素对翻译的影响,在此基础上对翻译现象作出切合历史实际的深刻阐释。

需要指出的是,不仅埃文-佐哈,西方当代翻译研究者在实际的翻译研究中,也没有真正实践多元系统论的理念,采取的还是传统的译文对比方法。如果要真正体现系统理论的这些观点和研究思路,就应该借鉴比较文学翻译研究的思想，即强化翻译研究中的文学关系意识、语境意识、文学互文性和文化间性研究意识。

比较文学翻译研究，基于比较文学研究性质和研究目的，从一开始，就超越了仅从语言层面上来研究翻译。比较文学对翻译过程的每个环节，从翻译的文学文化动机、翻译的选择、翻译策略，到译作的流通、阅读、评价、接受与创造性转化的研究，都贯穿了比较文学意识，体现了比较文学性质和研究目的。

西方当代翻译理论视野中的翻译研究，其关注的对象，主要还是翻译问题本身。而比较文学翻译研究的问题域，则要广泛得多。其研究的主旨，甚至不是翻译问题，而是从翻译文学中发掘出问题，作为研究的逻辑起点，最终抵达对文学、文化关系的探讨。西方当代翻译理论提供了理论框架和研究视点（如操纵、动态经典、翻译规范等），比较文学则提供了具有学术和思想深度的问题。在研究方法上，多元系统论具有社会学方法论的色彩，而比较文学则更多地运用文学研究方法，尤其是比较文学的影响研究、接受理论、互文性理论等方法。

从一个完整的文学翻译／翻译文学研究过程上看，比较文学的翻译研究刚好从系统理论研究停止的地方出发。多元系统理论、操纵学派理论等西方当代翻译理论需要整合，针对翻译文学／翻译文学史研究，还需借鉴比较文学翻译研究思想方法，将它们互补融通，综合运用，构建起一个前后相继、互为补充的翻译文学研究的方法论系统。（查明建，2015：126-140）

系统理论为翻译研究提供了一个较好的整体观照的理论框架。对于翻译研究来说，系统理论最重要的贡献，是打破了"翻译研究就是研究如何译"这种传统翻译研究观，强化了研究者的译入语文化意识和问题意识，使他们有意识地将文学翻译现象纳入特定时代语境中去考察和分析。就目前我国的翻译文学史研究现状而言，系统理论至少在以下方面对我们今后的研究给予了启示。

13.5.1 对翻译文学性质的重新认识

多元系统论带来的翻译研究"文化转向",改变了人们对"翻译"和"翻译研究"的传统观念,开启了对"翻译"与"翻译研究"跨文化性质的新认识。"文化转向"增强了翻译研究的跨文化问题意识。一个突破性的变化,就是深刻认识到,"文学翻译不是在真空中发生的"(Lefevere,1992:14),不是独立于译入语文化语境的简单的语言转换行为。翻译,从翻译选择、翻译过程,到译本的流通、阅读、评价,都会受到译入语多种因素的制约与影响。外国文学作品经过了翻译,已不是原来意义上的外国文学作品,而是打上了译入语时代文化的烙印,进入译入语文学系统之中,成为译入语文学多元系统中具有独立文学品格的新文学作品。翻译文学参与了译入语文学的生产,丰富和拓展了译入语文学创造和阅读空间。其突出的表现,就是翻译文学对作家的影响。就20世纪中国翻译文学而言,翻译文学不仅参与了20世纪中国文学建构,其本身就是中国文学多元系统的一部分,与文学创作构成了异质同构(heterogeneous isomorphism)的关系。

对翻译文学性质的重新认识,开启了翻译文学史研究的新思路,增强了翻译文学史研究的问题意识。

系统理论的认识论系统(包括多元系统观念以及关于翻译的操纵、改写性质),为翻译文学史研究提供了一个宏观理论框架。从多元系统理论视角重新审视翻译文学史的发展,就会自觉地将文学翻译现象纳入特定的时代文化、文学语境中去考察,从翻译现象中发现有价值的问题,即不以翻译史料的梳理、翻译文学发展线索的叙述、译作质量的评价、翻译观点的评述为重点,而以翻译文学与译入语文学文化的关系、翻译文学的选择、翻译规范、翻译文学经典的形成、翻译文学在译入语文化多元系统中的运作及其地位为研究内容。具体的研究过程中,系统理论的实践论系统中的核心概念,如"翻译规范""经典""经典化形式库""意识形态""诗学""赞助人"等,为研究者具体分析文学翻译现象,提供了有效的理论视点和具体的研究途径。

13.5.2 突破描述性的翻译文学史研究模式

目前的翻译文学史研究,主要是以史带论的描述性模式,即重在梳理翻译文学史的发展线索,介绍各个时期文学翻译的状况、特点,评述主要翻译家的贡献。在"论"的方面还不够,缺乏论述的深度。关键原因,是缺乏有效的理论方法来发掘有学术深度的问题。

系统理论所关注的影响文学翻译的诸多因素,过去的翻译研究实际上也有所涉及,只不过用了"时代语境"或"历史背景"等涵义比较宽泛的概念。这不仅是翻译史,也是中国文学史撰写的常用模式,即"时代背景+作家介绍、评价+主要作品(译作)评析"模式。时代语境或历史背景这些概念比较笼统,缺乏对问题进行深入探讨的切入点,因而往往会导致用一个宏观、笼统的时代背景描述,代替对与翻译文学生产直接相关的具体因素的分析。

13.5.3 加强文学翻译选择研究

文学翻译选择决定了翻译文学史的发展面貌。从20世纪中国翻译文学史可以看出,不同时期有不同的翻译选择规范,反映了不同时期主流文化的特点,同时又反映了不同时期对外国文学的价值取向和接受态度。

翻译文学史研究,往往只关注外国文学名著在中国的翻译情况,而对一般作家作品的翻译情况和分析语焉不详,以"大量翻译了外国现当代作家的作品"一笔带过。但是,从文学翻译与译入语文化关系研究角度来看,这样的翻译文学史存在较大的不足。在打破文学研究中以名著为中心的意识方面,埃文-佐哈的多元系统观点,有助于我们对翻译文学边缘系统的认识。埃文-佐哈提出,以多元系统论为框架的研究,不应以价值判断作为选择研究对象的标准。按此观点,把以前被忽略甚至被排斥的现象纳入研究范围不但成为可能,而且成为全面认识任何一个多元系统的必要条件。埃文-佐哈(Even-Zohar, 1990: 13)强调:"对文学多元系统的历史研究不能局限于所谓'名著'。"确应如此。中国20世纪不同时期重点翻译的外国文学作品，不一定都是名家名著。有不少作品，以我们今天的文学标准看，只是二三流作品，甚至是不入流的作品。但我们不能以今天的价值判断来改写历史。实际上，翻译文学史中的这种现象，可引发我们更深入的思考。我们可以探讨，为什么这类作品成为当时重点翻译对象，翻译的文化意图是什么，这些译作产生了哪些方面的影响等问题。

研究翻译选择规范，需要有大多元文学系统意识，将翻译过来的外国文学作品与大多元系统中所对应的文学系统（外国文学系统）进行对比，考察翻译过来了哪些类型、哪些作家的作品，而又忽视或排斥了哪些作家作品，从中可以看出译入语文化对文学翻译选择的操纵，探讨翻译选择背后的深层原因。

13.5.4　从"操纵文本"角度，重新考察"外国文学"的影响

文学翻译是促进、维护或颠覆译入语文化、文学规范的重要力量。系统理论的"操纵"和"改写"概念，揭示了译入语文化系统对外国文学的文化利用性质。文学翻译上的文化操纵是文化过滤的手段。我们可以借助"操纵""重写"的理论视点，探讨翻译文学对创作文学的影响。

20世纪外国文学对中国文学的影响，其影响源文本对大多数作家来说是译作，而不是原作。很多作家谈到自己受到了外国文学的影响，其实指的是翻译文学的影响，因为他们所读的"外国文学"，实际上是翻译文学，影响源文本不是外国文学原著，而是翻译文本。

翻译既然是一种操纵，就不可能等同于原著。因此，我们在考察外国文学对中国作家的影响时，就必须考察译作中的操纵因素。

13.5.5 注重翻译副文本研究

译入语文化对外国文学的操纵，有时并不体现在译文形态上。也就是说，在译文层面，比较忠实于原作，但译者或赞助人通过前言、序跋、注释、评论等副文本的形式，对所译作品进行阐释，以操纵对作品的接受取向，实现翻译的意图。

勒菲弗尔（Lefevere，1999：127）提出，翻译是一种改写，其他的"改写"形式包括批评、评论、改编、缩写、文集（外国文学作品选本）编纂等。不过，在勒菲弗尔看来，翻译之外的改写形式只是扩大文学研究的对象，而并不是翻译研究的对象。那么，其他的改写形式是否也应该纳入翻译研究的范围呢？这涉及对"翻译"的认识问题。

埃文-佐哈和图里提出了比较开放的翻译概念。埃文-佐哈提出："当翻译文学成为主要的革新力量，在文学多元系统中占据中心位置的时候，'原创'与翻译的分野是难以区分的。"（Even-Zohar，1990b：46）他认为："迄今为止，（翻译研究）只把实际的翻译文本看成（翻译）理论归纳的合法对象，而忽视了系统干预［即通过系统干预，形式库项目（自然包括模式）从一个系统移植到另一个系统］。从多元系统论的角度看，把 A 系统的文本在 B 系统中的转化看成'翻译'，而把 A 系统向 B 系统渗透（penetration）只看成'影响'，这是没有道理的。"（Even-Zohar，1990c：75）可以看出，埃文-佐哈将干预、渗透等都看成翻译的形式。图里的翻译概念更宽泛，他认为："只要两个语篇之间有某些关系"，其中的一个就可以看成翻译。他甚至还提出，只要译入语系统认为是翻译的，就是翻译（Toury，1980：14，43）。在埃文-佐哈看来，除了具体的翻译文本外，"那些与源语模式有关联的译入语文本"，或者其他的"文学干预"形式，也都应纳入翻译研究范畴（Even-Zohar，1981：6）。埃文-佐哈和图里开放的"翻译"概念，对翻译研究来说很具启发性。除了改编、模仿外，埃文-佐哈没有详细解释文学干预的具体形式，而勒菲弗尔提出的各种改写的形式，正可以作为补充。

从操纵的观点看，翻译是对原文的操纵，改编、缩写、评论以及本论及的译本的序跋、前言、注释等，也是对原文的操纵，它们都影响了译本在译入语里的意义,因此,都应该纳入翻译研究的范围。此外,作家对外国文学的模仿、借鉴,尽管其作品难以被认为是"翻译",但至少可以看成对原文的改写,与原文构成了互文关系。从这个意义上说,20世纪80年代王蒙等人的东方意识流小说,就是西方意识流小说在中国的文化语境中的改写,东方意识流与西方意识流构成了互文关系。

因此,翻译文学史研究,不能局限在翻译文本本身,而应将与所译作品相关的种种文化改写,都纳入研究范围,这样才能深入考察该译本在译入语文化语境中的意义。

13.5.6　考察翻译文学经典建构的意识形态和诗学功能

翻译文学作品在译入语系统中有着不同的地位。正如埃文-佐哈(Even-Zohar, 1990b: 49)所提出的:"作为一个系统,翻译文学本身也有层次之分……在某部分翻译文学占据中心位置的同时,另一些部分的翻译文学可能处于边缘位置。"系统理论有助于我们探讨为什么某些翻译文学作品处于中心位置,而另一些作品处于边缘,甚至被排斥在翻译选择范围之外。以西方现代主义文学的翻译为例,在20世纪80年代之前,西方现代主义文学作为现实主义诗学和社会主义文艺观的对立面,一直遭到中国主流意识形态和诗学的排斥和评判,而被排斥在翻译系统之外。20世纪50—80年代中国现代主义文学翻译的升沉起伏、先拒后迎现象,为翻译研究提出了很多值得深入探讨的课题,例如,为什么现代主义文学与其他文学类型的文学相比,其译介的命运更为曲折?中国文学在其现代化进程中,为什么在很长一段历史时期对处于共时性时空中的现代主义采取了贬斥的态度?现代主义文学翻译受到了哪些文学和非文学的抵制和干预,其干涉的方式如何?在大陆(内地)现代主义文学翻译沉寂的五六十年代,为什么港台却出现了现代主义文学译介的热潮?20世纪80年代现代主义文学为什么能从五六十年代的翻译文学系统的边缘走向中心?译入语文化多元系统中的哪些因素导致了这些变化?

一个时代有一个时代的文学，一个时代也有一个时代的翻译文学。不同时期，由于文学观等方面的原因，形成了不同的翻译文学经典。翻译文学经典的建构，最能看出译入语文化如何根据自己的需要，将某些作品推至经典位置，以达到特定的意识形态和诗学目的。翻译文学经典又不是固定的，会随着意识形态和文学观念的变化而出现嬗变。正如勒菲弗尔（Lefevere，1992：19）所提出的："体制总是强化或试图强化某一时期的主流诗学，其方式就是将这种主流诗学作为当下创作的衡量标准。因此，某些文学作品在出版后不长的时间内会被提升为'经典'，而别的作品就遭到拒绝。一旦主流诗学出现变化，另一些作品就获得经典的崇高位置。"

总之，整合后的系统理论不仅拓展了翻译研究的空间，也为翻译文学史研究提供了多元互补的研究方法，有助于全面而深入地探讨翻译文学史现象。运用系统理论方法研究翻译文学史，就不是以翻译史料的梳理、翻译文学发展线索的叙述、译作质量的评价、翻译家贡献的评述为重点，而以翻译文学与译入语文学文化的关系、作品翻译的选择、翻译规范、翻译文学的影响等为关注点。这样的翻译文学史研究，就超越了翻译史料梳理和翻译文学发展线索描述的层面，而进入以问题为导向的史论性质研究层面，增强了翻译文学史研究的理论深度，提高了其学术性和思想性。

13.6　世界性与现代性：翻译文学史研究的理论视角

翻译文学史应有怎样的学术立意，追求怎样的学术目标？应体现哪些学术价值？理想的翻译文学史应是怎样的学术面貌？对这些问题的思考、探讨，可为翻译文学史研究的深化找到新的思路、突破口和创新点。

要真正体现翻译文学史是20世纪中国文学的一个有机组成部分，以及翻译文学的社会文化价值，首先需要一个贯通性的视角以建立论述的框架，即要寻找到一个可以贯穿20世纪中国翻译文学史的理论视角，来打通翻译文学与中国文学、翻译文学与外国文学、中国文学与世界文学的联系。

翻译文学与20世纪中国文学史相关，中国文学史与20世纪中国现代化进程相关。20世纪中国现代性的一个重要特征就是世界性。陈思和（2022：94）提出："什么才是古代文化不具备、又是现代文化所特有的标志性特征？是语言吗？是人性吗？是制度吗？似乎都不是，唯有'世界性'才是现代世界所共同拥有，古代国家所不具备的。""随着'世界'的步伐一步步被推动着发展。这就是中国现代性的开始。在这个意义上说，中国现代文学的诸种现代性特征，'世界性'是其中最显要也是最鲜明的特征。"

钱林森、周宁提出的"思想结构"观点，同样可以用于对翻译文学史理论框架的思考。"思想结构"观中，世界性和现代性是两个核心视点，即将世界性和现代性作为整体观照20世纪中外文学关系的理论框架和视角，即在世界性与现代性的维度中，考察中外文学关系的发生、发展。翻译文学是中外文学关系缔结的源点，也是中外文学关系之后发展走向的出发点。世界性和现代性可以作为中外文学的共同焦点，也是以翻译文学作为对话平台而展开的关于世界性与现代性的思想对话。

现代性、世界性是20世纪中国文学的总体特征，也是20世纪中国翻译文学史的总体特征，并且在翻译文学中最先体现出来。现代性与世界性是同质内容的不同侧面。现代性是传统社会进入现代社会所经历的一系列对世界、生活等新的认知，所形成的新的意识、价值理念，以及由此带来的社会变革和生活方式的变化。现代性是各国必经的发展过程，这是世界现代性的共性。而不同国家由于历史、文化等方面的不同，在现代性的过程中，又出现不同的发展方式，呈现不同的特点。这是现代性的特殊性（地方性/民族性）。世界性，即普遍性，体现了共同特征。它与地方性/民族性不是二元对立的关系，而是相辅相成、互观互释的关系。没有地方性/民族性的内容，世界性就是抽象、空洞的世界性。任何地方性/民族性内容都具有或蕴含着世界性的成分，或者潜含着可以发展为世界性的质素，需要在世界性的观照中进行发掘和阐发。

历史学家王立新（2020）说，历史学家不仅要描述历史过程，更重要的是解释历史过程、挖掘历史事件背后的深层次的动力，特别是思想动力。现代性与世界性，是20世纪中国的思想动力，也是翻译文学发生、发展的内在驱动力。现代性与世界性可以作为翻译研究和20世纪中国翻译文学史撰写的理论框架。在此宏观框架下，挖掘现代性、世界性社会进程中的思想动力对翻译文学的推动作用，以及反过来，翻译文学又以文学的方式丰富和加持了现代性和世界性的"思想动力"。

现代性与世界性的内生性因素是由外来因素激发而表现出来的。因现代性和世界性的追求，以翻译文学形式所呈现的外国文学，无论是古典文学，还是现代文学，都被中国的现代性和世界性思想动力所辐射、所阐释。对翻译文学的阐释、利用，以及在接受过程中表现出的隔膜、惶惑、矛盾、误读、妥协和认同、接受等种种历史情态，可以视为现代性和世界性的思想事件，呈现中国现代性和世界性追求在某个时段中的多重维度和可能的发展面向、内涵。

以现代性和世界性视角再去观照20世纪中国翻译文学史，就可探照出一些新的问题，如翻译文学与清末民初现代意识、世界意识的发生，翻译文学与对未来中国的想象，翻译文学与对世界的想象，翻译文学与现代思维方式，翻译文学与中国文学现代性的内涵，翻译文学如何促进中国世界意识和世界文学意识的滋长，本土文学文化的世界性因素如何被唤醒并转化为世界文学？等等。

现代性和世界性，不仅是20世纪中国翻译文学的特质，而且是20世纪中国几乎所有思想领域的普遍性特征，因此，翻译文学一方面提供了中国现代性和世界性的认知视角，另一方面，对翻译文学的现代性与世界性的阐释，也同时建构了20世纪的文化思想史。

现代性与世界性，为翻译文学史研究提供了一个可能的理论框架。在此框架下，以世界性因素作为具体的研究方法，将中外文学关系、翻译文学的影响与接受、翻译文学与创作文学的互动与互文关系

第13章 翻译文学研究

等问题集合起来进行考察。不是以翻译文学来论述20世纪中国的现代性和世界性,而是将现代性和世界性融入翻译文学史的考察和论述之中。

现代性与世界性,是论述的理论框架,也是研究的问题意识,贯穿整个翻译文学史研究过程。

翻译文学的现代性与世界性研究,要体现两个意识:中外文学关系意识和世界文学意识。中外文学关系意识体现在两个方面。第一,不是孤立地看到翻译文学现象,而是将翻译文学纳入中国文学系统中来探讨,考察翻译文学与创作文学的互动和互文关系。翻译文学与中国文学是两条同向而行的文学脉络,时而叠合,相激相荡;时而分头并进,而相互呼应、勾连,其中多有支流交织汇合,而形成彼此纵横交错的20世纪中国的文学脉络。第二,中国文学立场,即不是单向度地考察外国文学在中国文学、文化语境中的译介、评价和接受,更要从中国文学、文化角度考察译介的意图、评价的取向和接受的维度。

世界文学意识也体现在两个方面。第一,以世界性因素为理论方法,将翻译文学作为中国文学与世界文学对话的平台,考察外国文学的现代性主题、文学思想等在翻译文学中是如何呈现的,从译作与原作的差异中,分析中国文学现代性思想的形成和发展。第二,世界文学的整体性意识,中国文学与世界文学不是二元对立的关系,而是其中的一部分,并且在世界文学现代化进程中呈现出中国文学现代性的特色。

翻译文学研究是翻译文学史研究的学术基础。没有足够的翻译文学个案研究成果,翻译文学史研究只能停留在翻译文学的历史叙事层面。王宏志(2014:6)提出:"没有足够坚实的个案研究的成果做基础,翻译史是写不出来的。"从大量个案中发现典型、普遍的现象,从翻译的共同现象中发掘问题,从问题的探究中发现翻译与社会文化语境中诸多因素的联系与交织关系,如钱锺书(1986:171)所言:"积小以明大,而又举大以贯小;推末以至本,而又探本以穷末;交互往复,庶几乎义解圆足而免于偏枯,所谓'阐释之循环'者是矣。"

对20世纪中国翻译文学史的史料梳理和历史叙述已有大量成果,以后的翻译文学史研究的重点,是从翻译文学的历史叙述转向翻译文学思想史内部研究。从方法论层面，转向思想性层面。以现代性和世界性理论框架来考察翻译文学史，超越翻译文学史述的层次，进入翻译文学与中国文学关系的层面来探讨深层次的问题。翻译文学史就不再是仅仅叙述翻译文学发展和翻译事件、翻译家贡献的历史，而是从翻译文学角度来考察20世纪中国是如何通过翻译文学以及对它的理解和阐释，来汲取外国文学的现代性和世界性内容，我们可以从翻译文学史上的种种事件，从不同层面提炼出富有思想性的问题。

这样的翻译文学史，可以跳出现有翻译文学史研究的模式，而真正将翻译文学纳入中国文学系统中，以其现代性问题意识和世界性视野，深刻体现翻译文学在中国文学系统中的文学价值和文化意义，而具有了文化思想史的品格。这样的翻译文学史研究，同时也可对20世纪中国的现代性和世界性提供一个认知视角。若能如此，翻译文学史的研究成果，就不仅对20世纪中国文学史、中外文学关系史有借鉴意义，也可贡献于20世纪中国文化思想史的研究。

参考文献

《拉罗斯百科全书》（1978年版）．1984．谢靖庄译．干永昌，廖鸿钧，倪蕊琴编选．比较文学研究译文集．上海：上海译文出版社，418–423．
Stewart, S., 朱吟清, 关佩臻, 赵薇, Gladstone, C., Long, H., Detwyler, A., So, R. 2020. 比较文学研究与数字基础设施：以建设中的"民国时期期刊语料库（1918—1949），基于PhiloLogic4"为例．数字人文，（1）：175–182．
艾克曼，J. 1978．歌德谈话录．朱光潜译．北京：人民文学出版社．
艾略特，T. 1994．艾略特文学论文集．李赋宁译注．南昌：百花洲文艺出版社．
艾田伯（艾金伯勒），R. 1985．比较文学的目的、方法、规划．戴耘译．干永昌，廖鸿钧，倪蕊琴编选．比较文学研究译文集．上海：上海译文出版社，93–121．
艾田伯，R. 2006．比较文学之道：艾田伯文论选集．罗芃译．北京：生活·读书·新知三联书店．
昂热诺，M.，贝西埃，J.，佛克马，D.，库什纳，E. 2000．问题与观点：20世纪文学理论综论．史忠义，田庆生译．天津：百花文艺出版社．
巴登斯贝格，F. 1985．比较文学：名称与实质．徐鸿译．干永昌，廖鸿钧，倪蕊琴编选．比较文学研究译文集．上海：上海译文出版社，31–49．
巴斯奈特，S. 2008．二十一世纪比较文学的反思．黄德先译．中国比较文学，（4）：1–9．
巴斯奈特，S. 2015．比较文学批评导论．查明建译．北京：北京大学出版社．
巴特，R. 1988．恋人絮语：一个解构主义的文本．汪耀进，武佩荣译．上海：上海人民出版社．
柏拉威尔，S. 1980．马克思和世界文学．梅绍武等译．北京：生活·读书·新知三联书店．
北京师范大学中文系比较文学研究组．1986．比较文学研究资料．北京：北京师范大学出版社．
伯恩海默，C. 2015．多元文化时代的比较文学．王柏华等译．北京：北京大学出版社．
勃洛克，H. 1985．比较文学的新动向．施康强译．干永昌，廖鸿钧，倪蕊琴编选．比较文学研究译文集．上海：上海译文出版社，185–207．
布鲁姆，H. 2005．西方正典．江宁康译．南京：译林出版社．
布鲁姆，H. 2006．影响的焦虑．徐文博译．南京：江苏教育出版社．
布吕奈尔，比叔瓦，卢梭．1989．什么是比较文学．葛雷，张连奎译．北京：北京大学出版社．

曹顺庆.1995.比较文学中国学派基本理论特征及其方法论体系初探.中国比较文学,(1):18–40.
曹顺庆,文彬彬.2010.多元的文学本质——对本质主义和建构主义论争的几点思考.文艺争鸣,(1):36–42.
陈惇.2000.论可比性——比较文学的一个重要理论问题.北京师范大学学报(人文社会科学版),(3):53–62.
陈惇,刘象愚.1988.比较文学概论.北京:北京师范大学出版社.
陈惇,刘象愚.2010.比较文学概论(第2版).北京:北京师范大学出版社.
陈惇,刘象愚,谢天振.2007.比较文学(第2版).北京:高等教育出版社.
陈后亮.2019.理论会终结吗?——近30年来理论危机话语回顾与展望.文学评论,(5):80–89.
陈后亮.2022a.理论热的消退与英文系的未来 ——从杜克大学英文系的一段往事谈起.外国文学,(2):85–97.
陈后亮.2022b.新版"理论终结":大数据方法的应用与后理论时代的来临.英语文学研究,(2):16–26.
陈思和.1997.《马桥词典》:中国当代文学的世界性因素之一例.当代作家评论,(2):30–38.
陈思和.1999.中国当代文学史教程.上海:复旦大学出版社.
陈思和.2001.20世纪中外文学关系研究中的"世界性因素"的几点思考.中国比较文学,(1):8–39.
陈思和.2004.探求世界性因素的典范之作——《十四行集》.当代作家评论,(3):4–17.
陈思和.2006.我对20世纪中国文学的世界性因素的思考与探索.中国比较文学,(2):9–15.
陈思和.2010.新文学整体观续编.济南:山东教育出版社.
陈思和.2011.对中西文学关系的思考.中国比较文学,(2):83–87.
陈思和.2012.作为学科的比较文学之精神基础——论勒内·艾田伯的"比较文学是人文主义".上海大学学报(哲学社会科学版),(1):67–74.
陈思和.2013.从莫言获奖看中国当代文学的世界性.中国社会科学报,11月4日第B02版.
陈思和.2022.他在重写文学史——读《严家炎全集》.中国当代文学研究,(1):91–94.
陈文忠.2011.比较诗学的三种境界———中国比较诗学的学术进程与研究方法.安徽大学学报(哲学社会科学版),(2):45–51.
陈晓明,舒晋瑜.2017.我的学术还没有真正开始(访谈).西部,(3):172–182.
陈寅恪.1981.金明馆丛稿二编.上海:上海古籍出版社.
陈跃红.2011.什么"世界"?如何"文学"?.中国比较文学,(2):1–10.

程培英. 2013. 比较文学若干理论问题的思考. 上海：复旦大学博士学位论文.
达姆罗什, D. 2012. 世界文学是跨文化理解之桥. 李庆本译. 山东社会科学, (2)：34–42.
达姆罗什, D. 2013. 导言：理论与实践中的世界文学. 尹星译. 达姆罗什等主编. 世界文学理论读本. 北京：北京大学出版社, 3–10.
大塚幸男. 1985. 比较文学原理. 陈秋峰, 杨国华译. 太原：山西人民出版社.
大塚幸男. 1986. "影响"及诸问题. 陈秋峰, 杨国华译. 北京师范大学中文系比较文学研究组选编. 比较文学研究资料. 北京：北京师范大学出版社, 124–135.
戴耘. 1985.《艾金伯勒〈比较文学的目的, 方法, 规则〉》"译后记". 干永昌, 廖鸿钧, 倪蕊琴编选. 比较文学研究译文集. 上海：上海译文出版社, 120–121.
邓晓芒. 2015. 文学冲突的四大主题. 中国文学批评, (2)：64–73.
第根, V. 1937. 比较文学论. 戴望舒译. 上海：商务印书馆.
第根, V. 1985. 比较文学论. 戴望舒译. 干永昌, 廖鸿钧, 倪蕊琴编选. 比较文学研究译文集. 上海：上海译文出版社, 50–74.
董学文. 2004. 文学理论学导论. 北京：北京大学出版社.
段从学. 1998. 文化普遍主义：跨文化对话与理解的前提. 中外文化与文论, (5)：100–103.
段从学. 2000. 比较的支点——评余虹的《中国文论与西方诗学》. 中国比较文学, (2)：149–152.
段从学. 2005. 比较文学研究的目标是什么？：从中国现代文学的立场来看. 现代中国文化与文学, (1)：137–143.
方平. 1982a. 对于《促织》的新思考——比较文学也是"思考的文学". 读书, (11)：126–133.
方平. 1982b. 王熙凤和福斯塔夫——谈"美"的个性和"道德化的思考". 文学评论, (3)：112–127.
方平. 1986. 可喜的新的眼光——比较文学所追求的目标. 外国文学研究, (2)：92–100, 106.
方平. 1987. 三个从家庭出走的妇女——比较文学论文集. 北京：外国文学出版社.
方维规. 2016. 思想与方法：地方性与普遍性之间的世界文学. 北京：北京大学出版社.
费孝通. 2001. 费孝通文集（第14卷）. 北京：群言出版社.
佛克马, D. 2000. 认识论问题. 昂热诺, 佛克马等主编. 问题与观点：20世纪文学理论综论. 史忠义, 田庆生译. 天津：百花文艺出版社, 430–467.
干永昌, 廖鸿钧, 倪蕊琴. 1985. 比较文学研究译文集. 上海：上海译文出版社.
高利克, M. 2016. 论2000年以来的世界文学概念. 方维规主编. 思想与方法：地方性与普遍性之间的世界文学. 北京：北京大学出版社.

高玉. 2020. 外国文学影响研究作为现当代文学研究之方法论. 天津社会科学,（4）：122–127.
耿强. 2023. 谢天振译介学理论谱系研究. 上海翻译,（2）：90–94.
何兆武. 2005. 何兆武：中西文化与全球化——何兆武教授在清华大学的讲演（节选）. 招商周刊,（10）：20–21.
和磊. 2006. 反本质主义. 国外理论动态,（11）：57–58.
黑格尔. 1980. 小逻辑. 贺麟译. 北京：商务印书馆.
黑格尔. 2017. 逻辑学（上卷）. 杨一之译. 北京：商务印书馆.
黄维樑, 曹顺庆. 1998. 中国比较文学学科理论的垦拓. 北京：北京大学出版社.
基亚, M. 1983. 比较文学. 颜保译. 北京：北京大学出版社.
基亚, M. 1985. 比较文学. 王坚良译. 干永昌, 廖鸿钧, 倪蕊琴编选. 比较文学研究译文集. 上海：上海译文出版社, 75–92.
季进. 2001. 论钱锺书与比较文学. 文艺理论研究,（2）：55–62.
贾平凹. 2006a. 说舍得：中国人的文化与生活. 上海：东方出版中心.
贾平凹. 2006b. 四十岁说. 雷达主编. 贾平凹研究资料. 济南：山东文艺出版社, 16–18.
江帆. 2022. 追溯译介学理论形成与发展的轨迹——谢天振教授遗著《译介学思想：从问题意识到理论建构》述评. 上海翻译,（6）：90–93.
蒋承勇. 2023. 比较文学："学科"抑或"方法"？. 浙江社会科学,（2）：151–154.
卡勒, J. 2012. 比较文学的挑战. 生安锋译. 中国比较文学,（1）：1–12.
卡雷（伽列）, J. 1986.《比较文学》初版序言. 北京师范大学中文系比较文学研究组选编. 比较文学研究资料. 北京：北京师范大学出版社, 42–44.
康拉德, H. 1985. 现代比较文艺学问题. 周南译. 干永昌, 廖鸿钧, 倪蕊琴编选. 比较文学研究译文集. 上海：上海译文出版社, 262–283.
赖大仁, 许蔚. 2014. 历史主义视野中的文学本质论问题. 社会科学,（5）：177–184.
乐黛云, 陈惇. 1999. 迈向新世纪——中国比较文学复兴的20年. 中国比较文学,（1）：1–15.
勒菲弗尔, A. 2000. 翻译的策略. 谢聪译. 陈德鸿, 张南峰编. 西方翻译理论精选. 香港：香港城市大学出版社, 175–184.
雷马克, H., 孙景尧. 1984. 关于比较文学历史问题的通信. 中国比较文学,（1）：312–318.
雷马克, H. 1982. 比较文学的定义和功能. 张隆溪译. 张隆溪编. 比较文学译文集. 北京：北京大学出版社, 1–16.
雷马克, H. 1985. 比较文学的定义和功能. 金国嘉译. 干永昌, 廖鸿钧, 倪蕊琴编选. 比较文学译文集. 上海：上海译文出版社, 208–223.
雷马克, H. 1986a. 比较文学的定义和功能. 张隆溪译. 北京师范大学中文系比较文学研究组选编. 比较文学研究资料. 北京：北京师范大学出版社, 1–15.

雷马克，H. 1986b. 比较文学的法国学派和美国学派. 郭建译. 北京师范大学中文系比较文学研究组选编. 比较文学研究资料. 北京：北京师范大学出版社，62–75.

雷马克，H. 2000. 比较文学：再次处于十字路口. 姜源译. 中国比较文学，（1）：17–30.

李达三. 1988. 从比较的角度看中国文学. 中国比较文学，（1）：89–94.

李赋宁. 1981. 什么是比较文学？. 国外文学，（4）：23–25.

李赋宁. 1992. 纪念近代我国爱国知识分子的杰出代表、诗人、学者、教育家和中国比较文学研究者的先驱吴宓先生. 李赋宁，孙天义，蔡恒编. 第一届吴宓学术研讨会论文选集. 西安：陕西人民出版社，1–12.

李赋宁. 1998. 吴宓先生与我国比较文学和外国文学的教学与研究. 四川外语学院学报，（4）：2–3.

李今. 2015. 汉译文学的学科位置及其编年考录的设想. 中国现代文学研究丛刊，（9）：1–13.

李欧梵，张历君. 2020. 李欧梵先生访谈录. 济南大学学报（社会科学版），（1）：36–43.

李清良，夏亚平. 2013. 比较文学的人文主义传统. 湖南师范大学社会科学学报，（6）：99–106.

李卫华. 2010. 文学性：从"唯一特性"到"家族相似性". 中国中外文艺理论学会年刊，107–114.

刘洪涛. 2010. 世界文学观念在20世纪50—60年代中国的两次实践. 中国比较文学，（3）：10–18.

刘洪涛. 2021. 新中国世界文学学科的创生与发展：1949—1979. 中外文化与文论，（2）：148–167.

刘建军. 2020. 百年来欧美文学"中国化"进程研究（第1卷·理论卷）. 北京：北京大学出版社.

刘若愚. 1987. 中国的文学理论. 田守真，饶曙光译. 成都：四川人民出版社.

刘象愚. 2003. 关于比较文学学科基本理论的再思考. 北京师范大学学报（社会科学版），（6）：56.

卢卡契. 1981. 卢卡契文学论文集（二）. 北京：中国社会科学出版社.

卢康华，孙景尧. 1984. 比较文学导论. 哈尔滨：黑龙江人民出版社.

陆文虎. 2004. "围城"内外. 北京：解放军文艺出版社.

洛夫乔伊，A. 2018. 观念史论文集. 吴相译. 北京：商务印书馆.

吕迪格，H. 1986. 比较文学的内容、研究方法和目的. 张隆溪译. 北京师范大学中文系比较文学研究组选编. 比较文学研究资料. 北京：北京师范大学出版社，96–100.

迈纳，E. 1998. 比较诗学. 王宇根，宋伟杰等译. 北京：中央编译出版社.

迈纳，E. 2000. 跨文化比较研究. 昂热诺等主编. 问题与观点：20世纪文学理论综论. 史忠义，田庆生译. 天津：百花文艺出版社，204–231.
梅雷加利. 1985. 论文学接受. 冯汉津译. 干永昌，廖鸿钧，倪瑞琴编选. 比较文学研究译文集. 上海：上海译文出版社，398–417.
孟华. 2001. 比较文学形象学. 北京：北京大学出版社.
孟宪浦. 2003. 比较诗学会走向"全球性诗学"吗？——关于比较诗学终极价值的思考之一. 连云港师范高等专科学校学报，（3）：19–22.
米勒，A. 1993. 文学理论在今天的功能. 林必果译. 科恩主编. 文学理论的未来. 北京：中国社会科学出版社.
米勒，A. 2010. 世界文学面临的三重挑战. 生安锋译. 探索与争鸣，（11）：8–10.
莫兰，E. 2001. 复杂思想：自觉的科学. 陈一壮译. 北京：北京大学出版社.
莫言. 1986. 两座灼热的高炉. 世界文学，（3）：298–299.
莫言. 1997. 我与译文. 上海译文出版社编. 作家谈译文. 上海：上海译文出版社，234–241.
涅乌波科耶娃，N. 1984. 有关研究各民族文学相互联系与相互影响的一些问题. 舒栋译. 刘介民编. 比较文学译文选. 长沙：湖南人民出版社，278–300.
欧阳康. 2003. 复杂性与人文社会科学创新. 哲学研究，（7）：23–30.
钱林森. 2020. 17卷《中外文学交流史》编撰回顾与反思. 国际比较文学，（2）：355–363.
钱林森，周宁. 2006. 走向学科自觉的中外文学关系史研究. 中国比较文学，（4）：136–144.
钱锺书. 1986. 管锥编. 北京：中华书局.
钱锺书. 1987. 年鉴寄语. 杨周翰，乐黛云主编. 中国比较文学年鉴（1986）. 北京：北京大学出版社.
钱锺书. 2002. 七缀集. 北京：生活·读书·新知三联书店.
饶芃子. 2000. 比较诗学. 西安：陕西师范大学出版社.
日尔蒙斯基. 1985. 文学流派是国际性现象. 倪蕊琴译. 干永昌，廖鸿钧，倪蕊琴编选. 比较文学研究译文集. 上海：上海译文出版社，301–322.
瑞尔蒙斯基（日尔蒙斯基）. 1986. 对文学进行历史比较研究的问题（节译）. 倪蕊琴译. 北京师范大学中文系比较研究组选编. 比较文学研究资料. 北京：北京师范大学出版社，101–113.
盛宁. 2002. 对"理论热"消退后美国文学研究的思考. 文艺研究，（6）：5–14.
史亚娟. 2008. 互文性理论与比较文学学科的"危机"问题. 唐山师范学院学报，（6）：9–13.
宋德发，王晶. 2015. 比较文学跨学科研究：纷纷扰扰30年. 湘潭大学学报（哲学社会科学版），（1）：109–112.

苏晖. 2006. 比较文学研究：道路与方法——谭国根教授访谈录. 外国文学研究，(4)：10-19.

苏源熙. 2011. 世界文学的维度性. 生安锋译. 学习与探索，(2)：210-214.

孙见喜. 2001a. 贾平凹前卷（第一卷）：鬼才出世. 广州：花城出版社.

孙见喜. 2001b. 贾平凹前卷（第三卷）：神游人间. 广州：花城出版社.

孙景尧. 1998. 简明比较文学. 北京：中国青年出版社.

孙立盎. 2015. 陕西当代文学的世界性因素研究. 小说评论，(3)：56-61.

孙宁. 2015. 文学研究：从本质主义到反本质主义. 内蒙古社会科学（汉文版），(1)：117-120.

泰特罗，A. 1996. 本文人类学. 王宇根译. 北京：北京大学出版社.

谭佳. 2005. 中西比较诗学研究的瓶颈现象及反思. 文学评论，(6)：169-171.

陶东风. 2007. 文学理论基本问题（第3版）. 北京：北京大学出版社.

陶东风. 2009. 文学理论：建构主义还是本质主义？——兼答支宇、吴炫、张旭春先生. 文艺争鸣，(7)：12-23.

陶家俊. 2020. 钱锺书《谈艺录》中的中西诗学共同体意识. 外国语文，(2)：31-37.

童庆炳. 2007. 反本质主义与当代文学理论建设. 文艺争鸣，(7)：6-11.

王宏志. 1999. 重释"信、达、雅"：二十世纪中国翻译研究. 上海：东方出版中心.

王宏志. 2001. 权力与翻译：晚清翻译活动赞助人的考察. 中外文学，30(7)：93-127.

王宏志. 2014. 翻译与近代中国. 上海：复旦大学出版社.

王立新. 2020. 做有思想的历史学者. 来自微信公众号"读史十二年".

王向远. 2003. 比较文学平行研究功能模式新论. 北京师范大学学报，(2)：91-97.

王向远. 2009. "跨文化诗学"是中国比较文学的形态特征. 北京师范大学学报（社会科学版），(3)：53-59.

王学典. 2019. 历史研究为什么需要"理论"？——与青年学生谈治学. 思想战线，(5)：53-63.

王云珍. 1988. 乐黛云：比较文学在西方在中国. 电影艺术，(11)：30-35.

韦建国. 2005. 贾平凹谈民族文学的世界性. 咸阳师范学院学报，(1)：53-57.

韦勒克，R. 1985a. 比较文学的危机. 黄源深译. 干永昌，廖鸿钧，倪蕊琴编选. 比较文学研究译文集. 上海：上海译文出版社. 122-135.

韦勒克，R. 1985b. 比较文学的名称与性质. 黄源深译. 干永昌，廖鸿钧，倪蕊琴编选. 比较文学研究译文集. 上海：上海译文出版社，136-158.

韦勒克，R. 1985c. 今日之比较文学. 黄源深译. 干永昌，廖鸿钧，倪蕊琴编选. 比较文学研究译文集. 上海：上海译文出版社，159-174.

韦勒克，R. 1986. 比较文学的危机. 沈于译. 北京师范大学中文系比较文学研究组选编. 比较文学研究资料. 北京：北京师范大学出版社，51-61.

韦斯坦因，U. 1987. 比较文学与文学理论. 刘象愚译. 沈阳：辽宁人民出版社.
吴梦宇. 2018. 文学形式的认知功能：本土性与世界性. 上海：上海外国语大学博士学位论文.
吴梦宇. 2019a. 论寻根文学对魔幻现实主义的接受. 外国语文，（3）：59-65.
吴梦宇. 2019b. 寻根文学形成的内生性和世界性. 南昌大学学报（人文社会科学版），（4）：108-115.
奚密. 2006. 文学研究与理论革命. 社会科学论坛，（2）：81-85.
夏康达，王晓平等. 2016. 二十世纪国外中国文学研究. 北京：学苑出版社.
肖，J. 1982. 文学借鉴与比较文学研究. 盛宁译. 张隆溪编. 比较文学译文集. 北京：北京大学出版社，33-44.
肖锦龙. 2002. 当前比较文学的危机与出路. 外国文学评论，（2）：133-140.
谢夫莱尔，Y.，钱林森. 2000. 比较文学方法论及新世纪发展前景. 中国比较文学，（4）：118-123.
谢弗勒（谢夫莱尔），Y. 2007. 比较文学. 王炳东译. 北京：商务印书馆.
谢天振. 1999. 译介学. 上海：上海外语教育出版社.
熊沐清. 1999. 比较文学："扩张"的危机与危机的超越. 外国文学研究，（4）：116-122.
许钧，莫言. 2015. 关于文学与文学翻译. 外语教学与研究，（4）：611-616.
严程. 2019. 现代文学研究的"数字人文"方法刍议. 现代中文学刊，（1）：75-77.
严绍璗. 2005. 比较文学与世界文学——乐黛云教授七十五华诞特辑·前言. 杨乃乔，伍晓明主编. 比较文学与世界文学——乐黛云教授七十五华诞特辑. 北京：北京大学出版社，1-12.
阎步克. 2015. 一般与个别：论中外历史的会通. 文史哲，（1）：5-11.
杨乃乔. 2003. 比较视域与比较文学本体论的承诺. 北京大学学报（哲学社会科学版），（5）：65-75.
杨乃乔. 2005a. 比较文学概论. 北京：北京大学出版社.
杨乃乔. 2005b. 论中西文化语境下对"比较诗学"产生误读的可能性. 中国比较文学，（1）：24-39.
杨周翰. 1990. 镜子和七巧板. 北京：中国社会科学出版社.
姚达兑. 2021. 世界文学理论导论. 北京：中国社会科学出版社.
叶维廉. 1983. 比较诗学. 台北：东大图书馆有限公司.
叶维廉. 2007. 比较诗学. 台北：东大图书馆有限公司.
殷国明. 2019. 危机与"重构"：关于比较文学未来的思考——兼议世界共通文学意识的多维构建. 当代文坛，（4）：11-17.
乐黛云. 1987. 比较文学与中国现代文学. 北京：北京大学出版社.
乐黛云. 1988. 中西比较文学教程. 北京：高等教育出版社.

乐黛云. 1990. 以特色和独创主动进入世界文化对话. 理论与创作,（5）: 32–35.
乐黛云. 1995. 世纪转折时期关于比较文学的几点思考. 中国比较文学,（2）: 1–10.
乐黛云. 1998. 比较文学与21世纪人文精神. 中国比较文学,（1）: 1–20.
乐黛云. 2000. 全球化趋势下的文化多元化. 深圳大学学报（人文社会科学版）,（1）: 69–74.
乐黛云. 2003a. 继续双边对话 拓展"文学间性"研究. 中国比较文学,（1）: 18–22.
乐黛云. 2003b. 文化"多元化"与全球"一体化". 文明,（12）: 8–9.
乐黛云. 2003c. "和实生物，同则不继"与文学研究. 解放军艺术学院学报,（4）: 17–20.
乐黛云. 2004a. 比较文学与比较文化十讲. 上海: 复旦大学出版社.
乐黛云. 2004b. 跨文化、跨学科研究的当前意义. 社会科学,（8）: 99–106.
乐黛云. 2005a. 比较文学发展的第三阶段. 社会科学,（9）: 170–175.
乐黛云. 2005b. 高等教育视野的跨文化交流. 国家教育行政学院学报,（11）: 48–50.
乐黛云. 2007. 文学: 面对重构人类精神世界的重任. 文艺研究,（6）: 4–11.
乐黛云. 2008. 差别与对话. 中国比较文学,（1）: 1–9.
乐黛云. 2012. 关于比较文学和世界文学的一些思考. 燕赵学术,（2012年春之卷）: 174–178.
乐黛云, 陈跃红, 王宇根, 张辉. 1998. 比较文学原理新编. 北京: 北京大学出版社.
乐黛云, 王向远. 2005. 中国比较文学百年史整体观. 文艺研究,（2）: 49–57.
余虹. 2005. 再谈中国古代文论与西方诗学的不可通约性. 思想战线,（5）: 116–118.
约斯特. 1988. 比较文学导论. 廖鸿钧等译. 长沙: 湖南人民出版社.
查明建. 1997. 是什么使比较成为可能？——乔纳森·卡勒对"可比性"的探讨. 中国比较文学,（3）: 133–136.
查明建. 2008. 当代美国比较文学的反思. 中国比较文学,（3）: 8–21.
查明建. 2015. 多元系统理论的整合与翻译文学史研究的拓展. 上海大学学报,（2）: 126–140.
张叉, 钱林森. 2022. 中外文学交流史研究——钱林森教授访谈录. 中华读书报, 2022年11月16日第17版.
张春田. 2008. 翻译的政治与接受的可能——"五四"启蒙话语中的《玩偶之家》. 云梦学刊,（4）: 103–107.
张海明. 1997. 走向比较诗学. 文艺研究,（6）: 28–36.
张隆溪. 1981. 钱锺书谈比较文学与"文学比较". 读书,（10）: 132–138.
张隆溪. 1982. 比较文学译文集. 北京: 北京大学出版社.
张隆溪. 1984. 应当开展比较诗学研究. 中国比较文学,（1）: 17–19.
张南峰. 2000. 文学翻译规范的本质和功用·导言. 陈德鸿, 张南峰编. 西方翻译理论精选. 香港: 香港城市大学出版社, 125–126.

张南峰. 2001a. 从边缘走向中心?: 从多元系统论的角度看中国翻译研究的过去与未来. 外国语(上海外国语大学学报),(4): 61-69.

张南峰. 2001b. 为研究翻译而设计的多元系统论精细版. 中外文学,(3): 173-189.

张清华. 2011a. 世界视野中中国经验的属性与意义. 南方文坛,(3): 52-62.

张清华. 2011b. 在世界性与本土经验之间——关于中国当代文学的走向及评价纷争问题. 文艺研究,(10): 5-14.

张英进. 1996. 批评理论与文本研究——美国比较文学研究趋势. 中外文化与文论,(1): 121-124.

张英进. 2009. 比较文学是一个跨学科的研究. 中国比较文学,(1): 27-29.

赵薇. 2019. "数字人文"与现代文学研究中的计量方法. 现代中文学刊,(1): 72-75.

赵勇. 2012. 中国文学走出去靠什么. 同舟共进,(3): 77-78.

郑朝宗. 1988. 海滨感旧集. 厦门:厦门大学出版社.

中华人民共和国国家质量监督检验检疫总局,中国国家标准化管理委员会. 2009. 中华人民共和国国家标准学科分类与代码. 北京:中国标准出版社.

周昌枢,王坚良. 1981. 比较文学——根据法国百科全书 *Encyclopaedia Universalis* 词条编译. 外国语(上海外国语大学学报),(3): 57-58.

周珏良. 1983. 河、海、园——《红楼梦》《莫比·迪克》和《哈克贝里·芬》的比较研究. 文艺理论研究,(4): 2-8.

周青. 2011. 试论文学世界性的内生动因. 南方文坛,(6): 75-78.

周荣胜. 2015. 单位观念与比较文学. 文贝:比较文学与比较文化,(1): 116-144.

周宪. 2008. 文学理论、理论与后理论. 文学评论,(5): 82-87.

周宪. 2011. 跨文化研究:方法论与观念. 学术研究,(10): 127-133.

朱立元. 2003. 当代西方文艺理论. 上海:华东师范大学出版社.

Aldridge, A. 1986. *The Reemergence of World Literature: A Study of Asia and the West*. Newark: University of Delaware Press.

Auerbach, E. 2009. Philology and Weltliteratur. In D. Damrosch, N. Melas & M. Buthelezi (Eds.), *The Princeton Sourcebook in Comparative Literature: From the European Enlightenment to the Global Present*. Princeton: Princeton University Press, 125-138.

Balakian, A. 1994. How and why I became a comparatist. In L. Gossmann & M. I. Spariosu (Eds.), *Building a Profession: Autobiographical Perspectives on the History of Comparative Literature in the United States*. Albany: SUNY Press, 75-88.

Bassnett, S. & Lefevere, A. 1992. General editors' preface. In A. Lefevere (Ed.), *Translation, Rewriting & Manipulation of Literary Fame*. London: Routledge, vii.

Bassnett, S. 1993. *Comparative Literature: A Critical Introduction*. Oxford: Blackwell.
Bassnett, S. 1996. The meek or the mighty: Reappraising the role of the translator. In R. Álvarez Rodríguez & M. Vidal (Eds.), *Translation, Power, Subversion*. Clevedon & Philadelphia: Multilingual Matters, 10–24.
Bassnett, S. 1997. Moving across cultures: Translation as intercultural transfer. In J. M. Santamaria, E. Pajares, V. Olsen, R. Merino & F. Eguiluz (Eds.), *Trasvases Culturals: Literatura, Cine, Traducción*. Vitoria-Gasteiz: Universidad del Pais Vasco.
Bassnett, S. 2006. Reflections on comparative literature in the twenty-first century. *Comparative Critical Studies*, 3(1): 3–11.
Bernheimer, C. 1995. *Comparative Literature in the Age of Multiculturalism*. Baltimore: Johns Hopkins University Press.
Brooks, P. 1995. Must we apologize?. 1995. In C. Bernheimer (Ed.), *Comparative Literature in the Age of Multiculturalism*. Baltimore: Johns Hopkins University Press, 97–106.
Chang, N. F. 2000. Towards a macro-polysystem hypothesis. *Perspectives, Studies in Translatology*, 8(2): 109–123.
Chang, N. F. 2001. Polysystem theory: Its prospect as a framework for translation research. *Targets*, 13: 317–332.
Corstius, J. B. 1968. *Introduction to the Comparative Study of Literature*. New York: Random House.
Croce, B. 1973. Comparative literaure. In H. Schultzand & P. H. Rhein (Eds.), *Comparative Literature: The Early Years*, Chapel Hill: University of North Carolina Press, 219–223.
Culler, J. 1981. *The Pursuit of Signs: Semiotics, Literature, Deconstruction*. London: Routledge & Kegan Paul.
Culler, J. 1995. Comparability. *World Literature Today*, 69(2): 268–270.
Damrosch, D. & Spivak, G. C. 2011. Comparative literature / world literature: A discussion with Gayatri Chakravorty Spivak and David Damrosch. *Comparative Literature Studies (Urbana)*, 48(4): 455–485.
Damrosch, D. 2003a. *What Is World Literature?*. Princeton & Oxford: Princeton University Press.
Damrosch, D. 2003b. World literature, national contexts. *Modern Philology*, 100: 512–531.
Damrosch, D. 2006. World literature in a postcanonical, hypercanonical age. In H. Saussy (Ed.), *Comparative Literature in an Age of Globalization*. Baltimore: Johns Hopkins University Press, 43–53.

Ďurišin, D. 1989. *Theory of Interliterary Process*. Bratislava: Veda.
Even-Zohar, I. 1981. Translation theory today: A call for transfer theory. *Poetics Today*, 2(4): 1–7.
Even-Zohar, I. 1990a. Polysystem studies. *Poetics Today*, 11(1): 259–268.
Even-Zohar, I. 1990b. The position of translated literature within the literary polysystem. *Poetics Today*, 11(1): 45–51.
Even-Zohar, I. 1990c. Translation and transfer. *Poetics Today*, 11(1): 73–78.
Finney, G. 1997. Of walls and windows: What German studies and comparative literature can offer each other. *Comparative Literature*, 49(3): 259–266.
Gálik, M. 1999. Comparative literature as a concept of interliterariness and interliterary process. In S. Tötösy & M. V. Dimić (Eds.), *Comparative Literature Now: Theories and Practice*. Paris: Honoré Champion, 95–104.
Gentzler, E. 2001. *Contemporary Translation Theories*. Clevedon: Multilingual Matters.
Gillespie, G. 1989. Newer trends of comparative studies in the West. In C. Mohan (Ed.), *Aspects of Comparative Literature: Current Approaches*. New Delhi: India Publishers & Distributors, 17–34.
Guillén, C. 1993. *The Challenge of Comparative Literature*. C. Franzen (trans). Cambridge: Harvard University Press.
Heise, U. K., Andrew, D., Beecroft, A., Berman, J. S., Damrosch, D., Ferrari, G. D., Domínguez, C., Harlow, B. & Hayot, E. 2017. *Futures of Comparative Literature: ACLA State of the Discipline Report*. London & New York: Routledge.
Hermans, T. 1985. Introduction: Translation studies and a new paradigm. In T. Hermans (Ed.), *The Manipulation of Literary Translation*. London & Sydney: Croom Helm.
Hermans, T. 1994. Translation between poetics and ideology. *Translation and Literature*, 3: 138–145.
Hermans, T. 1996. Norms and the determination of translation: A theoretical framework. In R. Álvarez Rodríguez & M. Vidal (Eds.), *Translation, Power, Subversion*. Clevedon & Philadelphia: Multilingual Matters, 25–51.
Hermans, T. 1999a. *Translation in Systems: Descriptive and System-Oriented Approaches Explained*. Manchester: St. Jerome.
Hermans, T. 1999b. Translation and normativity. In C. Schäffner (Ed.), *Translation and Norms*. Clevedon: Multilingual Matters, 51–72.
Jost, F. 1974. *Introduction to Comparative Literature*. Indianapolis: Pegasus.

Kerajewki, B. 2005. What is world literature?: A review. *College Literature*, 32(4): 234–236.
Lefevere, A. 1992. *Translation, Rewriting & Manipulation of Literary Fame*. London: Routledge.
Levin, H. 1972. *Grounds for Comparison*. Cambridge: Harvard University Press.
Levin, H. 2011. *The Implications of Literary Criticism*. Paris: Honoré Champion.
Miller, J. H. 2005. The function of literature theory at the present time. In J. Wolfreys (Ed.), *The J. Hillis Miller Reader*. Edinburgh: Edinburgh University Press, 262–269.
Mohan,C. (Ed.). 1989. *Aspects of Comparative Literature: Current Approaches*. New Delhi: India Publishers & Distributors.
Moretti, F. 1996. *The Modern Epic: The World-System from Goethe to Garcia Marquez*. H. Quintin. (trans). New York: Verso.
Mourão, M. 2003. Comparative literature in the United States. In S. Tötösy & W. Lafayett (Eds.), *Comparative Literature and Comparative Cultural Studies*. Indiana: Purdue University Press, 130–141.
Munday, J. 2001. *Introducing Translation Studies: Theory and Application*. London & New York: Routledge.
Pizer, J. 2000. Goethe's "world literature" paradigm and contemporary cultural globalization. *Comparative Literature*, 52(3): 213–227.
Prendergast, C. 2004. The world republic of letters. In C. Prendergast (Ed.), *Debating World Literature*. London & New York: Verso, 1–25.
Remak, H. H. 1971. Comparative literature: Its definition and function. In N. P. Stallknecht, N. Phelps & H. Frenz (Eds.), *Comparative Literature: Method & Perspective (Revised Edition)*. Carbondale: Southern Illinois University Press, 1–57.
Remak, H. H. 1981. Comparative history of literatures in European languages: The Bellagio Report. *Neohelicon: Acta Comparationis Litterarum Universarum*, 8(2): 221.
Remak, H. H. 1985. The situation of comparative literature in the universities. *Colloquium Helveticum*, 1: 7.
Remak, H. H. 2002. Origin and evolution of comparative literature and its interdisciplinary studies. *Neohelicon*, 29: 245–250.
Rorty, R. 2006. Looking back at "literary theory". In H. Saussy (Ed.), *Comparative Literature in an Age of Globalization*. Baltimore: Johns Hopkins University Press, 63–67.

Rosenmeyer, T. 1994. Am I a comparatist?. In L. Gossmann & M. I. Spariosu (Eds.), *Building a Profession: Autobiographical Perspectives on the History of Comparative Literature in the United States*. Albany: SUNY Press, 49–62.

Saussy, H. 2006. *Comparative Literature in an Age of Globalization*. Baltimore: Johns Hopkins University Press.

Spivak, G. 2003. *Death of a Discipline*. New York: Columbia University Press.

Toury, G. 1980. *In Search of a Theory of Translation*. Tel Anviv: Porter Institute for Poetics and Semiotics, Tel Aviv University.

Weber, M. 1949. Objectivity in social science and social policy. In M. Weber (Ed.), *The Methodology of the Social Sciences*. E. A. Shills & H. A. Finch (trans). New York: The Free Press, 50–112.

Weisinger, H. & Joyaux, G. 1966. Foreword. In R. Etiemble (Ed.), *The Crisis in Comparative Literature*. H. Weisinger & G. Joyaux (trans). East Lansing: Michigan State University Press.

Weisstein, U. 1973. *Comparative Literature and Literary Theory: Survey and Introduction*. W. Riggan (trans). Bloomington: Indiana University Press.

Wellek, R. 1963. The crisis of comparative literature. In S. G. Nichols (Ed.), *Concepts of Criticism*. New Haven & London: Yale University Press, 282–295.

Wellek, R. 1970. The name and nature of comparative literature. In R. Wellek (Ed.), *Discriminations: Further Concepts of Criticism*. New Haven & London: Yale University Press, 1–36.

Wellek, R. & Warren, A. 1956. *Theory of Literature*. New York: Harvest/HBJ Book.

术 语 表

比较	comparison
比较诗学	comparative poetics
比较视域	comparative perspectives
比较文学	comparative literature
比较文化	comparative culture
伯恩海默报告	Bernheimer Report
操纵	manipulation
操纵文本	manipulated text
阐发研究	illumination study
出发点	point of departure
创造性叛逆	creative treason
单位观念	unit-idea
动态经典	dynamic canon
多元文化主义	multiculturalism
多元系统论	polysystem theory
法国理论	French theory
法国时刻	French Hour
法国学派	French school
翻译文学	translated literature
翻译文学史	history of translated literature
翻译研究	translation studies
翻译研究学派	translation studies school
反本质主义	anti-essentialism
范式	paradigm
复合诗学	composite poetics
副文本	paratext

改写	rewriting
共同诗学	common poetics
和而不同	harmony with differences
后结构主义	poststructuralism
后现代主义	postmodernism
后殖民研究	postcolonial studies
后殖民主义	postcolonialism
话语	discourse
回返影响	reverse influence
互文性	intertextuality
家族相似性	family resemblance
焦虑基因	anxiogenic
接受理论	reception theory
结构主义	structuralism
解构主义	deconstructionism
经典	canon
经典库	canonical repertoire
静态经典	static canon
可比性	comparability
跨文化	crossculture/interculture
跨文化性	interculturality
跨文化研究	intercultural study
跨学科性	interdisciplinarity
跨学科研究	interdisciplinary study
跨学科人文学研究	interdisciplinary humanities
浪漫主义	romanticism
理论热	theory heat
理论转向	theoretical turn
列文报告	Levin Report
媒介学	mediology
美国时刻	American Hour
美国学派	American school
民族文学	national literature
民族性	nationality

魔幻现实主义	magic realism
陌生化	defamiliarization
欧洲中心主义	Eurocentrism
平行研究	parallel study
普遍诗学	universal poetics
人道主义	humanitarianism
人文精神	spirit of humanism
人文主义	humanism
世界体系	world system
世界文学	world literature
世界性	cosmopolitanism
世界性因素	cosmopolitan element
诗学	poetics
数字人文	digital humanities
双向阐发	mutual illumination
危机	crisis
文化对话	cultural dialog
文化间性	interculturality
文化批评	cultural criticism
文化相对主义	cultural relativism
文化研究	cultural studies
文化语境	cultural context
文化转向	cultural turn
文学本质主义	literary essentialism
文学比较	literary comparison
文学场	literary field
文学翻译	literary translation
文学社会学	sociology of literature
文学性	literariness
文学性间性	interliterariness
误读	misreading
现代性	modernity
现代主义	modernism
新批评	New Criticism

形式库	repertoire
形式主义	formalism
形象学	imagology
选择性共鸣	selective affinity
异质同构	heterogeneous isomorphism
异质文化	heterogeneous culture
译介学	translated literature study
影响	influence
影响的焦虑	anxiety of influence
语境化	contextualization
远读	distant reading
主题学	thematology
总体文学	general literature

后　记

　　比较文学是跨文化的文学研究，同时，又有超出文学研究的意义，而在跨学科人文学方面体现其人文价值和人文精神。

　　文学研究通常分为文学史、文学理论、文学批评三大类，比较文学作为一种新的文学研究范式，与文学史、文学理论、文学批评密切相关。可以这样来表述比较文学与三者之间的关系：比较文学立足于文学史，借鉴文学批评方法，对跨文化的文学现象进行研究，从中发掘具有文学理论意义的问题，其研究成果贡献于总体文学的理论建构。

　　传统的文学理论或文艺学理论著作，大多是基于作者个人的文学视野、文学积累来编写的。作者所提出的观点，或多或少都会囿于个人的文学视野和学养。这不是求全责备，而是此事古难全之事。试想，从理想化的角度说，文学理论需要从世界文学的作品中发现典型的文学现象，提炼出具有普遍意义的文学问题加以研究，而得出具有理论辐射力和阐释力的观点。个人的文学阅读面总是有限的，涉及那么多国家、语种的文学，仅凭一己之力是不可能做到的。即使博学如勃兰兑斯、韦勒克、奥尔巴赫等文学史家、文学理论家，其文学理论和文学史著作所涉及的，也只局限于欧洲文学范围。有了比较文学，众多比较文学学者就有可能从不同角度，在不同语种、不同国别文学研究成果的基础上，运用比较文学方法，发掘和研究比较文学的问题，其理论成果就有可能成为构建共同诗学的学术资源。这样的文学理论，不是文学理论家根据自己的想象性的理论推导、演绎出来的，而是从具体、生动的世界文学中提炼、抽象出来的，因而更具鲜活性，也更切合文学的实际。

　　比较文学的出现，极大地增强了文学研究的世界文学整体意识，国别文学不再是一座座孤岛，而是有了沟通、对话的桥梁。从国别文学角度乍看起来似乎是孤立、独特的文学现象，一旦放置在世界文学中，就会发现有那么多的远亲、近亲，还有很多彼此遥远但灵犀相通的友朋。正如雷马克（1982：7）所说："对于比较文学的理论方面不管有多少分歧，关于它的任务却总是意见一致的：使学者、教师、学生以及广大读者能更好、更全面地把文学作为一个整体来理解，而不是看成某部分或彼此孤立的几部分文学。要做到这一点的最好办法，就是不仅把几种文学互相联系起来，而且把文学与人类知识与活动的其他领域联系起来，特别是艺术和思想领域；也就是说，不仅从地理的方面而且从不同领域的方面扩大文学研究的范围。"

有了世界文学的整体意识，就能在文学的相互联系和相互阐释中获得新的发现。海涅说："每一个时代，在其获得新的思想时，也获得了新的眼光，这时它就在旧的文学艺术中看到了许多新精神。"（柏拉威尔，1980：310）正如方平（1986：97）通过对蒲松龄《促织》与卡夫卡《变形记》的比较研究，发现了古代文学作品中已潜含了现代文学的"异化"主题一样。他称比较文学为"可喜的新的眼光"——"比较文学的可贵就在于它所提供的宏观的研究方法，它所开拓的宽广的视野，它所促进的活跃的思维，往往能帮助人们取得一个新的视角，从而'获得了新的眼光'，在熟悉的作品中看到了某种'新的精神'，或者借形象化的比喻来说，帮助人们除了在此山之中，又从此山之外，忽然看到了庐山的真面目。"

比较文学原本是作为文学研究的一种新型范式而出现了，但比较文学的人文学科先锋的自我定位，使其不断吸收人文学科的新理论、新方法，其跨学科的特征越来越显著。钱锺书先生（2002：129）说："人文学科的各个对象彼此系连，交互映发，不但跨越国界，衔接时代，而且贯串着不同的学科。"比较文学最能体现人文学科彼此联系的这个特点。

比较文学的跨学科性和先锋性，使它傲然走在当代人文学科领域的前沿，成为当代人文学科领域最具活力的学科。苏源熙提出："比较文学系善于人弃我取。……那些烦琐复杂、遭人嫌弃、陈旧过时、华而不实的研究方法，别的机制完善的学科无意问津、陈旧老套的东西，以及边缘、冷门、新生的事物，比较文学都热情有加。这些也许妨害了我们构建名正言顺的团队身份,但却使我们有机会展示这门学科,成为重新思考人文科学内外知识结构的实验室。"(Saussy,2006:34)"我们研究的结论是他人研究的前提。"(Saussy,2006:3)"比较文学学者的思维、著述和教学方式,像福音一样传遍人文科学领域,成为人文学科领域里的'首席小提琴',为整个人文学科'乐队'定调。"(Saussy,2006:3)

当代国际比较文学体现了深刻的问题意识和人文精神。其问题意识和人文精神又促使它不断关注人类社会出现的新现象、新问题,将当代世界性的人文话语和世界性话题都纳入自己的研究范围,而开拓了很多新的研究领域。比较文学的学术敏锐性,善于捕捉新问题、设置新学术议题、建构新话语的能力,吸引了越来越多的人文学科和社会科学领域的学者。

进入21世纪,比较文学的人文主义抱负显得更为雄心勃勃,全球化、信息化时代人类面临的共同问题,如气候变暖、环境污染、生态危机、人工智能、后人类等,比较文学都表现出一副舍我其谁的人文先锋姿态,积极介入,试图发出自己的声音。当代世界所关注的人类发展状态以及由此产生的世界性人文议题,如"何以为人""全球伦理""人工智能与后人类""全球主义/世界主义"等,不仅是比较文学切入当代世界文学的研究视角,也是比较文学对当下世界人文现状的观察和反思,为这些人文议题的讨论展现了文学和审美的维度,也丰富和深化了这些议题讨论的人文内涵。

人类社会进入人工智能时代,对人的本质、人类的未来提出了很多严峻的议题,促使我们不断追问何以为人。

艾田伯提出:比较文学是人文主义。乐黛云主张:比较文学是21世纪人文精神。在科技文明一路狂奔的时代,人文学科的意义越发体现出来。我们依然相信人文的力量,相信文学的力量,相信美的力量。高科技只有有了人文的维度和人文意识,才能确保其不会偏离人的方向,而真正造福人类。文学和文学研究在这个时候就被赋予了更深刻而深远的意义。

文学不仅以艺术的方式思考人的生存处境、叙述人生的各种况味、表达生命的各种体验、展现人性的丰富性,而且在更深刻的意义上,可以说古今中外文学都是在不断回答"何以为人"。文学正是在这个意义上体现出她无与伦比的人文价值。

为什么要有文学？钱谷融先生很动情地说过一段话："因为人性及其人的存在状态不可能是完美的，可能存在着种种悲剧和磨难。但是正因为有了诗人，有了诗情和诗意，人们能够体验到人性的美丽和光辉，享受人之为人的内在韵味和愉悦之情。与诗同在，与诗意同在，是人类的一种幸运与幸福。"

鲁迅先生在去世前一个月，说了一句感人至深的话："无穷的远方，无数的人们都与我有关。"这是鲁迅的人文境界，是鲁迅精神的写照，更是一个文学家、思想家的人文情怀。

文学不仅滋养我们人文情怀，让我们理解"何以为人"，还让我们憬悟"人应何为"，从而活出人的价值，活出生命的精彩，对社会和自己的文化有所创造和贡献。正如汪曾祺先生所说："人总要把自己生命的精华都调动起来，倾力一搏，像干将、莫邪一样，把自己炼进自己的剑里，这，才叫活着。"他还说："一个人，总应该用自己的工作，使这个世界更美好一些，给这个世界增加一点好东西。在任何逆境之中也不能丧失对于生活带有抒情意味的情趣，不能丧失对于生活的爱。"汪曾祺的人文理想，就是以一个文学人的生命姿态，为社会、为人间创造美好，照亮社会。

韦勒克（Wellek，1963：295）这样来叙说他心目中文学研究的理想境界："一旦我们掌握了艺术和诗歌的本质，它就战胜了人类的死亡和命运，它就创造了一个新的想象世界。……文学研究成为一种想象的行为，就像艺术本身一样，从而成为人类最高价值的保护者和创造者。"

也许有人会说，世界文学是不断变化的，文学的本质也是历史建构之物，何来找寻文学的本质？确实，一切都在变化之中，一切都是追寻的过程，也正因如此，文学研究才有挑战性，比较文学才如此富有魅力。对共同诗学和文学本质的探寻，也是对人、对人性认识的一步步加深。

"昔我往矣，杨柳依依。今我来思，雨雪霏霏"是《诗经》中最令人感动的诗句之一。杨柳，不仅指示这个戍边兵士离开家乡的季节，也

后记

　　不只是乡愁的意象，更是象征着他内心的美好。正是内心深处怀着这份美好，才使他熬过艰苦的戍边生活；正是心中的这份美好，才使他在终于结束了戍边劳役后，顶风冒雪，踏着泥泞的道路一步步往家走，奔赴心中的美好！朱自清先生《荷塘月色》第一句："这几天心里颇不宁静。"为缓解内心的烦躁、不安，他深夜漫步荷塘。由月色下的荷塘，想起《采莲赋》《西洲曲》，想起江南，内心获得一些慰藉和某种启迪。

　　李达三说："因为比较文学是人文科学中最解放的一种，所以它颇能把我们从个人的心智形式与传统的思维模式中解放出来。比较的思维习惯使我们的心智更有弹性，它伸展了我们的才能，拓宽了我们的视界，使我们能超越自己狭窄的地平线（文学及其他的）看到其他的关系。"（黄维樑、曹顺庆，1998：52）这是比较文学的文学和人文意义。

　　比较文学，可以是文学研究的范式，也可以是人文学科领域的先锋，还可以是《采薇》，是《荷塘月色》，是江南——就看我们如何看待比较文学。在我看来，比较文学以其丰富的内涵，从多重意义上展现并讴歌了那个令人感动而又令人深思的命题——"文学是人学"！